20世纪中国现当代小说创作探析

谢青 著

吉林大学出版社

·长 春·

图书在版编目（CIP）数据

20 世纪中国现当代小说创作探析 / 谢青著 . — 长春：
吉林大学出版社，2020.9

ISBN 978-7-5692-7246-8

Ⅰ . ① 2… Ⅱ . ①谢… Ⅲ . ①小说创作－文学创作研
究－中国— 20 世纪 Ⅳ . ① I207.42

中国版本图书馆 CIP 数据核字（2020）第 194413 号

书　　名　20 世纪中国现当代小说创作探析
　　　　　20 SHIJI ZHONGGUO XIAN–DANGDAI XIAOSHUO CHUANGZUO TANXI

作　　者　谢　青　著
策划编辑　樊俊恒
责任编辑　樊俊恒
责任校对　魏丹丹
装帧设计　马静静
出版发行　吉林大学出版社
社　　址　长春市人民大街 4059 号
邮政编码　130021
发行电话　0431-89580028/29/21
网　　址　http://www.jlup.com.cn
电子邮箱　jdcbs@jlu.edu.cn
印　　刷　北京亚吉飞数码科技有限公司
开　　本　787mm×1092mm　1/16
印　　张　12.25
字　　数　226 千字
版　　次　2021 年 5 月　第 1 版
印　　次　2021 年 5 月　第 1 次
书　　号　ISBN 978-7-5692-7246-8
定　　价　62.00 元

前　言

中华文化博大精深，璀璨的中国文学是中华文化的重要内容。中国文学对中华民族在不同历史时期的社会风貌进行了真实、生动的反映，呈现出无数仁人志士的美好心灵，闪耀着中华民族的聪明智慧。同时，中国文学激发了中华儿女的爱国主义和民族精神，教育了一代又一代的炎黄子孙。

在中国文学中，现当代文学是其重要的组成部分。总体来说，中国的现当代文学主要划分为两个阶段：现代文学与当代文学。前者指的是自五四运动以后至中华人民共和国成立这一时期的文学，后者则是指中华人民共和国成立以来的文学。就发展情况而言，中国现当代文学仅仅有数百年的历史，在中国的文学史长河中是较为短暂的，但是其意义却是巨大的。现当代文学是整个中国文学历史发展进程中的一个巨大转折，显示了新文化与传统文化深深的"断裂"，体现了中外文学的猛烈"碰撞"，它以全新的内涵与全新的表现形式掀开了中国文学史精彩而崭新的一页，开创了新文学的新天地。在中国现当代文学的发展中，出现了小说、散文、诗歌、戏剧等多种形式，形成了繁荣局面。其中，小说的成就最为辉煌。

在近百年的发展过程中，中国现当代小说呈现了多样性与丰富性。在五四文学革命时期，对人的关注、对社会落后根源的挖掘让中国现代小说带上了思想启蒙的作用；在革命文学时期，中国现代小说的创作主题主要是对社会黑暗的揭示、对人性的探寻以及人们对黑暗社会的反抗；在战争时期，特殊的社会环境使得小说创作的主题体现出了时代的色彩，救亡图存成为很多小说的创作主题，抗日战争爆发后，大片国土沦陷，全国实际上分为共产党领导的解放区、国民党统治区和日伪统治下的沦陷区三大部分，文学也因此形成了解放区文学、国统区文学和沦陷区文学同时并存的现象，这三个地区的文学也因为特殊的环境而形成了不同的创作特色；在中华人民共和国成立后的十七年时期，创作主题主要是对刚刚结束的战争的叙说以及对新的国家和社会中存在的现象的描述；20世纪七八十年代后，小说创作试图对神性与人性进行深刻解读；20世纪90

年代后,小说家们创作的主题主要是对历史和现实进行深刻探讨。为了能够对中国现当代小说的创作主题进行梳理,特撰写了《20 世纪中国现当代小说创作探析》一书。

本书共包含六章,分为上下两篇。上篇为 20 世纪中国现代小说创作探析,分别对五四文学革命时期、革命文学时期、战争时期的中国小说创作进行探析;下篇为 20 世纪中国当代小说创作探析,分别对十七年时期、20 世纪七八十年代、20 世纪 90 年代中国小说创作进行研究。

总体来说,本书结构清晰明了,注重对不同时期作家、作品的分析,相信本书的出版能够为学术界提供一些新的研究思路,也为广大的中国现当代小说爱好者和研究者提供一些新的思考方向。

本书在撰写过程中参阅了大量相关著作,引用了许多专家和学者的研究成果,在此表示衷心的感谢。由于时间仓促,作者水平有限,书中错误和不当之处在所难免,恳请广大读者提出宝贵意见,以便修改与完善。

作　者

2020 年 8 月

目　录

上　篇　20 世纪中国现代小说创作探析

第一章　五四文学革命时期中国小说创作探析

自五四运动起至新中国成立前出现的小说,从性质上来说指的是不同于中国传统小说的、有着鲜明的现代性特征的新小说。中国现代小说虽然只有短短的 30 多年的发展历程,却取得了极为突出的成就,不仅小说作家众多、小说作品耀眼,而且从内容到形式对中国小说进行了发展与完善,呈现出独特的艺术魅力。

第一节　对封建礼教本质的批判:鲁迅小说创作探析

中国现代小说,既从鲁迅手中开始,又在鲁迅手中成熟。总体来说,鲁迅的小说创作可以分为两部分,即现实题材小说的创作和历史题材小说的创作。五四时期,鲁迅于 1918 年 5 月在《新青年》第 4 卷第 5 号上发表的小说《狂人日记》,标志着中国现代小说的开篇,这篇小说因其"表现的深切和格式的特别"受到了文坛的广泛关注。同时,他在这一时期又发表了大量的白话小说,标志着中国现代小说的成熟。总体来说,鲁迅的小说创作可以分为两部分,即现实题材小说的创作和历史题材小说的创作。

一、鲁迅的生平

鲁迅(1881—1936),幼名周樟寿,字豫才,后改学名为周树人,浙江绍兴人。他幼时上过私塾,受到过严格的正统文化教育,并有机会涉猎了

《诗经》《山海经》《西游记》等"杂书"。后来,由于父亲长期患病,家道因此而中落。作为家中的长子,鲁迅过早地挑起了家庭的重担,许多事情给他留下了痛苦的记忆。

有一段时间,他经常出入当铺、药铺,世态的炎凉、社会的冷酷,使他清醒地认识到社会与人生的本来面目:"有谁从小康人家而坠入困顿的么,我以为在这途路中,大概可以看见世人的真面目。"这段刻骨铭心的经历,带给鲁迅的是一种对个人的感性经验尤其重视的思维特征——这对他后来那些充满绝望的情感的产生起了重要作用,这也使得他的小说具有一种独特的气质。

二、鲁迅的现实题材小说创作

鲁迅现实题材小说创作的代表作是短篇小说集《呐喊》和《彷徨》。其中,《呐喊》收录了鲁迅 1918—1922 年间创作的 15 篇小说作品,包括《狂人日记》《孔乙己》《药》《明天》《一件小事》《头发的故事》《风波》《故乡》《阿 Q 正传》《端午节》《白光》《兔和猫》《鸭的喜剧》《社戏》和《不周山》(1930 年 1 月第 13 次印刷时抽去了《不周山》一篇);《彷徨》收录了鲁迅 1924—1925 年间创作的 11 篇小说作品,包括《祝福》《在酒楼上》《幸福的家庭》《肥皂》《长明灯》《示众》《高老夫子》《孤独者》《伤逝》《弟兄》和《离婚》。这两部小说集标志着中国现代小说的开端与成熟,并"以'表现的深切和格式的特别'开创了小说内容与形式上的现代化特征"①。

(一)鲁迅现实题材小说的类型

鲁迅的现实题材小说,包含了极其丰富的历史和思想内容,具体来说有以下几个。

第一,鲁迅的现实题材小说对封建的礼教和封建的宗法制度进行了深刻的揭露,进而对"吃人"的封建社会进行尖锐批判。鲁迅深受进化论和个性主义思想的影响,并从自己的生存经验中痛彻地感受到中国人的愚昧和无知才是中国社会的症结,因此他极力反对封建礼教和宗法制度,要求解放人们的思想。他的第一篇白话小说《狂人日记》便将批判的矛头指向了封建礼教和封建家族制度。小说的主人公狂人是一个迫害狂患

---

① 石兴泽,隋清娥:《中国现代文学》,北京:中国社会科学出版社,2012 年,第 19～20 页。

者,有着荒谬的思维和混乱的语言,但正是在他看似疯狂的思维和语言中,深刻地揭露了封建社会的"吃人"本质:

> 四千年来时时吃人的地方,今天才明白,我也在其中混了多年;大哥正管着家务,妹子恰恰死了,他未必不和在饭菜里,暗暗给我们吃。
>
> 我未必无意之中,不吃了我妹子的几片肉,现在也轮到我自己,……
>
> 有了四千年吃人履历的我,当初虽然不知道,现在明白,难见真的人!
>
> 没有吃过人的孩子,或者还有?
>
> 救救孩子……

因此,这个狂人并不是精神病患者,而是作家在对历史进行深刻认识后的艺术表达。

在《孔乙己》这篇小说中,作家讲述了受到人们的百般嘲弄最后饿死的落魄书生孔乙己的悲惨一生,进而揭露了封建等级制度对人们的残害。小说中的孔乙己、酒客、丁举人等人不论言语还是行为都受制于等级观念,落魄的读书人孔乙己最后被成功挤入上流社会的读书人丁举人打折了双腿,最后走向了死亡,这可以说是对封建等级制度的辛辣嘲讽。

鲁迅还对知识分子从辛亥革命前后到五四时期的思想历程进行了深入的探索。在《伤逝》这篇小说中,鲁迅通过描写涓生和子君的从喜剧开始而以悲剧告终的爱情故事,塑造了五四时期的知识分子形象。涓生和子君在五四时期勇敢地冲破了旧家庭的束缚而相爱、同居,但当他们同居后却将眼光局限于小家庭凝固的安宁与幸福。慢慢地,他们的爱情失去了附丽,子君只能无奈地重回旧家庭,并最终凄惨死去;而涓生则怀着矛盾、痛悔的心情,对"新的生路"进行着积极寻找。

《呐喊》与《彷徨》是鲁迅独特思想的小说的体现形式,它既刻画了中国四千年沉默的"国民的灵魂",以疗救病态的社会,同时又展现了鲁迅作为一个历史"中间物"的全部精神史。

继《呐喊》《彷徨》之后,鲁迅推出了他第三部也是最后一部短篇小说集《故事新编》。《故事新编》包括八个故事,其中《不周山》写于1922年11月,后改名为《补天》;《奔月》《铸剑》(初次发表时名为《眉间尺》)写于1926年在厦门任教时。这三篇与他的《彷徨》《野草》写于同一时期,反映出五四落潮时期作者的寂寞、苦闷的心情。《非攻》(1934年8月)、

《理水》(1935 年 11 月)写于国内一片混乱的背景下,体现出一种雄壮的意味。1935 年 12 月,鲁迅连续创作《采薇》《出关》《起死》。1935 年鲁迅将这八篇不同时期创作的"历史小说"辑为《故事新编》。

第二,鲁迅的现实题材小说对辛亥革命进行了深刻反思,进而表明了对国民性进行改造的重要性。鲁迅的很多现实题材小说中都涉及了辛亥革命,如《药》《阿 Q 正传》等,但他在小说中并未对辛亥革命进行正面的描写,而是通过辛亥革命引起的社会反响,从侧面对这场革命与群众的关系进行了思考。在《药》这篇小说中,鲁迅构建了明暗两条线索,明线是华老栓买人血馒头给自己的儿子华小栓治病,暗线是革命者夏瑜为了革命事业献出了自己的生命。这一明一暗两条线索相互交织,将两个故事联系在了一起,揭示了革命者为民众抛头颅、洒热血,但他们的鲜血却被民众当作治病的"药"这一残酷事实,表明了革命者与民众之间有着很深的隔阂,他们即使牺牲了自己的性命也得不到民众的理解,进而将批判的矛头指向民众的愚昧,也指向辛亥革命的脱离民众。

在《阿 Q 正传》这篇小说中,阿 Q 是一个农民,他出于改变自己生活现状、满足自己个人欲望的急迫要求,投靠了假洋鬼子,参加了革命。这表明阿 Q 是可以成为辛亥革命的基本群众的。但是,阿 Q 的生活和处境并没有因为参加了辛亥革命而有所改变,反而是被辛亥革命送上了断头台。在这里,鲁迅对辛亥革命与群众的关系进行了深入剖析,指出辛亥革命与群众相脱离是导致其失败的重要原因,也对数千年封建文化窒息下形成的中国国民性的弱点进行了高度概括与表现,而主人公阿 Q 则是这种国民性弱点的集中体现者。

阿 Q 生活在封建等级观念森严、人与人之间也极其冷漠的未庄,这导致他形成了"妄自尊大又自轻自贱,既敏感忌讳又麻木健忘,既质朴愚昧而又圆滑无赖"[①]的性格,具有了双重人格。而其双重人格的集中表现,便是精神胜利法。通过精神胜利法,他对强大的社会异己力量进行着对抗,这既表明了他的愚昧,始终处于不觉悟的状态,不敢直接地面对现实;也表明了他的无奈,作为弱者的他无法与强大的环境相对抗,只能通过精神胜利法使自己与强大的环境相迎合,进而获得可怜的生存可能。而阿 Q 身上存在的精神胜利法,正象征了人类较为普遍的不敢正视现实的精神弱点。

第三,鲁迅的现实题材小说对旧时代农民的悲惨命运以及精神上存在的弱点进行了生动而真切的反映。在鲁迅的笔下,农民大都是承担精

---

① 林兴宅:《论阿 Q 的性格系统》,鲁迅研究,1984 年第 1 期。

神奴役创伤的人,如阿Q、爱姑、闰土、九斤老太等。而鲁迅正是通过对其性格和精神上存在的缺陷和病态的描写,希望能唤起国民的觉醒。

五四时期,很多作家都是从乡村中走出来的,在他们的记忆中,故乡是不可磨灭的,对于鲁迅来说也是如此。但是与其他同时代的作家不同,鲁迅把关注的目光放在了故乡社会中那些麻木的人的身上。在《故乡》这篇小说中,鲁迅通过描写闰土从少年到中年的变化,对动乱年代农民因天灾人祸受到的损害进行了生动反映。同时,鲁迅通过描写中年闰土见到"我"时喊的那一声"老爷",对其在社会化过程中丧失了年少时的天真、接受了封建等级观念进行了深刻表现。

闰土的变化令鲁迅感到心酸,他也深刻地感受到闰土在精神上发生的异化,并对此感到悲哀。在《祝福》中,主人公祥林嫂原本是一个勤劳、善良的农村妇女,曾被迫与比自己小10岁的男人结婚,丈夫死后,她被狠心的婆婆卖给贺老六,很快她便有了自己的儿子,终于过上了稍微安定一点的生活。在《风波》这篇小说中,鲁迅通过描写张勋复辟在农村中引起的一个波动,深刻地揭露了农村的落后与闭塞、农民的愚昧与麻木。

第四,鲁迅的现实题材小说对知识分子从辛亥革命前后到五四时期的思想历程进行了深入的探索。在鲁迅的小说中,知识分子的生存状态以及知识分子的命运是其着重表现的内容之一,并通过探索知识分子的思想历程,展现了他们自身所具有的局限性以及其内心所产生的矛盾。在《在酒楼上》这篇小说中,鲁迅塑造了辛亥革命时期的知识分子吕纬甫的形象。他经历并参加了辛亥革命,也为通过辛亥革命改变社会和国民的命运奋发过,但最终因辛亥革命的失败感到心灰意冷,对一切都失去了兴趣。对于吕纬甫的遭遇,鲁迅表示了深切的同情;但对其精神上的颓唐,鲁迅则表示了否定。

在《孤独者》这篇小说中,鲁迅塑造了五四时期的知识分子魏连殳的形象。他曾是五四时期"独战多数"、令人害怕的"新党",即使在"五四"落潮后仍顽强地在侮辱和毁谤中活着。但是,他最终还是失去了理想,在社会中孤独地挣扎着,成为了真正的失败者:

> 人生的变化多么迅速呵!这半年来,我几乎求乞了,实际,也可以算得已经求乞。然而我还有所为,我愿意为此求乞,为此冻馁,为此寂寞,为此辛苦。但灭亡是不愿意的。你看,有一个愿意我活几天的,那力量就这么大。然而现在是没有了,连这一个也没有了。同时,我自己也觉得不配活下去;别人呢?也不配的。同时,我自己又觉得偏要为不愿意我活下去的人们而活

下去；好在愿意我好好地活下去的已经没有了，再没有谁痛心。使这样的人痛心，我是不愿意的。然而现在是没有了，连这一个也没有了。快活极了，舒服极了；我已经躬行我先前所憎恶，所反对的一切，拒斥我先前所崇仰，所主张的一切了。我已经真的失败，——然而我胜利了。

鲁迅的现实题材小说，也取得了极其重要的成就，具体来说体现在以下几个方面。

第一，鲁迅的现实题材小说中塑造了众多新的人物形象，而这些新的人物形象的出现正表明了中国现代小说与中国传统小说相比发生了革命性的变化。具体来说，鲁迅为中国小说史上贡献了六类人物形象。第一类是陈腐、虚伪而冷酷的权势者形象，代表人物是鲁四老爷（《祝福》）、赵太爷（《阿Q正传》）、丁举人（《孔乙己》）、七大人（《离婚》）等。第二类是不管对自己还是对别人都极其虚伪的卫道士形象，代表人物是高尔础（《高老夫子》）、四铭（《肥皂》）等。第三类是愚昧而麻木的看客形象，代表者是《阿Q正传》中围看阿Q游街的人、《示众》中的看客、《药》中观看革命者被杀头的看客等。第四类是在当时的社会中已经觉醒但却无路可走的觉醒者形象，代表人物是狂人（《狂人日记》）、夏瑜（《药》）、吕纬甫（《在酒楼上》）、魏连殳（《孤独者》）、N先生（《头发的故事》）、涓生和子君（《伤逝》）等。第五类是政治经济地位低下的、善良淳朴的但最终在愚昧麻木中被吃掉被侮辱与被损害者形象。这一类形象又可以细化为三种：第一种是下层知识分子，代表人物是孔乙己（《孔乙己》）、陈士成（《白光》）等；第二种是农民和小市民，代表人物是阿Q（《阿Q正传》）、闰土（《故乡》）等；第三种是中国传统的妇女，代表人物是祥林嫂（《祝福》）、单四嫂子（《明天》）、爱姑（《离婚》）等。第六类是朴素、单纯、心地纯洁的人物形象，代表人物是车夫（《一件小事》）、六一公公和阿发（《社戏》）等。在这六类人物形象中，觉醒者形象和农民形象在中国传统的小说中从未出现过，是鲁迅第一次使他们登上了中国文学的舞台。

第二，鲁迅的现实题材小说在题材上有了很大的突破。在中国传统小说中，大多描写是帝王将相和才子佳人，即使对人世间的生活有所描写，也离不开英雄好汉或神仙鬼怪；而鲁迅的现实题材小说中，几乎都取材于普通人的普通生活，即使对重大的社会事件进行表现也往往通过描写一些司空见惯的生活场景和小事来实现的。例如，《狂人日记》通过展现一个精神病患者的日记，对中国封建社会的"吃人"本质进行了深刻披露；《药》通过讲述华老栓为给儿子治病买人血馒头这一小事，深刻地表现了革命者不被人理解的悲哀;《阿Q正传》通过讲述乡村流浪汉阿Q的一生,对当时社会中国民众的灵魂进行了生动展现。另外,鲁迅的现实题材小说中开创了农村与知识分子题材。在《呐喊》和《彷徨》中,农村题材占据着重要的位置,鲁迅不仅看到了农民遭受的苦难,并对此表现出深切的同情;而且深刻探析到了农民的愚昧与精神病态,并鲜明表达出"哀其不幸,怒其不争"的态度,强调了对国民性进行改造的重要性。知识分子题材在《呐喊》和《彷徨》中得到深入开掘,鲁迅不仅对他们在历史发展进程中产生的进步作用进行了高度肯定,而且对他们的精神危机与精神病苦进行了深刻揭露。

第三,鲁迅的现实题材小说运用了多样化的创作方法。他广泛吸收、融合了西方作家如果戈理、契诃夫、弗洛伊德、夏目漱石、陀思妥耶夫斯基等人的创作手法,形成了自己独具特色的现代现实主义小说创作方法,如《祝福》《阿Q正传》《孔乙己》《明天》等小说体现出鲜明的现实主义特色;《狂人日记》《长明灯》等小说体现出鲜明的现实主义与象征主义相结合的特色等,从而为中国现代小说的发展开辟了更为宽广的道路。

第四,鲁迅的现实题材小说开创了多样化的小说体式。他"继承了传统小说重视人物的语言和行为描写的优点,却打破了重视故事的连续性和完整性的常规,从西方小说那里学习到了截取生活'横断面'的方式,打破时空的顺序,根据内容需要安排情节,并借鉴诗歌、散文和戏剧等多种艺术形式,不断地推陈出新,创造出了种种不同的小说体式"[1],如《狂人日记》采用了日记体式,《伤逝》采用了抒情诗式,《示众》《风波》采用了独幕剧式,《社戏》《故乡》采用了散文式等。

第五,鲁迅的现实题材小说有着独特的情节结构模式。综观鲁迅的现实题材小说,可以发现其大致有两种情节结构模式,即"离去—归来—再离去"的归乡模式和看与被看(吃与被吃)的二元对立模式。《故乡》是采用"离去—归来—再离去"的归乡模式展开情节最典型的一篇小说,从"我"的回乡开始写起,而在实写"我"的归乡的同时,虚写了"我"从离开家乡到在异乡怀念家乡的精神历程,从而将现实中的回乡与心理上的回乡融为了一体。但在其中,又交织着"我"回归故乡后便不再离去还是再度离去的矛盾冲突。最终,"我"在经历了闰土的故事和杨二嫂的故事后,对故乡感到非常失望,于是选择再次离乡。正是在"我"的离乡—归乡—再离乡的过程中,鲁迅将人生命的悲剧性体验生动地展现了出来,同时回荡着一种无家可归的漂泊感。《示众》《祝福》《明天》《阿Q正传》《药》

① 李平:《中国现代文学》,北京:中央广播电视大学出版社,2006年,第45页。

都是采用看与被看(吃与被吃)的二元对立模式展开情节较典型的小说。综观这些小说,从看客方面来说,他们通常是作为"无意识的杀人群体"出现,但这并不意味着鲁迅认为广大的看客即人民群众是造成小说主人公悲剧的原因,而是在更深刻的意义上对支配大多数人思想行为的统治阶级的伦理道德观念进行了否定,希望能起到唤醒民众的灵魂;从被看者方面来说,他们通常是愚昧的群众中的一员,而且他们的不幸和痛苦往往成为另一些愚昧的群众即看客用来慰藉、愉悦自己以及宣泄、转移、遗忘自己的不幸和痛苦的东西。正是在看与被看之间,鲁迅对国民性的弱点进行了强烈的讽刺。

第六,鲁迅的现实题材小说有着鲜明的主观抒情性。主观抒情性在鲁迅的现实题材小说中有着鲜明的表现,如《明天》中,当单四嫂子埋葬了宝儿以后,鲁迅安排了这样一段描写:

> 他定一定神,四面一看,更觉得坐立不得,屋子不但太静,而且也太大了,东西也太空了。太大的屋子四面包围着他,太空的东西四面压着他,叫他喘气不得。

接着,鲁迅让叙述人以第一人称评论道:

> 我早已经说过:他是粗笨女人。他能想出什么呢? 他单觉得这屋子太静,太大,太空了罢。

这样,叙述人与小说的主人公便在内心感受上趋于同一,并由此凸显出故事的悲剧性。另外,单四嫂子感受到的太静、太大、太空的感受,也渗透着鲁迅自身的孤独与寂寞。

第七,鲁迅的现实题材小说在人物塑造方面有了很大的突破。他在塑造人物时,采取了"杂取种种,合成一个"的典型化方法以及白描、细节描写、画眼睛、内心独白、意识流、个性化语言和动作等方法。例如,《祝福》中在刻画祥林嫂这一人物形象时,运用了画眼睛的方法。祥林嫂在鲁镇共出现了三次,而鲁迅用极其简洁的笔触对她三次出现时不同的眼神进行了描刻,从"口角边渐渐的有了笑影"到"眼睛窈陷下去,连精神也更不济了",到最后"只有那眼珠间或一轮,还可以表示她是一个活物",进而对祥林嫂命运的变化进行了生动表现;《狂人日记》在塑造狂人的形象时,侧重于通过狂人的自由联想、梦幻等对其心理活动进行直接的剖露。

第八,鲁迅的现实题材小说有着凝练、含蓄的语言。他以现代白话文为基础,吸收了古代语言以及外来语言的有用部分,并对其进行了艺术加工,从而创造了适应现代思维的、有着丰富的艺术表现力的、峭拔洗练的语言。在《伤逝》中,鲁迅仅用了寥寥数语,便深刻地描写出了涓生的绝望:

> 仿佛看见那生路就像一条灰白的长蛇,自己蜿蜒地向我奔
> 来,我等着,等着,看看临近,但忽然便消失在黑暗里了。

总之,鲁迅用文字勾画出了现代中国人的魂灵,塑造了现代文学史上第一批典型的艺术形象,他在小说中表现出来的对国民性弱点的批判和反思、对中国千千万万的农民和知识分子的出路的探索,不仅对中国文学,甚至对整个中国社会都产生了深远的影响。

(二)鲁迅现实题材小说的语言

所谓语言的"画面感"就是作家在创作过程中运用文学语言营造出的形象、场景或意境,使读者在阅读过程中调动和触发个人的想象和联想,从而在其脑海中形成相应的非可视性画面。鲁迅小说语言的画面感是指鲁迅通过小说语言及其修辞手法形成的一幅幅具有画面性质的形象和景物,它们在读者阅读和接受过程中根据个体的经历和理解不断地组合和发酵并生成虚幻式画面的视觉感。

鲁迅小说语言的画面感主要由人物形象画面感、场景画面感、风景画面感三个部分构成。这样的画面感在鲁迅的小说中大量存在。众所周知,与古代小说重视情节相较,现代小说创作中人物形象塑造的成功与否,是能否成为一部优秀小说的关键,而塑造的人物形象是否具有画面感又是关键中的关键。鲁迅说:"我的取材,多采自病态社会的不幸的人们中,意思是在揭出病苦,引起疗救的注意。"从这样的创作观念出发,鲁迅小说为中国现代文学画廊提供了农民和知识分子两个系列的人物形象。

农民的形象,鲁迅小说着重刻画他们的愚昧麻木和精神上的奴役创伤,我们可以看到"寻药"的华老栓、开口叫"老爷"的闰土、追问有没有"灵魂"的祥林嫂、等待"明天"的单四嫂子等;鲁迅小说中的知识分子的形象,分为新旧两类,前者有"像一只苍蝇一样飞来飞去,最后停留在原点"的吕纬甫、"像狼一样嗥叫"的魏连殳、还有信奉爱情至上主义却无情失败的涓生和子君;后者则有自命清高的孔乙己、经历了十六次失败最终绝望的陈士成、可恨又可怜的四铭等。对于上述人物形象,鲁迅的小说语言通过三种方式营造和建构其画面感。

首先，鲁迅喜欢用白描手法，并将这一手法运用得得心应手。所谓白描，原为中国绘画中的特有概念，通常指画家用淡而单色的线条勾勒人物或景物的绘画方法，它具有朴素、简洁、传神的特点。白描也同样适用于文学创作，是作家用最精炼、最简单、最传神的语言勾勒和描写人物与事物特征的创作技巧。对此鲁迅曾经有过解释："所以我力避行文的唠叨，只要觉得够将意思传给别人了，就宁可什么陪衬拖带也没有。中国旧戏上，没有背景，新年卖给孩子看的花纸上，只有主要的几个人（但现在的花纸却多有背景了），我深信对于我的目的，这方法是适宜的"。尽管他对人物的刻画往往寥寥几笔，却像木刻，力透纸背，直抵人物灵魂，由此给读者留下深刻的印象，形成视觉性效果。

《祝福》中"我"第一次见到祥林嫂时："头上扎着白头绳，乌裙，蓝夹袄，月白背心，年纪大约二十六七，脸色青黄，但脸颊却还是红的。"作者对于祥林嫂的描写虽寥寥36字，却运用了"白""乌""蓝""月白""青黄""红"五种描述色彩的语言，其中"白""乌""蓝""月白"分别对应"头绳""裙子""夹袄""背心"，着墨数滴，绍兴底层少妇的容貌跃然纸上；而"青黄的脸色"和"红色的脸颊"，则表明她的生理状态和精神状态，虽丧夫不久，虽生活艰难，但尚有希望……一个形神兼备的祥林嫂形象呼之欲出，迅速在读者心目中形成了一幅速写式的画面。

一年以后的祥林嫂，"脸色青黄，只是两颊上已经消失了血色，顺着眼，眼角上带着些泪痕，眼光也没有先前那样精神了。"此时祥林嫂除了脸色依旧青黄，但与一年前相较，脸颊已经失去了先前的血色之外（说明身体状况已大不如前），小说语言运用白描的手法重点突出了眼部的特写，眼光不但没有先前精神，且顺着眼，眼角还有泪痕等。就像速写画一样，简单数笔就在读者心目中勾勒出一个低眉顺眼的祥林嫂画面，与"她"又一次被卖的经历相吻合。最后一次见到祥林嫂，她已经完全变了样子："五年前的花白的头发，即今已经全白，全不像四十上下的人；脸上瘦削不堪，黄中带黑，而且消尽了先前悲哀的神色，仿佛是木刻似的；只有那眼珠间或一轮，还可以表示她是一个活物。她一手提着竹篮，内中一个破碗，空的；一手拄着一支比她更长的竹竿，下端开了裂：她分明已经纯乎是一个乞丐了。"这段白描语言就较前两段而言复杂和充实了许多。

一是凸显了"脸色"和"眼神"的变化。脸色由"青黄中带红色"—"青黄色"—"黄中带黑"；眼神也由"有精神"—"顺着眼"—"消尽了先前悲哀的神色，仿佛是木刻似的；只有那眼珠间或一轮，还可以表示她是一个活物。"

二是描写了"头发"的变化。五年前的"花白"—"即今已经全白，全不像四十上下的人"。

三是增加了生活状态的变化。由五年前的"头上扎着白头绳,乌裙,蓝夹袄,月白背心"—五年后的"竹篮、破碗、下端开裂的长竹竿",五年后祥林嫂在鲁四老爷、柳妈为代表的鲁镇人们眼里是一个寡而再嫁,嫁而再寡的女人,是一个极其不祥、伤风败俗的秽物。她丧失了劳动能力,精神萎靡不振,乃至麻木,只有眼睛的不时转动才可以表示她是"一个活物"。

她生活上的悲惨遭遇,精神上的沉重创伤,在小说白描语言中惟妙惟肖地展现出来,从而给读者以强烈的刺激,留下深刻的非可视性印象。

其次,鲁迅小说语言经常用人物的动作描写营造人物形象画面感。《药》中华老栓买到人血馒头时:"那人一只大手,向他摊着;一只手却撮着一个鲜红的馒头,那红的还是一点一点的往下滴。老栓慌忙摸出洋钱,抖抖的想交给他,却又不敢去接他的东西。那人便焦急起来,嚷道,'怕什么?怎的不拿!'老栓还踌躇着;黑的人便抢过灯笼,一把扯下纸罩,裹了馒头,塞与老栓;一手抓过洋钱,捏一捏,转身去了。嘴里哼着说,'这老东西……。'"卖人血馒头是刽子手的一个副业,他做这一切早已得心应手。他一只大手向老栓"摊着",另一只手"撮着"一个滴血的馒头,看着软弱胆小的老栓,他"嚷""抢""扯""裹""塞""抓",这些动作是迅疾的,更显粗鲁的,从他这些粗鲁且带有强制性的动作描写中可以感到他粗暴蛮横、残忍冷酷、恃强凌弱的性格,他要别人东西时"抢",给别人东西时"抓",最后一声"哼"表示了他对华老栓的轻蔑傲慢;相比之下华老栓"摸""抖抖的""不敢去接"等迟疑缓慢、犹豫不决的动作描写,展现出其性格的怯懦。

通过两个人动作"快"与"慢"的对比,老栓老实怯懦的形象和刽子手凶神恶煞的形象就在他们各自动作中显现出来,给读者以强烈的视觉冲击。《离婚》中爱姑的形象也是通过动作描写刻画的。小说语言对爱姑并没有外貌描写,只是写她"将两只钩刀样的脚正对着八三摆成一个'八'字"。传统女人的坐姿大都要求端庄含蓄,爱姑的坐相则随意放肆,没有拘束地将裹脚不成型"钩刀样"的双脚摆成一个"八"字,展示了她泼辣大胆、敢于反抗夫权的形象。对于爱姑"离婚"的看法,小说的语言也通过人物的动作描写予以展现:"前舱中的两个老女人也低声哼起佛号来,她们撷着念珠,又都看爱姑,而且互视,努嘴,点头"。

小说语言描绘的画面中两个念佛的老女人思想老旧,她们对爱姑离婚态度通过"看""互视""努嘴""点头"几个简单的小动作表达出来。"看"说明她们在观察爱姑,"努嘴"表现了对爱姑的不满,最后两人对视交换意见"点头",说明她们对爱姑离婚的看法一致。该画面通过两个老女人的动作衬托出爱姑的"另类",也使得整个画面的带入感和直观性更强。

再次,鲁迅小说语言还通过"画眼睛"的方式形成画面感。鲁迅说:"要极俭省地画出一个人的特点,最好是画他的眼睛。我以为这话是极对的"。

画眼睛,本是东晋画家顾恺之的绘画技巧,他认为绘画时,人物的眼睛最能传神,为了点睛传神,传说他画作完成后,几年不点眼睛。其实,虽然语言擅长表现线性、时间性叙事,图像以展示空间见长,但绘画原理与文学语言是相通的,正如米歇尔所说,"人类的创造性冲动之一,即是要突破媒介表现的天然缺陷,用线性的时间性媒介去表现空间,或者用空间性媒介去表现线性展开的时间"。

鲁迅打通了文学语言和绘画语言间的藩篱,将"画眼睛"的绘画技巧巧妙地"迁移"到他的小说创作中,通过画眼睛的方式塑造人物,形成画面感。《长明灯》中疯子坚定地守在庙门口要吹熄灯,他"只在浓眉底下的大而且长的眼睛中,略带些异样的光闪,看人就许多工夫不眨眼,并且总含着悲愤疑惧的神情"。

小说语言多次给读者提供眼睛的局部特写:"略带些异样的光闪,看人就许多工夫不眨眼",他执拗地要吹灭社庙里那象征着封建传统的长明灯,即使被关起来,也绝不屈服和动摇。"一只手扳着木栅,一只手撕着木皮,其间有两只眼睛闪闪地发亮。"

即使身体被困,但眼睛依旧"闪闪地发亮",更突出了眼神的坚定。"略带些异样的光闪""闪闪发亮的眼睛"传神地刻画了疯子执着坚毅的性格特点,他那充满悲愤的心情和勇猛、坚定的封建社会叛逆者的形象,在"眼睛""眼神"中体现了出来,形成局部的特写画面感。《在酒楼上》的吕纬甫,"又浓又黑的眉毛底下的眼睛也失了精采,但当他缓缓的四顾的时候,却对废园忽地闪出我在学校时代常常看见的射人的光来。"他的眼睛"失了精采",勾画出知识分子在"飞了一圈"之后只能回到原地来的苦闷潦倒,他眼睛里闪出"射人的光来",可以想象当年吕纬甫在学校时意气风发,敏捷精悍,吕纬甫的眼睛里这样一个转瞬即逝的变化,体现出人物的沧桑,给读者留下了印象深刻的画面感。

《伤逝》仅用寥寥数笔描写子君的动作神态,却多次描画她的眼睛。热恋时没有忧虑的眼里是"稚气的光泽";听"我"谈雪莱、泰戈尔时,眼里是"好奇的";被求婚时,她"孩子似的眼里射出悲喜,但是夹着惊疑的光,虽然力避我的视线,张皇地似乎要破窗飞去",子君面对"我"的求婚当然是高兴的"喜",但也带有一些对未来的忧虑,因此才会"眼里射出悲喜",且夹杂着一些"惊疑的光",因为没有准备,含有少女的羞涩,才会

"力避着我的视线"。小说的语言仅通过眼睛就刻画出子君在面对求婚时候的无措和高兴、疑虑和害羞。而在"我"向子君提出分手的时候,她"眼里也发了稚气的闪闪的光泽。这眼光射向四处,正如孩子在饥渴中寻求着慈爱的母亲,但只在空中寻求,恐怖地回避着我的眼"。这时子君眼睛里的"稚气"充满了冷气和刻骨铭心的寒意,面对"我"的决绝,她的眼睛"恐怖地回避着",这是子君在爱情破灭之后,茫然不知所措心境的流露和写照。子君在爱情中的惊喜、疑虑、害怕、慌张、恐慌、无助,都是通过"画眼睛"的方式表现出来。

同样,《幸福的家庭》中"两只阴凄凄的眼睛"的主妇,《药》中"像饿很久的人见了食物一般,眼里闪出一种攫取的光"的围观的人,还有"赵白眼""红眼睛阿义"等,都因为眼睛的刻画而更加生动形象。

总之,鲁迅的小说语言通过白描、动作描写、画眼睛的方式,勾勒出传神的人物形象,并构造出精心设计的视觉画面,显示出"从语言中看出人影"的阅读效果和创作功力。

三、鲁迅的历史题材小说创作

鲁迅历史题材小说创作的代表作是短篇小说集《故事新编》,共收录了他 1929—1935 年间创作的《补天》《奔月》《铸剑》《出关》《理水》《采薇》《非攻》《起死》8 篇历史小说。其中,《补天》《奔月》和《铸剑》取材于古代的神话和传说,通过对古代的正直、淳朴、坚强的英雄人物的赞美以及对古代劳动人民伟大的创造和复仇精神的歌颂,对当时社会中存在的庸俗作风及市侩习气进行了无情而辛辣的嘲讽;《非攻》通过赞美机智、以天下为己任、反抗强暴和侵略、富于自我牺牲精神的古代思想家墨子,对九一八事变后鼓吹"民气"的空谈家进行了抨击与嘲讽;《理水》通过对实事求是、拼命硬干、公而忘私、富有献身精神的古代治水英雄大禹的歌颂,辛辣地抨击了顽固昏聩的官员以及趾高气扬的学者;《采薇》取材于古代武王伐纣的历史记载,通过否定伯夷和叔齐"义不食周粟"而饿死在首阳山的逃避现实的复古倒退行为,呼吁人们积极投身于现实主义的大潮之中;《出关》通过批判老子"无为"的哲学思想和"不争"的超现实态度,对当时社会上存在的空谈风气进行了批判;《起死》通过批判庄子的"无生死观""无是非观"等消极出世思想,讽刺了当时社会中宣扬"无是非观"的帮闲文人。

鲁迅的历史题材小说,从艺术方面来说取得了一定的成就,具体来说体现在以下几个方面。

第一，鲁迅的历史题材小说采用了"油滑"的创作方法，即"有意打破时空界限，采取'古今杂糅'的方法，既依据古籍又容纳现代，将古人写活，达到'借古鉴今'的目的"①。《故事新编》中的小说，其情节和细节大都取材于古代的书籍，但作家又对其进行了艺术性加工，从而在古人古事之中巧妙而自然地融入现代人的生活，将古代的情节和现代的情节融为一体。同时，《故事新编》中的小说在塑造人物时，总是立足于现实生活，积极寻找古人和今人在思想情感上的相通之处加以推演，并将现代的语言和行为灌注到古人的言行之中，实现了古今相通，也对古代的人与事中一些被掩盖了的真相进行更有力的揭示。例如，在《理水》中，描写现代生活的内容几乎占了全部小说内容的三分之二，而且整篇小说中都洋溢着时代的脉搏；在《理水》中，出现了"OK""古貌林""好杜有图"等现代语言等。

第二，鲁迅的历史题材小说有着独特的结构方式，即前后部分对立或翻转，从而造成了庄严与荒诞的相互渗透、相互补充和相互消解。例如，在《补天》中，鲁迅一开始描绘了女娲造人补天的宏大与瑰丽，十分令人神往。但之后，鲁迅却开始描写女娲的无聊感以及在其胯间出现的"古衣冠的小丈夫"，逐渐显露出了荒诞的色彩。到了小说最后时，鲁迅又描写了打着"女娲的嫡派"旗帜的后人在女娲死尸的肚皮上安营扎寨，从而使整个小说达到了荒诞的极致，也消解殆尽了前文所营造的伟大感。而鲁迅的这种写法，也蕴含了一种道不尽的历史悲凉。

第三，鲁迅的历史题材小说体现出从容、洒脱、幽默的风格。鲁迅在创作《故事新编》中的小说时，已处于生命的后期，不仅疾病缠身，即将走向死亡，而且常常处于论战的中心。但是，他在这一时期创作的历史题材小说却体现出鲜明的从容、洒脱、幽默的风格。这既表明了鲁迅所具有的达观态度，又表明了鲁迅已达到了很高的思想艺术境界。

第四，鲁迅的历史题材小说巧妙地融合了杂文的笔法和戏剧的形式。在《起死》这篇小说中，鲁迅运用戏剧的形式，对被人神圣化的庄子以及被神秘化的相对主义哲学进行了戏谑化的描写，并从中透露出杂文的讽刺锋芒。

总的来说，鲁迅的历史题材小说在对中国古代的神话、传说和史实进行虚构和点染的基础上，对新时代的精神以及鲁迅个人的某些生命体现进行了生动的传达。

---

① 石兴泽，隋清娥：《中国现代文学》，北京：中国社会科学出版社，2012年，第31页。

第二节 对社会问题的揭露：社会问题小说创作探析

社会问题小说多以知识青年的生活为题材，从不同的角度真实地反映了当时人们所关心的各种社会人生问题，如军阀混战带来的社会灾难、教育、青年恋爱、青年出路、社会习俗与礼教、婚姻家庭、妇女贞节等问题。社会问题小说的代表作家有叶圣陶、冰心、许地山等，下面具体分析一下他们的社会问题小说创作。

一、叶圣陶的社会问题小说创作

（一）叶圣陶的生平

叶圣陶（1894—1988），原名叶绍钧，江苏苏州人。1911 年，他于中学毕业后辗转苏州、上海、杭州等地任初等小学教员。1914 年，他开始用文言文写小说，并在鸳鸯蝴蝶派的刊物《礼拜六》《小说丛报》《小说海》上发表了《穷愁》《博徒之儿》《贫女泪》等十多篇文言小说。五四时期，他开始用白话写小说。1921 年，他参与发起成立了文学研究会，并继续坚持小说创作。至新中国成立前，共发表了《隔膜》《火灾》《线下》《城中》《未厌集》《四三集》等多部短篇小说集，以及长篇小说《倪焕之》。1988 年 2 月 16 日在北京逝世，享年 94 岁。

（二）叶圣陶的小说创作

叶圣陶的社会问题小说大都以教育问题为切入点，进而对教育界的多种弊端进行了深刻揭示，对小市民和小资产阶级知识分子的灰色人生进行了生动展现，最有代表性的作品是《潘先生在难中》和《倪焕之》。

《潘先生在难中》以 20 世纪 20 年代的军阀混战为背景，通过成功地塑造了主人公潘先生这一人物形象，对旧中国小资产阶级知识分子"灰色的卑琐人生"进行了生动而深刻的展示。潘先生是南方某小镇的小学教员，也是一个庸俗、自私、卑琐、没有理想和锐气、安于现状、苟且偷生的市民式的知识分子。在军阀混战之初，为了躲避战祸以保命，他丢下学校不管，带着家人慌忙逃到了上海"租界地"的旅馆中，并将这里看作是他们一家人的"乐园"。但他在到了上海的第二天早晨，又因担心自己随便离校被上司追究而丢掉学校中的职位,于是不顾妻子的反对只身回到了学校,并积极地筹办起开学之事,以求能获得上司的赏识。就在他准备将开学通知书发出之时,战火再起,学生们大都跟随家长去避难了。而他此时为了保护自己和学校免受军队的侵扰,去外国红十字会申领了旗子和徽章,并多领了一份给自己的家人。当战事停止后,他为了欢迎战胜的军阀杜统帅而写了颂词。但当他写这些颂词时,眼前呈现的却是"拉夫,开炮,烧房屋,淫妇女,菜色的男女,腐烂的死尸"等场景。就在这种辛辣的讽刺当中,小说结束了。整体来说,小说运用写实的手法,对以潘先生为代表的小知识分子的性格弱点、灰色的人生态度以及庸俗的精神进行了批判,同时深刻揭露了军阀混战给人民带来的重大灾难。

《倪焕之》是中国现代文学史上最早的优秀长篇小说之一,也是现实主义文学的"扛鼎"之作。它以小学教员倪焕之从信奉教育救国到投身社会革命的人生经历为线索,对从辛亥革命到第一次国内革命战争时期的重大历史事件进行了生动再现,同时对这些重大历史事件给进步的小资产阶级知识分子造成的巨大影响进行了深刻反映。倪焕之在辛亥革命时期是一个志存高远、热情奋发的热血青年,并十分向往革命。但在辛亥革命失败后,他走上了以个人的奋斗对社会进行改良的道路,企图用教育来挽救社会和民族。于是,他积极进行教育改革。但是,他的教育改革行为受到了顽固派的疯狂阻挠,再加上他并没有认清深受经济基础制约的教育是无法担当起进行变革社会的任务的,因此他的教育改革最终以失败告终。倪焕之在进行教育改革、追求理想教育的同时,也积极追求着理想的爱情和家庭。在他看来,理想的爱情和家庭应该是这样的:

> 两个心灵,为了爱,胶粘融合为一个,虽只一个,却无异占有了全世界,寂寞烦扰等等无论如何也侵袭不进来,充满着的是生意与愉悦。事业当然仍旧是终身以之的教育;两个人共同努力,讨究更多,兴味更多,而成功也更多。新家庭里完全屏绝普通家庭那种纷乱庸俗的气氛;那是甜美的窝,每个角落里,每扇窗子边,都印上艺术的灵思的标记,流荡着和悦恬美的空气;而其间交颈呢喃的鸟儿就是他和她。

倪焕之在这一理想家庭观念的指引下,娶了一个曾追求过自由解放的新女性金佩璋,他们也却是在婚后度过了一段理想的家庭生活。但是,金佩璋从实质上来说是一个戴着"传统枷锁"跳舞的新女性,因此她在怀孕后便完全沉溺于家庭的琐事之中,不再关心书本和教育改革,也不再关心理想。这使得倪焕之痛心地感到"有了一个妻子,却失去了一个恋人加同志"的痛苦与寂寞。在教育理想和家庭理想都最终失败后,倪焕之对生活感觉了绝望。但是,五四运动的浪潮重新唤起了他的热情,他从乡下到了上海,积极参加了工人斗争,并立志成为"革命的教育者"。可是,接下来发生的"五卅"运动和"四·一二"政变使他的革命也失败了,于是在极度的悲观失望中因酗酒过度而客死他乡。但是,他的死却唤起了"沉睡"的妻子金佩璋,她决定走出贤妻良母式的角色,去完成丈夫未竟的事业。总体来说,《倪焕之》"相当真实地表现了一个富有革命理想的小资产阶级知识分子在时代潮流的推动下,从改良主义走向社会革命的思想历程,高度概括了从五四运动到大革命失败这一历史时期那些追求真理、探索前进的知识分子的共同人生道路,完整地刻画了近代中国追求进步的知识分子的心灵变迁史"[①]。

叶圣陶的社会问题小说也有以从农村为切入点的,通过描写农民的疾苦,对农村经济的破产以及农民生活的悲惨进行了生动而真实的反映,如《多收了三五斗》;还有以社会礼教为切入点的,通过描写妇女的不幸,对封建的宗法制度和宗法思想进行了强烈批判,如《这也是一个人?》等。

叶圣陶的社会问题小说创作也取得了一定的成就,具体来说体现在以下几个方面。

第一,叶圣陶的社会问题小说塑造了众多生动鲜明的小市民和小资产阶级知识分子形象,而且在对其进行塑造时,既注意对他们进行客观的描写,又注意运用富有特征的动作和典型细节来挖掘了他们的内心世界,从而使人物更加立体化。

第二,叶圣陶的社会问题小说并没有曲折的情节,注重对平常的人和事进行生动如实的反映,因而体现出很强的真实性与现实性。

第三,叶圣陶的社会问题小说有着自然、朴实而冷峻的风格,而且语言纯净、准确、严谨,富有感染力和表现力。

二、冰心的社会问题小说创作

(一)冰心的生平

冰心(1900—1999),原名谢婉莹,福建长乐人。1900年出生于一个北洋水师的军官家庭。1914年,冰心进入教会学校——北京贝满女子中学,潜隐地形成了自己的"爱的哲学"。1918年,她考入北京协和女子大

① 刘勇:《中国现当代文学》,北京:中国人民大学出版社,2006年,第77页。

学学习。五四运动爆发时,冰心积极地参加了学生运动。1919 年,冰心以处女作《两个家庭》在文坛崭露头角,接着又发表《斯人独憔悴》《去国》等"问题小说",受到读者欢迎。

（二）冰心的小说创作

在中国现代文学史上,冰心既是重要的诗人、散文家,也是重要的社会问题小说家,发表了《斯人独憔悴》《超人》《去国》《冬儿姑娘》等多部小说集。

冰心的社会问题小说揭发出一些发人深思的重大社会问题,从内容上来说大致可以分为三类。第一类是反映冰心对封建社会和封建家庭的不满情绪的,代表作是《两个家庭》《斯人独憔悴》和《去国》。《两个家庭》通过"我"的视角,用对照的写法,展现了两个家庭的生活图景。这两个家庭的男主人曾经是很好的朋友,一同上学、一同毕业、一同出国留学,然而婚后,这两个家庭却呈现出截然不同的光景:一个家庭杂乱无章,儿女啼哭,生活矛盾十分尖锐;另一个家庭温馨和谐,孩子天真活泼,有良好的教养。而造成这种差异的最主要的原因,就是两个家庭主妇不同的文化素养。据此,作家提出了女性受教育的问题以及女性对家庭的重要性。《斯人独憔悴》通过描写积极参加反帝爱国运动的青年颖铭和颖石兄弟与身为军国要人的顽固的父亲之间的矛盾,生动反映了五四时期封建家长与进步子女之间的矛盾与冲突。《去国》通过描写留学归来的、拥有满腹才华的青年朱英士因报国无门、才华也无处施展而灰心地再次离开祖国赴美,生动反映了官场的黑暗以及对人才的弃置,有着浓郁的时代气息。

第二类是反映冰心对劳动人民悲苦生活的同情的,代表作是《最后的安息》和《秋风秋雨愁煞人》。《最后的安息》通过描写受尽婆婆虐待的童养媳翠儿的悲惨遭遇,对封建家庭进行了强烈控诉,并揭示出童养媳制度的残酷与阴暗。《秋风秋雨愁煞人》通过讲述性格清高、志向高远、接受了"五四"时期的新思潮并立志为国家和民族做一些事情的主人公英云被封建父母蛮横地许配给有钱有势的表兄后的悲惨生活,对封建婚姻制度进行了痛斥。

第三类是反映军阀混战和下级官兵生活的,代表作有《一个不重要的军人》和《一个兵丁》。这两篇小说都通过描写下层士兵的悲惨生活,对引发混乱的封建军阀进行了强烈抨击。

冰心的社会问题小说创作也取得了一定的成就,具体来说体现在以下几个方面。

第一，冰心的社会问题小说在表现角度上，体现出鲜明的女性温情主义，也流露出明显的软弱无力情绪。因此，她的小说中的人物虽然对社会或家庭感到了不满，但缺乏进行反抗的精神；虽然有着美好的理想和愿望，但没有为实现自己的理想和愿望而斗争的勇气。

第二，冰心的社会问题小说的结构单纯，笔调细腻并带有些许的忧愁色彩，语言明丽清新，因而很能引起读者内心的震动。

三、许地山的社会问题小说创作

（一）许地山的生平

许地山（1893—1941），原名许方填，笔名落花生，出生于台湾一个爱国者的家庭。甲午中日战争后，他随家人回到了大陆，并在福建漳州落籍。1920年，他从北京燕京大学毕业后留校任教。1921年，他参与发起成立了文学研究会，并在《小说月报》上发表了处女作小说《命命鸟》，在读者中引起了强烈反响。1922年，他赴美留学，在哥伦比亚大学学习文学，并获得了文学硕士学位。之后，他赴英国牛津大学研究宗教比较学、印度哲学、梵文以及民俗学。1926年，他回到了国内，先后于燕京大学和香港大学任教。在国外留学和国内任教期间，许地山坚持进行义学创作，并发表了小说集《缀网劳蛛》《空山灵雨》等。1941年8月4日，因心脏病突发去世，终年48岁。

（二）许地山的小说创作

许地山的社会问题小说大都取材于现实生活中的人物和情节，有着强烈的人道主义倾向和时代感。同时，他的社会问题小说渗透了佛教思想，具有一定的哲理性。《命命鸟》《缀网劳蛛》和《春桃》是许地山社会问题小说的代表作。

《命命鸟》以缅甸仰光为背景，描写了一对青年男女加陵和敏明为追求自由的爱情和理想的人生而双双携手投湖自尽的悲剧故事。加陵和敏明相识于佛教青年会的法轮学校，两人由同窗而逐渐发展到恋人，却遭到了双方父母的反对，但他们还是违抗父母之命真诚地相爱着并最终选择用死来捍卫他们的爱情，这既表现了"五四"时期青年对恋爱自由的热烈追求，也揭露和批判了封建的婚姻制度，有着明显的进步意义。但同时，这篇小说也流露出了人生最苦、涅槃最乐的宗教精神。敏明和加陵都是佛教徒，又因父母对自己爱情的反对而认清了人世的污浊，决心携手到人

生的彼岸去寻找一方净土。因此,当他们投湖自尽时,是那样地从容不迫和义无反顾:

> 他们走入水里,好像新婚的男女携手入洞房那般自在,毫无一点畏缩。在月光水影之中,还听见加陵说:"咱们是生命的旅客,现在要到那个新世界,实在叫我快乐得很。"

许地山通过描写这个有着鲜明的宗教色彩的忠贞不渝的爱情故事,表达了对社会以及人生的一种自觉性抗争,也表明了对于美丽、纯洁的"极乐世界"的向往与追求。

《缀网劳蛛》讲述了一位有着浓郁宗教感情的、默默承受不幸命运的妇女的故事。小说的主人公尚洁原本是一个童养媳,后因不堪忍受婆婆的虐待而在长孙可望的帮助下到了马来。但到了马来后,她因救助一个受伤的盗贼而被长孙可望怀疑不贞。愤怒之下的长孙可望持刀伤了她,并遗弃了她。但是,尚洁对于自己的被误解和被遗弃,并没有一丝的怨恨,而是以极其宁静的态度对待自己的不幸:

> 我像蜘蛛,命运就是我的网。蜘蛛把一切有毒无毒的昆虫吃入肚里,回头把网组织起来。它第一次放出来的游丝,不晓得要被风吹到多么远,可是等到粘着别的东西的时候,它的网便成了。
> ……
> 它不晓得那网什么时候会破,和怎样破法。一旦破了,它还暂时安安然然地藏起来,等有机会再结一个好的。

尚洁对待不幸命运的这种态度,典型地体现出了东方人的乐天知命和坚忍不拔,这实际上也是深受佛教思想影响的许地山的心声。

《春桃》是许地山的社会问题小说中最著名的一篇。在这篇小说中,作家以饱含感情的现实主义笔触,塑造了一个善良、刚强、泼辣,"在命运的拨弄面前稳健地驾驶着人生之舟的强者"形象[1]。小说的女主人公春桃在新婚之日便遭遇了兵匪祸乱,与丈夫李茂的美好生活被毁,后流落北平,靠捡烂纸谋生。但是,生活的贫困和清苦并没有使春桃变得气馁,而是始终乐观坦诚地面对着生活。后来,她与同是逃难到北平的刘向高同

---

① 刘勇:《中国现当代文学》,北京:中国人民大学出版社,2006 年,第 80 页。

居,并早出晚归捡烂纸。一天,她在街上遇到了失散多年且已折了两条腿的、满身污垢的丈夫李茂,并做出了一个大胆的决定:将他接到了自己的家里,与自己和刘向高开起了"三人公司",开始了顽强而坚毅的共同生活。总的来说,春桃是一个极其善良、朴实、坚毅的劳动妇女,总是以自己的意志支配着自己的命运,并以积极乐观、豁达的人生态度对待生活中的苦难:

　　谁不受苦?苦也得想法子活。在阎罗殿前,难道就瞧不见笑脸?

应该说,许地山对春桃这一人物形象的塑造带有了些微的理想色彩,但其在将这些理想色彩灌注到春桃形象中时并不是牵强的,而是借助现实矛盾的自然进展加以展示的,因而十分令人可信。

第三节　对自我内心的书写:自叙传抒情小说的创作探析

自叙传抒情小说是中国现代抒情小说的一种重要体式,深受日本"私小说"以及西方浪漫主义文学的影响,因而又称"自我写真小说""浪漫主义抒情小说"。总体来说,自叙传抒情小说以作家对自我的暴露和对自己的生活与心理的描写为主要特征,代表作家有郁达夫、张资平、冯沅君、陶晶孙、庐隐、陈翔鹤等。下面具体分析一下郁达夫、冯沅君和庐隐的自叙传抒情小说创作。

一、郁达夫的自叙传抒情小说创作

郁达夫是中国现代文学史上最著名的自叙传抒情小说家,而他的自叙传抒情小说创作以1927年为界,大致可以分为前后两个阶段。

从1921年到1927年以前是郁达夫自叙传抒情小说创作的前期,在这一时期,他对新旧转型期青年的个性特点与人格特点进行了生动而真实的刻画,并体现出鲜明的感伤抒情特色,代表性的作品是小说集《沉沦》以及小说《春风沉醉的晚上》等。小说集《沉沦》是由《银灰色的死》《沉沦》和《南迁》三个短篇小说构成的,取材于留日青年的生活经历和爱情悲剧,抒写了"五四"时期青年内心深处的焦灼、迷惘与苦闷,以及由此形成的某种病态的人格。《银灰色的死》对主人公"Y"遭遇不幸后的痛苦与孤独进行叙写时，充满了浓郁的浪漫主义伤感情绪。"Y"在日本留学期间，因得知自己在国内的新婚妻子患病身亡而倍受打击，并开始借酒消愁。后来，他结识了酒馆主人的女儿静儿，并时常向她诉说自己的痛苦，而善良的静儿也总是替他感到惋惜。然而不久后，静儿要出嫁了。当他得知这一消息后，心里倍感难受，并决定变卖旧书为她买一份结婚礼物。之后，他便终日沉醉在酒中，并最终因脑出血倒在了洒着淡淡的银灰色月光的路上。《沉沦》通过描写主人公"他"的性压抑和性苦闷，以及由此导致的心理变态，揭露了中国封建道德的虚伪和罪恶，祖露了"五四"时期青年一代对异性爱的向往。"他"原本是多愁善感但敢于追求自由的时代青年，后出于对社会现实的不满而留学日本，并企图在这里一展宏愿。但是，作为"弱国子民"的"他"在异国他乡受到的不是尊敬、得到的不是温暖，而是令人无法忍受的凌辱和歧视，这使"他"越来越敏感和多疑，也不敢与女生交谈，更谈不上获得理想的爱情。于是，"他"逐渐在严重的伤感、忧郁和压抑中产生了性变态心理，自渎、买醉，在妓院中寻找着肉的沉醉，并最终走向了沉沦。在小说的最后，"他"选择了投海自尽，而在投海前，"他"面对着祖国的方向，发出了期盼祖国早日强大起来的内心呼喊：

"祖国呀祖国！我的死是你害我的！"
"你快富起来！强起来罢！"
"你还有许多儿女在那里受苦呢！"

至此，小说将"他"的青春感伤和忧郁与"弱国子民"受欺辱的悲哀融合到一起，并得出了祖国的贫穷和落后才是导致"他"痛苦、忧郁的最根本的社会根源，进而表达了自己对祖国的热爱以及对祖国强大、民族觉醒和个性解放的希冀。

《南迁》也表现了青年忧郁者的性苦闷，主人公"伊人"从小就深受社会的虐待，但仍坚持追求自己的幸福，尤其是爱情幸福。他在东京遇到了一个名叫 M 的日本女子后，将自己纯真的爱情真诚地献给她，但换来的却是自己在遭玩弄后被抛弃。这使"伊人"遭受了巨大的身心伤害，在心灰意冷中离开东京到了南方小岛进行休养。在那里，他遇到了单纯而温柔的日本女生 O，并因她对自己的热情与关怀而在心里感到一丝温暖。渐渐地，他与 O 产生了感情，但最终因一个日本男生的恶意中伤而无法向她表明，在极度的沮丧和颓废中身染风寒，在孤独中死去了。

《春风沉醉的晚上》通过描写贫困潦倒、一文不名的底层知识分子

"我"的不幸遭遇,表现了对社会以及人生的多重悲哀。同时,通过描写"我"与年轻女工之间的真挚友谊,对弥足珍贵的纯真情谊进行了抒发。"我"在外国的学校中读了几年书,但在社会上却找不到工作,只能租住在贫民窟的一个无比黑暗的小阁楼上。在这里,"我"结识了工厂女工陈二妹。她只有 17 岁,脸色灰白、身体清瘦,在烟厂工作,不仅要承受沉重的劳动压迫,还经常遭到管理者的欺凌与戏弄。但是,她有着一颗高尚的心灵,对"我"这个潦倒文人给予了真诚的帮助与关心。这使"我"非常感动,并因此不再感到孤独与无助。整体来看,小说中弥漫着一股淡淡的哀伤,但也在含蓄中传达出温暖如春的人间友谊,给人以心醉的感觉。

从 1927 年到 1935 年是郁达夫自叙传抒情小说创作的后期,在这一时期,他开始有意识地注重小说故事的传奇性以及小说情节的完整性,代表性的作品是小说《迟桂花》等。这部小说通过描写"我"与女主人公莲的交往经过,展现了她天真健全的人格以及纯洁无邪的美的感情,而这又与宁静优美、清新自由的大自然融为一体,从而完美地传达了人性返归自然、返璞归真的和谐之美。

郁达夫的自叙传抒情小说创作有着鲜明的艺术风格,具体来说表现在以下几个方面。

第一,郁达夫的自叙传抒情小说对自我进行了大胆无遗的暴露,体现出鲜明的自叙传性质。郁达夫曾说:"文学的作品,都是作家的自叙传",因此他的大部分小说都是从自己的经历和遭遇中直接取材,将这些小说连起来进行阅读,便可以得出他的生活轨迹。但是,郁达夫写自叙传抒情小说并不是为了给自己立传,而只是想将自己的心境赤裸裸地写出来,以求得世人对自己内心苦闷的了解。

第二,郁达夫的自叙传抒情小说体现出鲜明的感伤抒情。郁达夫曾说:"小说的表现,重在感情",因此他的小说都注重抒情。由于郁达夫本是一个多情感但情感脆弱、神经纤细的人,因此他的小说中抒发的感情泛滥着感伤的、悲观的、失意的和颓废的情绪。

第三,郁达夫的自叙传抒情小说塑造了一些真实感人的抒情主人公形象,而这些抒情主人公大都是孤傲、孤独、感伤、忧郁、敏感、自卑、内省的"零余者",如《银灰色的死》中的"Y"、《沉沦》中的"他"、《南迁》中的"伊人"、《茫茫夜》中的"于质夫"等。这些"零余者"实际上是"五四"时期深感自身的悲凉孤凄,热切追求个性解放、纯真友谊和真挚爱情,心中交织着个人的积郁和民族的愤懑,在黑暗的社会中惨遭积压却无力把握自己的命运的一些歧路彷徨的知识青年,他们与现实社会势不两立,宁愿穷困自戕也绝不与黑暗势力妥协,或对世道浇漓进行痛骂,或以自己的变态行为对黑暗的社会进行反抗。通过对这些"零余者"形象的塑造,郁达夫进一步指出黑暗的病态社会以及祖国的贫弱才是导致他们出现的最重要原因。这样,郁达夫的自叙传抒情小说又具有了强烈的时代内涵。

郁达夫在对"零余者"形象进行塑造时,还运用了多种方法对其心理(包括潜意识、性心理、变态心理等)进行了深入挖掘,如自由联想、时空跳跃、倒错、交叉等,从而使其得以立体式地展现在读者面前。

第四,郁达夫的自叙传抒情小说体现出鲜明的散文化倾向。他在进行小说创作时,"摒弃了传统小说的故事框架,也摒弃了小说由人物构建的立体模式,只随着一个人的经历写下去,泯灭了小说与散文的界限,给现代小说增添了抒情色彩和诗意,对新小说的发展做出了自己创造性的贡献"[1]。例如,在《沉沦》中,以留日学生"他"的情绪为主线,并随其感情的变化而结撰成篇。

第五,郁达夫的自叙传抒情小说的语言简洁、明快、流丽、优美、浓烈、清新,包含着深厚的情感,很能打动读者。

二、冯沅君的自叙传抒情小说创作

(一)冯沅君的生平

冯沅君(1900—1974),原名冯恭兰,改名淑兰,出生于河南省唐河县祁仪镇的一个书香家庭。她自幼便喜读古文,尤爱读唐诗,还在十一二岁时就开始吟诗填词,因而有着良好的文学基础。1917 年,她考入国立北京女子高等师范学校,毕业后又考入北京大学国学研究所。毕业后,她先后到南京金陵大学、上海暨南大学以及复旦大学等校中文系任教。1932 年,她考入了巴黎大学文学博士班,研究古典词曲。1935 年,她回到国内,先后在河北女子师范学院、武汉大学以及东北大学等校中文系担任中国古典文学教授,直到新中国成立。之后,她一直在山东大学任教。1974 年 6 月 17 日,因结肠癌在济南逝世,终年 74 岁。

(二)冯沅君的小说创作

冯沅君在中国现代文学史上,其小说因真挚的表现而成为自叙传抒情小说的重要代表作品,如《旅行》《隔绝》《隔绝之后》等。

《旅行》《隔绝》《隔绝之后》都是以第一人称进行叙述的,每篇的女

---

① 蒋淑娴:《中国现代文学史》,北京:科学出版社,2002 年,第 55 页。

主人公的名字虽然有所不同，但故事却能够相互衔接，因而实际上讲述的是同一个人的一段人生和心灵历程。《旅行》中描写的是女主人公与男同学自由恋爱的故事。热恋中的两人一同外出旅行时，在火车上以行李作"界碑"放在两个座位中间，女主人公当时的心理活动是：

> 我很想拉他的手，但是我不敢，我只敢间或在车上的电灯被震动而失去它的光的时候，因为我害怕那些搭客们的注意。

到了目的地，他们之间"爱情肉体方面的表现，也只是限于相依相偎时的微笑。丝丝的细语，甜蜜热烈的接吻"，即使同处一室也从未逾越最后的界限。据此，不难看出冯沅君在小说中对性爱的表现既有大胆的一面，也有犹豫、进退两难的一面，这既反映了五四时期恋爱中的青年男女的矛盾心理，也表现了相爱的青年对于爱情的神圣态度以及他们敢于冲破社会舆论和家庭的束缚进行公开恋爱的勇气。

《隔绝》和《隔绝之后》中，主人公则陷入了一种残酷的人生选择中。女主人公的母亲为了让她服从包办婚姻，将她禁闭了起来，并以死来威胁她与男友断绝关系。但是，女主人公并没有因此屈服，因为在她看来"生命可以牺牲，意志自由不可以牺牲，不得自由我宁死。人们不知道争恋爱的自由，则所有的一切都不必提了"。于是，她暗中与男友取得联系，并约定好一起出逃。可就在出逃前夕，她的母亲积忧成病。而她一方面不忍对母亲进行伤害，另一方面又难以容忍包办婚姻，最终选择服毒自杀。她的男友闻讯赶来后，也选择殉情自杀。

总的来说，《旅行》《隔绝》《隔绝之后》等小说体现出鲜明的浪漫抒情的叙事方式，且不乏主观情绪的直接宣泄，对人物内心的剖析也较为深刻。

三、庐隐的自叙传抒情小说创作

（一）庐隐的生平

庐隐（1899—1934），福建福州人，原名黄淑仪，又名黄英。1905 年，庐隐的父亲病逝，母亲带着五个子女投奔娘家，从此开始了庐隐漫长的痛苦读书之旅。1908 年，庐隐进入慕贞学院读小学，由于校规过于严厉，导致她连连害病，长久住院。在庐隐 12 岁的时候，她的大哥帮助她进入北京女子师范附小，并于一学期后考入该校的师范预科班。1919 年，为了进一步深造,庐隐以旁听生的资格考入北京国立女子高等师范学校国文部,一学期后因学习成绩优等,转为正式学生。在这里,她遇到郭梦良,与其真心相爱并结婚。然而,在婚后的第二年,郭梦良便因病去世。1928 年,庐隐再婚,嫁给小自己 9 岁的清华大学西洋文学系的李唯建。婚后,夫妇相濡以沫,相亲相爱,度过了庐隐一生中最为恬静快乐的时光。1934 年,庐隐因难产去世。

（二）庐隐的小说创作

庐隐坎坷的命运养成了她多愁善感又疾恶如仇的性格,她十分在意别人的看法,同时又自行其是,不愿意随波逐流。这些性格因素不但使她一生都不能平静,也反映在其文学创作之中。在庐隐小说中,主人公大都是没有出路的,她们前途茫然,社会对她们无比冷酷和无情。她的作品始终对女性问题特别地重视,如《丽石的日记》《海滨故人》《沦落》等。

庐隐的自叙传抒情小说深刻地描绘出了"五四"时期女性的内心世界,代表性的作品是《或人的悲哀》和《海滨故人》。

《或人的悲哀》由主人公亚侠写给女友 K 的十封信组成,倾诉他以多病多愁之躯在爱情、人生中沉浮的烦闷心情。而最后一封信是由亚侠的表妹从杭州寄给 K 的,信中说亚侠昨夜已"跳在湖心死了"。总体来说,小说中作家借助亚侠的内心独白,一方面进行着自怜、自责的自我求证,另一方面肯定了女性作为一种反抗封建传统的社会力量的自身价值。

《海滨故人》是庐隐最重要的一部小说作品,主要描摹了主人公露沙和几位同窗女友的精神世界。露沙小时候未得到父母的疼爱,在教会学堂遭受歧视长大,成年后接受了个性解放的时代气息的熏染,渴望自由的恋爱,但又对爱情感到恐惧,最终在犹豫、踟蹰、叹息中和爱情擦肩而过:

> 有一次正上哲学课,她拿着一支铅笔记先生口述的话,那时先生正讲人生观的问题,中间有一句话说:"人生到底作什么?"她听了这话,然后思潮激涌,停了手里的笔,更听不见先生讲什么?只怔怔的盘算,"人生到底是什么?……牵来牵去,忽然想到恋爱的问题上去,——青年男女,好象是一朵含苞未放的玫瑰花,美丽的颜色足以安慰自己,诱惑别人,芬芳的气息,足以满足自己,迷恋别人。但是等到花残了,叶枯了,人家弃置,自己憎厌,花木不能等时间空间的支配,人生也是如此,那么到底人生作什么?……其实又有什么可作?恋爱不也一样吗?青春时互相爱恋,爱恋以后怎么样?……不是和演剧般,到结局无论悲

喜，总是空的呵！并且爱恋的花，常常衬着苦恼的叶子，如何跳出这可怕的圈套，清净一辈子呢？……她越想越玄，后来弄得不得主意。

这部小说有着鲜明的自传色彩，"实际上就是庐隐前半生的自传，露沙就是庐隐自己"。

《沦落》讲述了女主人公松文的艰难旅程。松文在年少的时候在海边玩耍落水被一名水手救起。几年后在北京求学的松文又遇到这位水手，他已经是海军部副官。已婚的副官被松文的美貌折服并大肆追求她。松文接受了小说里的观念，以身相许报答副官当年的救命之恩。副官得到松文后，严禁她与其他青年有所关联。松文十分痛苦，就在这时，又有一位少年爱上了松文，每天都来陪伴松文左右，松文被感动了，认为少年情深义重，一定能够原谅自己与副官的过去。然而少年的父母却因此而无法接受松文，并同时要求少年履行父母所订立的包办的婚姻，少年见了未婚妻相片，觉得她"比松文更秀丽"，就抛弃了松文，并对松文产生了鄙视的念头。松文大受打击，她的痛苦并非是由于封建贞操观念的作用，而是源自正在兴起的资本主义都会里色情小说的教唆，特别是新式公子的浮薄、淫威这些新现实。

总的来说，庐隐的小说充满了浓重的感伤情调，她的小说常常难以遮掩寂寞的感伤，使人读来如同在风沙扑面的旷野中，听到在荆棘丛中泣血的杜鹃的啼叫。

第四节　对乡土生活的描绘：乡土小说创作探析

乡土小说指的是在 20 世纪 20 年代中期成形的，靠回忆重组对故乡农村（包括乡镇）的生活进行描写，有着浓重的乡土气息和地方色彩，并借揭露宗法制乡镇生活的落后和愚昧对自己的乡愁进行抒发的小说。乡土小说在创作中十分注重人物与环境的关系，所塑造的人物有着生动而鲜明的性格，而且注重描绘地方的风物和习俗。王鲁彦、王任叔、许钦文、许杰、徐玉诺、台静农、彭家煌、黎锦明、废名、蹇先艾等都是中国现代文学史上著名的乡土小说作家，下面具体分析一下王鲁彦、许钦文和许杰的乡土小说创作。

一、王鲁彦的乡土小说创作

（一）王鲁彦的生平

王鲁彦（1902—1944），原名王衡，出生于浙江镇海农村的一个小有产家庭。他的童年时代是在乡村度过的，对乡村生活也有着深刻的印象，这为他后来的乡土小说创作积累了很多重要的资料。18 岁时，他离家独自到上海，开始了艰辛的人生探索。"五四"时期，他深受新文化运动的影响和鼓舞，加入了北京"攻读互助团"，还在北京大学旁听课程，曾听过鲁迅讲的《中国小说史》课程，并深受影响。1923 年，他加入了"文研会"，并开始进行文学创作。1926 年，他发表了第一部小说集《柚子》，在文坛引起一定的轰动。之后，他又陆续发表了《黄金》《童年的悲哀》《屋顶下》等小说集以及中篇小说《乡下》、长篇小说《婴儿日记》《愤怒的乡村》等。1944 年于贫病交困中在桂林逝世，终年 42 岁。

（二）王鲁彦的小说创作

王鲁彦的乡土小说主要表现了"五四"以来反封建的思想主旨以及对国民劣根性的批判，代表性的作品是《菊英的出嫁》《黄金》和《柚子》。

《菊英的出嫁》以看似平淡的笔触对浙东的民间旧俗"冥婚"进行了生动的描写与强烈的抨击。小说一开始时，描写了菊英的母亲如何疼爱和思念自己的女儿，并张罗着给她定一门亲事；接着叙述了菊英的母亲为女儿张罗嫁妆、准备出嫁的过程，而直到读到送亲的队伍中有一具棺材时，才知道这实际上是菊英的母亲为自己早已死去的女儿准备的一场盛大的冥婚。小说以略含嘲笑的笔调叙述了菊英的母亲为女儿准备冥婚这一事件，进而对愚昧的陋习以及国民劣根性进行了深刻的批判。

《黄金》是标志着王鲁彦乡土小说风格成熟的一部作品，以讽刺的笔调描写了农村人心中对黄金的看重，进而表现了因封建统治的压迫和帝国主义的经济入侵而破产的乡村小资产阶级在金钱压迫下的精神扭曲和心理变态。小说的故事发生在一个叫"陈四桥"的地方，这里的人将金钱看作是衡量人的贵贱的标准：

你有钱了，他们都来了，对神似的恭敬你；你穷了，他们转过背去，冷笑你，诽谤你，尽力的欺侮你，没有一点人心。

小说的主人公如史伯伯原本是农村的一位善良的小有产者,有几间新屋和十几亩地,过着充实而安定的日子。同时,他也因为自己的这些资产而受到了村民的尊敬。但在有一年年末时,他的儿子没有寄钱回家,这使得村民对他的态度发生了重大转变:邻居怕他跟自己借钱而有意疏远他、木行老板家婚宴时奚落了他、女儿在学校遭到了欺负、家里的狗被人无缘无故地砍死⋯⋯这些嘲弄和欺凌都使得如史伯伯深切地体悟到了世态炎凉,并最终陷入了惶惶不可终日的窘境之中。

《柚子》运用反讽的手段描写了浏阳门外杀头的"盛举",进而揭露了统治者的残暴以及民众"软刀子割头不觉死"的国民劣根性。

二、许钦文的乡土小说创作

(一)许钦文的生平

许钦文(1897—1984),原名许绳尧,浙江绍兴山阴县人。1917年,他于杭州省立第五师范学校毕业,之后留任母校附小任教。1920年,他赴北京工读,旁听过鲁迅的《中国小说史》课程,因此与鲁迅结下了较为深厚的友谊。1922年,他发表了第一篇短篇小说《晕》,1926年又出版了短篇小说集《故乡》,并因此被归为"乡土作家"之列。1984年11月11日去世,终年87岁。

(二)许钦文的小说创作

许钦文的乡土小说对浙江家乡的人情世故进行了生动的展现,代表作品是《疯妇》和《鼻涕阿二》。

《疯妇》的主人公双喜妻子温柔而善良,但她违背婆婆的意思不学习织布,而是去褙锡箔,这使得婆婆对她非常不满,不仅经常向乡邻议论和挑剔媳妇,而且经常宣传她的不好。婆媳间的隔阂越来越深,最后双喜妻子因精神郁闷而发疯死去了。小说以沉郁的笔触描写了一个因婆媳隔阂造成的家庭悲剧,进而对传统的生活方式与商品经济刺激下年轻人的新价值观之间的冲突进行了生动的反映,对封建文化对人性的戕害进行了抨击。

《鼻涕阿二》的故事发生在鲁镇松村,主人公是被人称为"鼻涕阿二"的女孩菊花。她在乡村维新时进入了夜校读书,后因被传"被木匠阿龙自由恋爱"而遭人嘲弄,无奈下嫁给了农民阿三,但不久阿三便因溺水去世了。之后,她被卖给钱师爷做了小老婆,并因受到钱师爷的宠爱而变得有钱有势。此时做了"主人"的她,竟然又将自己曾遭受的虐待与侮辱毫不留情地施加给了别人。但这样的"好日子"并没有持续多久,很快她便因钱师爷的死而变得贫困,并最终在贫病中悲惨地死去了。小说通过描写"鼻涕阿二"的命运浮沉,对旧中国妇女的生活遭遇进行了真实而生动的反映,进而抨击了封建社会制度对人性的戕害。

三、许杰的乡土小说创作

（一）许杰的生平

许杰(1901—1993),原名许世杰,浙江天台县人。1922 年,他开始进行小说创作,后加入"文研会",并曾于上海建国中学、中山大学、安徽大学、暨南大学、华东师范大学等学校任教。

（二）许杰的小说创作

许杰的乡土小说往往用双重视角来描写乡村的故事,一方面将"童年记忆"中的乡村景色描写得美丽动人,另一方面又在美丽的乡村景色描写中涂抹上凝重而灰暗的色彩,以表明乡村的黑暗、落后和愚昧,代表性的作品是《惨雾》和《赌徒吉顺》。

《惨雾》被认为是中国现代文学史上乡土小说的一部力作,描写的是玉湖庄和环溪村发生的一场残酷械斗。玉湖庄和环溪村只一水相隔,原本关系不错,因而常有嫁娶之事往来,小说的主人公香桂就是玉湖庄的姑娘,后来嫁到了环溪村。但后来,两个村子因为争着开垦一片河滩地而发生了严重的冲突,继而演变成一场械斗。在这场械斗中,香桂失去了丈夫,也失去了亲弟弟,并因这双重的痛苦而昏厥坠楼,人事不省。而造成这场械斗的最根本原因,是封建宗族制度观念的作祟,因而这篇小说可以说有力地批判了封建的宗法观念。

《赌徒吉顺》对浙东一代的野蛮习俗——典妻制进行了最早的记录和生动的反映。吉顺跟着岳父学了一手泥瓦匠的好手艺,因而生活还算过得去。但后来,他在城里交了几个游手好闲、不务正业的朋友,逐渐染上了赌博的习惯,并一心想通过赌博发大财。却不想,他越赌越输,越输越赌,最后欠下了一身的债务,还将妻子典给了人家。小说通过赌徒吉顺的心理变化过程,生动地展现了社会的黑暗、农村经济的衰退以及在层层压迫之下的农民被生活所抛弃时的畸变性格。同时,小说通过描写吉顺的妻子被典的遭遇,表明了当时妇女地位的低下,并对野蛮落后的习俗进行了批判。

第二章 革命文学时期中国小说创作探析

在我国的革命文学时期,很多著名作家都对小说创作进行了探索,如茅盾、老舍、巴金等,他们在中国现代小说史上有着极其重要的地位,并以自己的创作极大地促进了中国现代小说的发展。另外还有左翼小说、京派小说、新感觉派小说等,这些作家的作品对我国小说艺术的发展做出了巨大贡献。本章就对革命文学时期小说创作进行探析。

第一节 对社会问题、市民世界和青年人生的剖析:茅盾、老舍和巴金小说创作探析

一、茅盾的小说创作

茅盾在中国现代小说史上有着举足轻重的地位,他的一生创作了数量众多的小说,而且样式齐全,其中又以长篇小说的创作最为突出。

(一)茅盾的生平

茅盾(1896—1981),原名沈德鸿,字雁冰,浙江桐乡乌镇人。幼年时受到了良好的家庭教育,也有着较好的古典文学修养。1913 年,他考入北京大学预科,并在此期间接触了西方文学。之后,他进入上海商务印书馆编译所,从事编译工作。1921 年,他开始担任《小说月报》的主编,并发起成立了"文研会"。1927 年,他发表了第一部小说《蚀》三部曲,在文坛引起一定的反响。1928 年,他为躲避国民党反动派的通缉而流亡日本,但仍坚持文学创作,发表了长篇小说《虹》和几个短篇小说。1930 年,他回到了国内,参加了"左联",并发表了长篇小说《子夜》。此后,他陆续发表了《春蚕》《秋收》《残冬》《林家铺子》《腐蚀》《霜叶红于二月花》等多部小说作品,以及《见闻杂记》《时间的记录》等散文集。1981 年 3 月14 日,因病在北京去世,终年 85 岁。

（二）茅盾的小说创作

茅盾善于在精细观察和运用一定的社会科学思想对社会生活进行分析的基础上，对刚发生不久的、甚至是正在发生中的社会现实进行全景式、大规模的反映，进而对各种矛盾斗争中的阶级和人进行生动的表现。因此，茅盾的小说又被称为"社会剖析小说"，且总是有着深广的思维、戏剧性强的情节以及典型的人物形象。

茅盾的小说创作取得了非常重要的成就，具体来说体现在以下几个方面。

第一，茅盾的小说注重题材的时代性以及主题的重大性，尽可能使自己的创作与历史事变同步，同时注重表现广阔的历史内容以及巨大的思想深度。例如，《霜叶红似二月花》对"五四"时期中国社会的一角进行了生动反映；《虹》通过描写知识女性梅行素从"五四"时期到五卅惨案后的生活经历，对"五四"时期的知识分子从个人主义走到集体主义的苦难历程进行了生动反映；《蚀》通过广阔的场面和宏大的气势，对大革命的历史以及大革命失败后人们生活及心理的变化进行了真实而迅速的反映；《子夜》对因帝国主义的经济入侵而导致的中国城市经济和农村经济的大崩溃进行了生动展现，进而对帝国主义的侵略进行了强烈谴责，并对当时中国的社会风貌进行了生动反映；《第一阶段的故事》以上海从"八一三"事变至陷落时期的社会生活为背景，对抗日战争初期各阶层人民的生活与思想的变化进行了广阔而深刻的反映；《腐蚀》以皖南事变为背景，对国民党反动派的黑暗统治进行了揭露；《清明前后》通过讲述主人公的觉醒过程，指出了建立新中国的必然趋势。

第二，茅盾的小说非常注重典型人物的塑造，较为突出的是民族资本家形象、时代新女性形象和农民形象的塑造。就民族资本家形象的塑造来说，《霜叶红似二月花》塑造了一个敢于对抗顽固的封建地主阶级的轮船老板王伯申的形象；《子夜》塑造了既积极对抗买办资产阶级，又对工农运动进行疯狂镇压的吴荪甫的形象；《第一阶段的故事》中塑造了一个在抗战初期为了推动人民的斗争而加入了斗争行列的资本家何耀先的形象等。就时代新女性形象的塑造来说，茅盾的小说中主要塑造了两类时代新女性形象，一类是像静女士、陆梅丽似的与中国的传统女性有着较多的精神联系的女性；另一类是像慧女士、孙舞阳、章秋柳、梅行素、张素素似的不论性格气质还是生活追求、道德伦理观念都深受西方新思潮影响的、迥异于中国传统女性的女性。就农民形象的塑造来说，《春蚕》中塑造了一个受尽压迫和剥削的江南蚕农老通宝的形象；《秋收》和《残冬》

塑造了一个日益觉醒的农民阿多的形象。

另外,茅盾的小说在对人物进行塑造时,注重对人物性格的复杂性、多面性与变化性进行表现,并善于对人物在错综复杂的社会关系中经济及社会地位的变化进行描写,以使人物能够更加立体地呈现在读者面前;注重用幻觉、错觉、梦境、时序颠倒、意象错杂、联想跳跃等手法对人物的心理进行描写,同时将人物心理的描写与社会历史运动相结合,以展示出广阔的社会历史运动中人物心理的发展历史。

《子夜》中的吴荪甫是茅盾小说中塑造的众多人物形象中最突出的一个,也是第二次国内革命战争时期民族资本家的典型形象。他接受过西方的先进教育,而且精明能干,有魄力也有灵活的手腕,雄心勃勃地想要将中国的民族企业振兴起来。为此,他与背后有帝国主义撑腰的买办资本家进行抗争,但他不论在政治上还是在经济上都太软弱无力了,因而最终走向了破产的命运。另外,吴荪甫身上也有着鲜明的封建色彩,这从他残酷地剥削工人、疯狂地镇压共产党领导的农民运动可以看出。

第三,茅盾的小说有着十分独特的结构。他总是追求宏大而严谨的布局,涉及的情节复杂、人物众多,因而线索纷繁交错,但同时又严密完整。这里以《子夜》为例进行说明。小说的第一章匠心独运地讲述了吴老太爷"因为土匪实在太嚣张,而且邻省的共产党红军也有燎原之势"而来到上海,从而将要讲述的 20 世纪 30 年代的民族资本家的故事巧妙地放置到中国共产党的土地革命背景下,并且以吴老太爷的猝死象征着封建地主阶级旧的一章已经结束,中国新兴资产阶级的历史则已经开始;第二章和第三章围绕着吴老太爷的丧事,让主要的人物纷纷登场,并全面铺开了人物的各种矛盾;第五章到第八章,主要描写吴荪甫为发展自己的民族企业而进行的种种努力;第九章到第十二章,主要描写了民族资本家吴荪甫与买办资本家赵伯韬的斗法;第十三章到第十六章主要描写了工人阶级的反抗运动,从而将民族资本家吴荪甫放置到一面需要对抗买办资本家赵伯韬、一面需要镇压工人运动的两面作战困境之中,将小说的内容逐渐推向了高潮;第十七章到第十九章描写民族资本家吴荪甫的背水一战以及他最终的失败。整体来说,这部小说的情节安排有张有弛且很有节奏,多种矛盾的同时出现和相互纠缠也有利于对主人公吴荪甫的性格进行多侧面的展开、对生活中多种矛盾的内在联系和相互影响进行揭示。

第四,茅盾的小说广泛运用了象征手法。茅盾的小说不论是书名还是涉及到的人名,都有着一定的象征意义,如《子夜》的书名象征着 20 世纪 30 年代中国社会的黑暗以及民族工业的黯淡前景;《虹》中的主人公梅行素的名字,象征着知识分子以坚忍不拔的意志奋勇向前的精神。另外,茅盾的小说中经常创造有象征性的意象,如《动摇》中的主人公方罗兰夫妇在逃难途中见到的悬于游丝上的蜘蛛。

第五,茅盾的小说的语言很有特色,叙述语言简洁细腻、生动缜密、刚健清新,人物语言则有着鲜明的个性化特征。

二、老舍的小说创作

老舍是中国现代文学史上最重要的小说家之一,也是"第一个把中国半殖民地化过程中,在东、西方文化互相撞击和影响下,中国市民阶层的生活、命运、思想与心理引进现代文学领域并获得巨大成功"[1]的小说家。

（一）老舍的生平

老舍(1899—1966),原名舒庆春,出生于北京城的一个贫民家庭。他的幼年和少年时代是在一个大杂院中度过的,生活十分艰辛。9岁时,他因善人"宗月大师"的资助得以进入小学读书。1913年,他考入北京市立第三中学,后因经济原因转到了免费的北京师范学校就读。毕业后,他任职于方家胡同京师公立第17高等小学校。五四运动时期,他并没有参与其中,而是积极地办小学,但也深受新思潮的影响。1924年,他赴英国伦敦大学东方学院担任华语讲师,并在此期间创作了长篇小说《老张的哲学》《赵子曰》和《二马》。1930年,他回到国内,到济南齐鲁大学任教,并在此期间创作了《大明湖》《猫城记》《离婚》《牛天赐》等多部长篇小说。1934年,他到山东大学任职,因教学繁忙主要进行短篇小说的创作,发表了《黑白李》《月牙儿》《断魂枪》《我这一辈子》等多篇优秀的短篇小说,1936年,他辞去了教学职务,专心进行写作,发表了长篇小说《骆驼祥子》,在文坛引起了极大反响。抗日战争爆发后,他投身于抗战文艺工作之中。抗日战争胜利后,他赴美讲学,并在此期间完成了长篇小说《四世同堂》。1949年底,他辗转回到了国内。新中国成立后,他将主要的精力转移到戏剧尤其是话剧的创作上,发表了《方珍珠》《龙须沟》《春华秋实》《西望长安》《茶馆》《女店员》等23部剧本。

---

① 石兴泽,隋清娥:《中国现代文学》,北京:中国社会科学出版社,2012年,第14页。

（二）老舍的小说创作

老舍的小说格外关注文化批判与民族性问题，而这又是通过对北京市民日常生活全景式的风俗描写来达到的。因此，他在小说中创作了包罗万象的市民世界。而在这个市民世界中，又活跃着各种市民形象，如老派市民、新派市民、正派市民和底层市民等。

老舍小说中的老派市民形象一般都是城里人，但身上有着浓重的乡土气息，也背负着沉重的封建宗法思想包袱，因而他们不管是人生态度还是生活方式，都很保守、很闭塞、很"旧派"。同时，老舍通常对老派市民形象进行戏剧性的夸张，以达到揭示这些人物的精神病态、对中国传统文化中的消极落后内容进行批判的目的，如《二马》中的老马、《牛天赐传》中的牛老四、《离婚》中的张大哥等。其中，《离婚》中的张大哥是老舍的老派市民形象中较为突出的一个。张大哥是一个墨守成规的小市民，也有着知足认命的思想，一心只想将自己的小康生活保住。为此，他害怕一些"变"。对于他来说，离婚就是要打破既有的秩序，这让他无法忍受。于是，他将调和夫妻间的矛盾，使夫妻间能凑活着过日子作为自己一生的"事业"。但最终，他的这套人生哲学破产了，他也陷入了欲顺应天命而不可得的悲剧之中。

老舍小说中的新派市民形象大都一味地逐"新"、一味地追求"洋式"的生活情调，以致最终丧失了自己的人格，走向了堕落，如《离婚》的张天真，《四世同堂》中的祁瑞丰、蓝小山、冠招弟等。对于这类人物形象，老舍几乎是运用了刻薄的手法对其进行了漫画式的描写，如对张天真肖像的描写：

> 高身量，细腰，长腿，穿西装。爱'看'跳舞，假装有理想，皱着眉照镜子，整天吃蜜柑。拿着冰鞋上东安市场，穿上运动衣睡觉。每天看三份小报，不知道国事，专记影戏园的广告。

从这样的描写中，不难看出老舍对这些新潮而又浅薄的新派市民形象是持批判态度的。

老舍小说中的正派市民形象，反映了中国传统小市民的理想，如《二马》中的李子荣、《离婚》中的丁二爷等。他们都是侠客兼实干家，往往为百姓惩奸除恶，因而总是有着"大团圆"式的结局。应该说，这从一个侧面反映了老舍思想的天真与真诚，也暴露了老舍思想的平庸。

老舍小说中的底层市民形象，在其市民世界中占据着非常显著的地位。而《骆驼祥子》，可以说是老舍对底层市民形象的刻画最为成功的一部作品。小说的主人公祥子原本生活在农村，后因失去了父母以及家里的几亩薄田而辗转到城里谋生。到了城里后，他先是幻想有一辆属于自己的车。因为在他看来，在城里有了车就像在乡下有了地一样，可以使自己成为一个自食其力的车夫，进而凭借自己的劳动获得安稳的生活。于是，他进入了人和车厂拉车，三年后终于通过起早贪黑的拼命工作，买了一辆属于自己的车，这使他激动地差点哭出来。有车后的祥子努力拉活，并幻想着再干上两年便可以再买一辆车，慢慢地他便可以开车厂了。可是，还不到半年，他的车就被匪兵抢走了，这使得祥子自食其力的理想第一次破灭了。而他也费了好大功夫才从匪兵手中逃脱，并顺手牵走了匪兵的 3 匹骆驼，卖了 35 块大洋，同时他回到了人和车厂继续拉车，希望攒钱买第二辆车。正当他买第二辆车的理想就要实现时，他的钱被孙侦探抢走了。在这次打击之下，祥子逐渐预感到了自己前途的可悲，但并未对生活感到绝望。他重新打起了精神，开始了第三次买车的努力。就在这时，他被人和车厂老板刘四爷的又老又丑的女儿虎妞看上了，并因没能防住虎妞的性诱惑与她结了婚。结婚后，他用虎妞的私房钱买了第三辆车，并再次幻想着通过拉车获得一个较为安稳的生活。但没想到的是，打击接踵而至，先是祥子因太拼命拉车而病倒，接着虎妞因难产死去了。为了料理虎妞的丧事，祥子忍痛卖掉了车，变得一贫如洗。这时，他对生活也彻底绝望，最终堕落成了个人主义的末路鬼。老舍以切身同情的笔触对祥子的不幸遭遇进行了描写，但也对祥子自身的缺陷如自私、别扭、不合群、不敢正视现实、只看重钱等进行了揭露与批判。总的来说，这部小说通过祥子的人生悲剧，对当时社会的混乱、黑暗、腐朽以及劳动人民的悲惨命运进行了真实而生动的反映，同时指出了在当时的社会制度和社会环境下，劳动人民想要走"独自混好"的道路是行不通的：

> 干苦活儿的打算独自一人混好，比登天还难，一个人能有什
> 么蹦儿？看见蚂蚱吧？独自一个也蹦得怪远的。可是叫个小孩
> 儿逮住，用线儿拴上，连飞也飞不起来。赶到成了群，打成阵，哼
> 哼一阵就把整顷的庄稼吃净，谁也没法儿治它们！

老舍的小说也有着独特的艺术特色，其中最重要的特色就是浓浓的"京味"和幽默。所谓"京味"，就是用浸透着北京文化的语言对北京的风土民情以及北京人民的生活进行生动记录。具体来说，老舍小说中的"京味"主要体现在取材上的浓浓"京味"。他以自己在北京的生活经历为基

础,对北京的大小杂院、四合院和胡同中的市民的凡俗生活进行了生动展现,塑造了一群深受"北京文化"影响的人物形象,从而描绘了一幅丰富多彩的北京风俗画卷。老舍小说中的幽默,也深深地打上了北京市民文化的烙印,从而形成了一种更为内蕴的"京味"。另外,老舍小说中的幽默一方面以一种以"笑"代"愤"的发泄方式表达了对社会的不满,另一方面又是对自身不满的一种自我解嘲。此外,老舍小说中的幽默十分生活化,常常在庸常的人性矛盾中领略喜剧意味,谑而不虐,使幽默"出自事实本身的可笑,可不是从文字里硬挤出来的",进而使小说具有了一种更为丰厚的内在艺术力量。

老舍小说的语言也很有特色,创造性地运用了北京市民俗白浅易的口语,并在俗白中追求讲究、精致的美,从而将语言的通俗性与文学性有机地融合在一起,平易而不粗俗,精致而不雕琢。

老舍现代小说的语言文字中,有严密的欧式句式,有化整(西)为零(中)的化欧句式,更有汲取古文叙事精华、融合西学的"汲古融西"。老舍"汲古融西"的尝试可谓面面俱到,此处只讨论桐城文章中的骈文叙述资源与西语音韵修辞(figure of sound)二者的"汲"与"融"。在语言文字方面,老舍反对"重新另造",践行"知道一些旧的,好去创作新的",并认为"此新与旧原是同根,故不能以桃代李,硬造出另一套也"。鲁迅作的是"小说模样的文章",老舍则是以散文入小说。桐城散文与小说的关系,这是吴孟复先生在《桐城文派论述》中已经整理过的内容。

徐德明先生择其要:"在述说桐城派与韩愈的历史渊源时,他(吴孟复先生)由姚永朴和陈寅恪先生那里引述,'韩愈的文章之妙皆自小说变文来'。而归有光自述学《史记》则云:'太史公但至热闹处就露出精神来了,如今人说平话者然,一拍手又说起,只管任意说去。'他'用小说的白描手法与简洁生动的语言'写出的立足于生命体验的'小文章',被闻一多称为给散文开辟了一个新境界。桐城派散文继承韩愈、归有光者颇多这些近似于小说的好处。"且论证了老舍小说中有"充盈的义法",并总结如下:"老舍以桐城章法入小说,自能给小说叙述增添一些西方以外的浑厚素质。"

老舍说"我的散文是学桐城派的",跟着方还先生,他的古文做到了家。老舍以桐城散文笔法入小说:小说中除了"义法"充盈,"辞章"方面亦俯拾即是。桐城散文讲究"神理气味格律声色",这里只试说有限的一点句法。吸收欧化句式和化解欧化句式之外,老舍也并不忽视古文中字义、声音两重对偶的可能性。桐城姚鼐的《古文辞类纂》已有收录"辞赋类",曾国藩编选的《经史百家杂钞》、李兆洛编选的《骈体文钞》和黎庶昌编选的《续古文辞类纂》，客观上补充了姚鼐《古文辞类纂》收录古文偏于狭窄的不足，从而拓宽桐城散文的取径范围，巩固其"天下文章出桐城"的传统。而拓宽范围、改变风格的基本手段则是"引骈入散""相杂迭用"。因此桐城散文中的骈偶韵体便也成为老舍汲取古代叙事资源营养、结合西语修辞资源，创造自身独特现代白话叙述风格的资源之一。老舍初作文时，必是已经意识到其时盛行的"欧化的白话文"。

在现代白话文型塑方面的偏颇，使他故意在《老张的哲学》中运用了文言词、句，试图保留古文的叙述特征。用词如涉目、瞻仰、蹑足潜踪、缓颊、出阁、何独不然、揖让进退；用句如足下一双青缎绿皮脸厚底官靴，更觉得轻靴小袖，妩媚多姿！也如传统白话小说一般有"诗"，虽然是老舍赋予"老张"的戏谑之作："每年累万结红杏，今岁花开竟孪生，设若啼莺枝上跳，砖头打去不留情"！诗歌与散文两种文体相互结合，是中国传统白话小说特有的文体形式。从以上便可看出老舍在现代白话文型塑过程中的"汲古"自觉，这自觉也是"五四"时期许多有古文功底的作家的普遍现象。老舍旧体诗做得极好，亦提倡以白话入诗，其1941年春《赠台静农》一诗如是说："为诗用文言，或者用白话，语妙即成诗，何必乱吵絮"。可以看出，老舍作旧体诗用字不论俗雅，务必追求表情达意的准确和凝练。

但是旧体诗毕竟要讲究结构的平衡对称和音韵的平仄对仗，与现代小说总是格格不入，所以老舍仍须借助桐城的骈文叙述资源，以打破文体间的扞格。骈文有辞采（藻）、对偶、用典、声韵四种主要艺术手段，老舍在文章中，吸纳了骈文的对偶、声韵叙述方式，赋予了现代白话文以形式美和声韵美。经过老舍利用骈文方式改造后的白话文，不再有明显的平仄与对仗，然结构上大体对称、匀调，展示出了现代白话语言的整饬。比起句式严整的英文文法和松散自然的传统白话文，更富有谨严中的活泼。老舍的汲古不止于此，实质上是融合了西学的化古为今，即汲古融西。老舍汲的"古"是桐城文章中的骈散结合的文体叙述资源，融的"西"是西语句法、音韵和修辞。西语音韵修辞的重要表现之一便是押韵，其押韵建立在读音一致基础上，基本特征就是音节的读音在文中的重复——押韵重视的是文字的读音而不是拼写。在西语诗学中，押韵根据句中位置，可分为句首韵、句中韵和句尾韵。老舍的小说文字利用西语的"押韵"修辞原则，不限于四六骈文的音韵，而是进行有机整合。

老舍在汲古——吸纳旧体诗文遣词造句的技巧——的基础上融西：融合了西语音韵修辞中的韵律特色对小说文字进行创造性整合，试举例如下："爱情要是没有苦味，甜蜜从何处领略？爱情要是没有眼泪，笑声从何处飞来？李静读过现代教育的女校，旧观念虽未全然舍弃，但学到了一些新知识,爱之觉醒的精神状态是有了探索新生活的一些勇气,她要追求爱情"。这个排偶句式的假设,其内心目标在于爱情的"甜蜜"与"笑声",但她能够接受过程中的"苦味"与"眼泪",置"爱情"于句首是利用头韵强调意义重心所在。

句中重复的"要是没有"是自我设问,也不无中国古代诗文中的复沓抒情意味,但它更是探索性的生活追问,再现"何处"鲜明地体现了这个探索的持续性。句尾的追问是一致的,但并不固执于音韵的一致。这是老舍灵活运用,有机汲取之一例。又如:"不管阔人街上拉屎,单管穷人家里烧香!"乍看就是一般中文对仗,"管"字领起的是两种不同态度,在这类于头韵的文字前又有不同的限定词"不 / 单",把俗字、古文句式、英文头韵融为一体。赵四用的是地道的北平方言,且为短句,因未受教育熏陶,用了粗俗的对偶:"街上拉屎"/"家里烧香"。李静与赵四二者比较,前者风花雪月,后者下里巴人。

此二句除皆符合人物身份之外,所用文字依稀有旧体诗和骈文的痕迹:形式上有模仿,前后句字数相同;章句也有韵,只是此韵不是旧体诗常用的平仄和尾韵,也不是骈文的句尾韵脚押韵,而是融合了西语声韵修辞手法后押了头韵"爱情""不管 / 单管"。《老张的哲学》的文字里有旧体"诗",更有古"文",但不是一味因袭传统而守旧的方式,而是融合西语、化用古典文学之后的汲古融西的创新。老舍利用西学对古文句法做了现代性的锻造,以西语音韵修辞中的押韵形式在转化与赓续中发展出现代音韵节奏和谐整饬的句式。桐城文发展古文的特色之一是骈散融合无间,其音韵既谨严自律,也不拘一格:或是句末押韵,如姚鼐《登泰山记》中的韵脚"an":巅、南、然、面、漫、丹、圆;或是章句之内的音韵平仄相衔,如《宋书·谢灵运传论》:"虽无固定的格律,却还有必然之理。"看下面例句便知老舍折冲于中西句法音韵之间的自由与纯熟:

> 有的干干的落泪,却不哭喊出来。老张更怒了:"好!你是不服我呀!"于是多打了三板。有的还没走到老张跟前早已痛哭流涕的央告起来。老张更怒了:"好!你拿眼泪软我的心,你是有意骂我!"于是多打了三板。有的低声地哭着,眼泪串珠般地滚着。老张更怒了:"好!你想半哭半不哭的骗我,狡猾鬼!"于是又打了三板。

此段有三个层面的铺陈,皆以"有的"(学生)押头韵引出,以"老张更怒了"押中韵束腰,以"于是多 / 又打了三板"押尾韵收尾。这些不认罚的学生不管如何表现,反正总是要挨打。尽管打人破坏了老张"打人就要费力气,费力气就要多吃饭,多吃饭就要费钱"的经济哲学,但如若不打,损失更大。

老舍在此处仍是调侃哲学家老张荒谬的"钱本位"哲学。句式韵散结合,写出了流利畅达、行云流水般的美感。到写《骆驼祥子》时,老舍已经不同于在伦敦写《老张的哲学》《赵子曰》,他笔下中西句法的融合已是高度内在化,大都不落痕迹。试看他对寒风中的车夫们的描写:

> 风从上面砸下来,他们要把头低到胸口里去;风从下面来,他们的脚便找不着了地;风从前面来,手一扬就要放风筝;风从后边来,他们没法管束住车与自己。祥子被拉了壮丁,丢了车,趁乱逃回北平后在曹先生家拉上了包车,在拉车途中看到老弱的车夫们为了生存在冬天的刺骨寒风中挣扎。

老舍在创作过程中汲取桐城散文的骈文叙述资源,并创造性地将骈文的声韵方法和西语音韵修辞中的"押韵"技巧糅合锻造成现代白话文叙述,不再一味追求骈文形式上的平衡、对称等形式审美,却依然保留了听觉与视觉上的审美,这是老舍对现代白话文学叙述的又一重要贡献。

三、巴金的小说创作

巴金是中国现代文学史上杰出的小说家,一生共创作了 20 多部中长篇小说以及 13 部短篇小说集。

(一)巴金的生平

巴金(1904—2005),原名李尧棠,出生于四川成都的一个封建大家族中。他在封建大家族中生活了 19 年,因而对其内部的当权势力的伪善自私和腐朽堕落有着深刻的了解,这对其今后的文学创作产生了重要影响。1917 年,他进入成都外国语专门学校学习。"五四"时期,他广泛接触了各种新思潮,并开始进行文学创作。1923 年,他离开了腐朽的封建家庭,独自到南京、上海等地求学。1927 年,他又赴法国求学,并在此期间创作了第一部小说《灭亡》,发表后在文坛引起了强烈的反响。1928 年底,他回到了国内,一边进行翻译工作,一边坚持文学创作。从 1929 年到1941 年,他进入了创作爆发期,创作了《死去的太阳》《新生》《海底梦》《春天里的秋天》《砂丁》《萌芽》《爱情三部曲》、《激流三部曲》等多部小说作品以及大量的散文。从 1942 年初到 1949 年,他进入了创作风格稳定期,创作了《火》《憩园》《第四病室》《寒夜》等多部小说作品,并发表了众多的散文。新中国成立后,他的创作以散文为主,发表了《画沙的节日》《生活在英雄们的中间》《保卫和平的人们》《大欢乐的日子》《新声集》《友谊集》《赞歌集》《随想录》等多部散文集。

（二）巴金的小说创作

巴金在新中国成立前的小说创作始终贯穿着真诚的感情基调,而且就题材来说可以分为两大类,一类是对青年和革命者进行正面描写的小说作品,另一类是表现封建家庭戕害青年的罪恶以及封建家庭逐渐走向灭亡的道路的小说作品。在革命文学时期,巴金创作了许多的作品,既有小说也有散文,在他众多的小说作品中,较为引人注目的是他的"爱情三部曲"《雾》《雨》《电》,此外还有"激流三部曲"中的《家》和《春》。《家》基本上能代表巴金前期创作的典型风格:热情、直率、单纯,情感汪洋恣肆,文字一气呵成,整体上有一种强劲的冲击力,给读者以强烈的震撼。但从艺术审美的角度看,《家》还不够成熟,但是这也是它的优点,直冲心灵的文字,能够使读者全身心地投入,并且从中得到极大的情感享受。因此,《家》虽然不是巴金思想和艺术方面最成熟的作品,却是影响最为广泛深入的作品。

巴金对青年和革命者进行正面描写的小说作品有《灭亡》《新生》与《爱情三部曲》等,其中影响较大的是《爱情三部曲》。

《爱情三部曲》包括《雾》《雨》《电》三部小说,通过描写一群从家庭中走向社会的知识青年的爱情纠葛、社会活动和革命斗争,对青年人追求理想和信仰的道路进行了积极探索。

《雾》的主人公是曾留学日本的周如水,回国后在一个旅馆中遇到了曾经仰慕过的"小资产阶级女性"张若兰,但始终没有勇气表白,原因是他在 17 岁时已经在父母的包办下与人结了婚,而且他没有勇气与毫无感情的妻子离婚、背叛自己的家庭。而周如水的两个曾经叛离了温暖富裕的家庭的朋友吴仁民和陈真都鼓励他从狭窄的爱情中挣脱出来,并将周如水不敢向张若兰表白的真相告诉了张若兰,还鼓励她主动向周如水表白,进而将周如水从家庭的束缚中解放出来。可此时,周如水却接到了父亲寄来的说母亲生病要见他的家书,还要求他回去当官。这让周如水感到了极其为难,但最终还是在爱情与家庭之间选择了家庭,不过他也始终没勇气回家。一年后,他再次回到了与张若兰相遇的旅馆,还接到了一封说家中的妻子已在两年前病死的家书,但此时张若兰早已离去,只剩下他独自悔恨。

《雨》延续了《雾》中的故事,此时的张若兰嫁给了一个大学教授,周如水也爱上了另一个"小资产阶级女性"李佩珠。但是,李佩珠最终拒绝了周如水,而周如水因无法承受两度的爱情幻灭,选择了自杀。在这部小说中,作家还着重描述了周如水的好友吴仁民的爱情故事。他爱上了自己的女学生熊智君。但没多久,他便发现自己从前的恋人、现在已是军阀太太的玉雯是熊智君的好友,她曾因爱慕荣华富贵而与自己分手,现在却想与自己重修于好。吴仁民痛苦地拒绝了玉雯,导致玉雯自杀。这又引起了玉雯的军阀丈夫的极大不满,对吴仁民进行各种迫害。而熊智君为了保护吴仁民免遭迫害,选择嫁给了玉雯的军阀丈夫,并留书鼓励吴仁民积极追求自己的事业。

《电》延续了《雨》中的故事,此时的李佩珠已投身革命三年,还与朋友在福建组建了革命团体。后来,从悲愤中振作起来、已经成长为一个成熟的革命者的吴仁民也到了福建,并遇到了李佩珠。两人有着相同的革命理想,因而逐渐的接触中产生了爱情。但不久,福建的革命事业就遭遇了重大打击,不断有成员被捕被杀,为革命献出了生命。此时,李佩珠接到了父亲在上海突然失踪的消息,她委托吴仁民回上海寻找自己的父亲,而自己则留在福建继续进行朋友们未完成的革命事业。

总体来说,《爱情三部曲》借爱情写出了当时青年人的各种性格以及青年人因自己的性格所经历的人生历程,但也有着非常明显的缺陷,"它的人物是在'纸剪的背景前活动','是在一个非常单纯化了的社会中,而不是在一个现实充满了矛盾的复杂的社会中'。对青年们开展革命活动的复杂环境和社会关系缺乏具体深入的交代和描绘,使得人物形象总体上显得比较单薄"①。

巴金对封建家庭戕害青年的罪恶以及封建家庭逐渐走向灭亡的道路进行表现的小说作品有《激流三部曲》《憩园》《寒夜》等,其中影响较大的是《激流三部曲》和《寒夜》。

《激流三部曲》包括《家》《春》《秋》三部小说,"通过一系列的故事情节的描写和人物形象的塑造,展示了新旧民主主义交替时期封建大家族堕落崩溃的历史命运和青年一代由觉醒而反抗并追求新的人生道路的艺术画卷"②。在这三部小说中,又以《家》的影响最大、艺术成就最高。

---

① 雷达,赵学勇,程金城:《中国现当代文学通史》,兰州:甘肃人民出版社,2006年,第321页。

② 雷达,赵学勇,程金城:《中国现当代文学通史》,兰州:甘肃人民出版社,2006年,第322页。

《家》以 20 世纪 20 年代初四川成都生活为背景,以觉慧与鸣凤,觉新与钱梅芬、李瑞珏,觉民与琴等几个封建家庭中的青年人的爱情遭遇以及他们所选择的生活道路为主线,描写了一个正在崩溃中的地主阶级的封建大家庭的悲欢离合的故事。

《家》有着很高的思想意义,具体体现在三个方面:一是揭露了封建家庭戕害青年的罪恶,进而对封建等级制度和封建礼仪制度进行了深刻抨击。《家》中所描写的封建大家庭,实际上是中国封建制度的缩影。这个大家庭中有大大小小的主子 20 多个,还有几十个仆人、轿夫、丫头等供他们役使,也有着森严的等级制度,尊卑严明,分明就是一个小的封建王国。在这个家庭里,高老太爷是最高的统治者,也象征着封建制度和权力。他专横、虚伪、顽固地维护着封建家庭,并希望封建制度能够长存。为此,他禁止觉慧参加学校的运动、包办了觉民的婚事、试图将觉民与琴拆散、为讨好 60 多岁的孔教会长将 16 岁的丫头鸣凤送给他做小妾……扼杀着年青一代的青春、爱情和生命。这篇小说的深刻之处,就是揭示了整个封建专制制度才是戕害青年的罪魁祸首。二是对"五四"时期青年一代的觉醒与反抗进行了生动再现,进而对青年的叛逆精神和反封建精神进行了赞扬,并鼓励封建大家庭中的青年积极进行反抗。三是指出了封建家庭和封建制度必然走向灭亡的命运。小说中的高老太爷已经衰老、腐朽,这象征着旧家庭和专制制度走向崩溃的历史命运。

《家》中也塑造了众多生动、鲜活的人物形象,其中以觉慧和觉新的人物形象塑造最为成功。觉慧代表了"五四"时期的民主力量。他是高家中最早觉醒过来的人,对封建等级制度和封建礼教极端蔑视,因而支持并帮助觉民逃婚、大胆地向婢女鸣凤表达了爱意、公然揭穿长辈们"捉鬼"行孝的丑剧等。最终,他选择从罪恶的封建家庭中出走,以更好地把握自己的命运,对封建旧家庭和封建制度进行反抗。但是,觉慧在性格上也有着幼稚的一面,具体的表现便是思想单纯不成熟、行为不够果决、感情深受封建家庭的牵连。这实际上表明,觉慧并没有从根本上彻底消除封建等级观念,从一开始便对来自封建专制的阻力感到胆怯和犹豫,始终对封建家庭和封建社会抱有一丝希望。这又深刻地表明了"五四"时期觉醒的一代青年的局限性。

觉新是《家》中着墨最多、最见艺术功力的人物形象,他清醒地认识到了自己的悲剧命运,但又懦弱顺从、委曲求全,因而是深受封建家庭和封建礼教荼害的典型。对于他来说,"家"既是一种精神上的炼狱,又是一种神圣的血缘关系与难以割舍的生活情调。因此,他虽然在"五四"时期深受新思潮的影响,产生过一些美好的理想并有一定的追求,也对压抑的青年一代有着深切的同情,但由于深受封建思想的熏染和教育而有着浓重的传统观念、处于长房长孙的位置而需要承担维护封建大家庭的责任,因而始终对封建专制和封建压迫妥协。而他的屈从妥协、迁就退让,进一步助长了恶势力的气焰,他自己也在罪恶的泥沼中难以自拔。但最终,他因为瑞珏的惨死而有所醒悟,并痛苦地感到"我们这个家需要一个叛徒",因而支持觉慧的出走。而觉新的转变,也表明封建制度和封建礼教即将走向灭亡。

《家》在艺术上也有着鲜明的特点:第一,《家》中的线索单纯而明晰,情节的发展也十分自然,而且首尾完整;第二,《家》中语言朴实无华、清新自然,并运用了排比、反复、倒装等散文句式,从而使整部小说显得十分活跃。

《寒夜》是巴金在中国现代文学历史上创作的最后一部长篇小说,也是标志着巴金在探索现实主义艺术道路上达到了最高成就的一部小说。小说通过讲述抗日战争胜利前后重庆的小职员汪文宣一家在走投无路的人生绝境中的痛苦挣扎,对抗日战争时期普通知识分子的苦难从家庭的角度进行了生动展示。汪文宣和妻子曾树生都毕业于大学教育系,都希望能够建一所"乡村化、家庭化"的学堂,用自己的知识和力量对国家和人民做些贡献。但是,抗日战争的爆发打碎了他们的理想。他们逃难到了重庆,汪文宣在图书公司找到了一份校对工作,曾树生则在一家银行当起了"花瓶"。随同汪文宣和曾树生逃难到重庆的,还有汪文宣的母亲。她出身于书香门第,还曾是昆明的才女,但为了儿子甘愿操持家务。但是,汪文宣的母亲与曾树生关系不好,夹在中间的汪文宣只能两头受气,再加上他患了肺病,使家庭生活愈发困难。最终,曾树生因无法忍受寂寞的家庭气氛以及婆婆的冷言冷语,跟随年轻的银行经理去了兰州。而汪文宣则在抗日战争胜利的时刻,悲惨地死去了。几个月后,曾树生又回到重庆了,但这里已物是人非,她只能独自徘徊在寒冷的月夜里。由于汪文宣一家的家破人亡与国统区的腐败黑暗统治也有着重要的关系,汪文宣的悲剧命运实际上是对整个时代和社会的"沉痛的控诉"。因此,小说在表现平凡家庭的不幸的同时,又对国民党反动派的黑暗统治进行了无情而深刻的揭露。

《寒夜》与《家》相比,在艺术方面发生了一些变化:第一,运用了更加细腻的现实主义笔触,对社会现实和社会生活的反映也更加真实;第二,对人物的塑造由注重外部事件的描写转为注重人物内心世界的描刻。

第二节　对革命的诉说：左翼小说创作探析

左翼作家的小说创作自觉地对无产阶级革命理想和无产阶级工农大众进行表现。但是，左翼作家的小说创作忽视了文学的审美特质，因而呈现出鲜明的公式化、概念化的缺陷。蒋光慈、丁玲、柔石、沙汀、叶紫、张天翼、吴组缃等都是重要左翼小说家。

一、蒋光慈的小说创作

蒋光慈是左翼小说创作中不可忽略的一位重要作家，开创了中国革命小说派，并倡导无产阶级文学，为革命派小说的深入发展进行了多方面的探索。从 1926 年起，他发表了《少年飘泊者》《短裤党》《鸭绿江上》《野祭》《菊芬》《最后的微笑》《丽莎的哀怨》《冲出重围的月亮》《田野的风》（原名《咆哮了的土地》）等多部革命小说，其中以《田野的风》的影响最大。

《田野的风》是"现代文学史上第一次以长篇小说的形式描写共产党领导下的农民武装暴动，被有的批评家看作'红色文学经典'的开山之作，认为其最大的价值在于'继五四新文学的思想启蒙之后，开创了中国革命文学政治启蒙的全新思维模式'[①]"。

具体来说，小说以 1927 年前后的湖南农民运动为背景，对农村剧烈的阶级矛盾和复杂的阶级斗争进行了广泛而深刻的反映，进而展示了农民革命的伟大力量。革命工人张进德和革命知识分子李杰一同在家乡散播反抗的火种，积极组织农会，并鼓励、鼓动人民对地主豪绅进行反抗，导致大批地主豪绅逃出村庄，从而极大地动摇了地主豪绅的权威。但随着马日事变的消息从省城传来，那些逃出村庄的地主豪绅又跟随着反动武装回到了乡村，并企图将农会解除，使农民重新回到他们的统治之下。可觉醒的农民在张进德、李杰等人的带领下，对反动武装和地主豪绅进行了武装反抗，并最终突破了他们的包围，奔向了革命力量更为强大的金刚山。

这部小说在艺术上也取得了重大成就，具体体现在三个方面。首先，

[①]　石兴泽，隋清娥：《中国现代文学》，北京：中国社会科学出版社，2012 年，第 102 页。

小说注重进行客观现实的描画,从而使生活的现实感大大增强。其次,小说成功地塑造了革命者的形象,其中以革命知识分子李杰的形象塑造最为成功。他有着敏锐、宽广、前瞻的眼光,并明确地意识到对农村进行改造,仅靠"将作恶的父亲杀死"是不够的,还应积极"促起农民自身的觉悟"。同时,他又是从地主阶级中走出的革命者,因与农民姑娘兰姑的恋爱受到了家庭的阻挠,愤而出走,参加革命。因此,在他身上既有着沉重的封建家庭负担,又有着明确的追求进步的革命意识。他始终坚持在革命斗争中不断对自己进行完善,并最终成长为了坚强的革命者。最后,小说将思想性和艺术性较好地融合在了一起,从而达到了力与美的完美结合。

总之,蒋光慈以高昂的革命激情与不断探索的精神,创造出力与美结合的较圆熟的作品,顺应了时代潮流,是激情叙述下的革命言说,是"中国革命史上的一个证据",有其独特的文学价值。

二、丁玲的小说创作

丁玲(1904—1986),原名蒋伟,出生于湖南临澧的一个大官僚地主家庭。她的父亲是清末秀才,还曾留学日本;母亲是一位自强有为的具有民主思想的教育工作者,对丁玲反封建思想和民主思想的产生有着重要影响。五四时期,她积极参加学生运动,也阅读了大量新文学作品,对文学产生了浓厚的兴趣,并开始尝试进行文学创作。1922年,她进入上海平民女校学习,后考入上海大学文学系,并结识了瞿秋白、茅盾等共产党人。1927年,她发表了第一篇小说《梦珂》,引起了读者和评论界的关注。之后,她又发表了震动文坛的成名作《莎菲女士的日记》,并因此成为了继冰心之后最受文坛重视的女作家。1930年,她加入了左翼作家联盟,并发表了《韦护》《母亲》《一九三〇年春在上海》《一天》《田家冲》《水》《奔》等作品,显示了左翼革命文学的创作实绩。抗日战争时期,她奔赴延安,在从事革命工作的同时坚持文学创作,发表了《我在霞村的时候》《在医院中》等小说作品。抗日战争胜利后,她在华北边区积极参加土地改革运动,并于1948年完成了反映农村土地改革运动的长篇小说《太阳照在桑干河上》。新中国成立后,她曾任中国文联委员、全国作协副主席、《文艺报》《人民文学》主编、中央文学研究所所长等职。1984年丁玲重返文坛,发表了长篇小说《在严寒的日子里》、长篇回忆录《风雪人间》《魍魉世界》以及回忆性的散文《牛棚小品》等。1986年3月4日,因病在北京协和医院去世,终年82岁。

丁玲早期的小说创作充满了"五四"落潮后新女性对个性解放的幻灭感,并对她们的精神苦闷以及由此产生的叛逆性格进行了大胆而深刻的描写,从而以一种独立的女性意识对 20 世纪 30 年代现代女性的人生感受进行了生动表达。《莎菲女士的日记》是丁玲这一时期小说创作的代表作,用大胆细腻的文笔塑造了一系列深受新思想影响的知识女性,进而对个性解放和妇女解放进行了强烈呼吁。茅盾曾在《女作家丁玲》一文中指出,莎菲女士是"心灵上负着时代苦闷的创伤的青年女性的叛逆的绝叫者""'五四'以后解放的青年女子在性爱上的矛盾的心理的代表者"[①]。

丁玲在加入左翼作家联盟后,思想发生了重要转变,逐渐接受了革命思想,并发表了《韦护》《母亲》《一九三〇年春在上海》《一天》《田家冲》《水》《奔》《一颗未出膛的枪弹》等多部革命文学作品。其中,《韦护》和《水》的影响较大。

《韦护》是以瞿秋白和王剑虹为原形创作的一部长篇小说,描写的是革命者韦护与小资产阶级女性丽嘉的恋爱和冲突。韦护在上海的 S 大学主持工作,遇到了"新型的女性"丽嘉。经过一段时间的相处,韦护对丽嘉不断产生好感,同时丽嘉也感觉自己总在思念韦护。于是,两个人相爱并同居了。此后,由于过于沉溺于自己的爱情,韦护逐渐荒疏了自己的工作。后来,韦护在他最敬重的陈实同志的劝告下,决定在爱情和事业中做出一个抉择。最终,他决定不能"永远睡在爱情的怀中讴歌一世",于是给丽嘉留了一封信后便去了广东。韦护走后,丽嘉虽然感觉到了爱情幻灭的痛苦,但也在时代浪潮的冲击下逐渐醒悟,决心"好好做点事业"。这篇小说是丁玲首次尝试革命文学创作的作品,由于她对革命者的生活缺乏深入的了解、思想中还残存着旧的思想痕迹(即小资产阶级感情色彩及"革命 + 恋爱"模式),因而对韦护形象的塑造不够鲜明,对革命思想的表现也不够深入。不过,这部小说对革命者的爱情从与封建礼教冲突转变为与革命冲突、人物从个性主义转向大众革命信仰的描写,有着一定的真实性,这也是这部小说的突出意义。

《水》被认为是标志着革命文学出现了重大突破的一部小说作品。它以 1931 年夏泛滥于全国十六省的大水灾为题材,描写了一群饥寒交迫的农民在与洪水斗争的过程中因逐渐认清了剥削阶级的真面目而觉悟:

---

① 李明军:《中国现当代文学》,西安:陕西师范大学出版总社有限公司,2010 年,第 147 页。

他们拿了我们的捐,不修堤,去赌,去讨小老婆,让水毁了我们的家,死了我们多少人,他们好不给我们吃吗?

这些觉悟后的农民,揭竿而起,一呼百应,汇成了反抗的洪流。小说中对农民性格的刻画应该说是比较符合历史和事实的,因为20世纪30年代的乡村土地革命已经在许多地区开展,轰轰烈烈。不过,小说中对农民的集体反抗性格写得还不够充分、不够壮烈。

三、叶紫的小说创作

叶紫(1912—1939),原名余昭明,出生于湖南益阳的一个殷实的小官吏之家。他的父亲和姐姐都是共产党员并积极投身革命,这对他树立革命思想产生了重要影响。1926年,他进入中央军事政治学校武汉分校学习。大革命失败后,他的父亲和姐姐惨遭杀害,他也被迫流浪他乡。1929年,他流浪到了上海,广泛接触了共产党人所领导的左翼文艺运动,并开始尝试写作。1933年,他加入左翼作家联盟,并于第二年在白色恐怖环境中加入了中国共产党。1935年,他出版了短篇小说集《丰收》,引起了文坛的高度关注。1939年10月5日,叶紫在疾病、焦虑、无奈和苦闷中走完了自己的一生,终年27岁。

叶紫亲身经历了大革命的失败,对农民的苦难生活也有着深刻的了解,因此他的小说主要取材于农村阶级斗争,并以饱蘸革命浪漫主义的激情对社会的腐败与不公进行了强烈批判。

短篇小说集《丰收》是叶紫最重要的革命文学作品,包括《丰收》《火》《电网外》《夜哨线》《杨七公公过年》和《向导》6个短篇小说。其中,《丰收》《火》《电网外》《夜哨线》和《向导》取材于大革命前后洞庭湖湖边农村的火热斗争,对国民党反动派以及地主阶级的残暴进行了揭露,对农民的苦难及觉醒进行了反映;《杨七公公过年》通过描写农民逃荒到上海后的悲惨经历与悲惨生活,揭示了农民的不幸命运,抨击了社会的黑暗现实。总体来说,这些小说都表达了作家对人民觉醒及积极进行反抗斗争的希望。

叶紫在这部小说集中也较为成功地塑造了一批农民形象,包括以云普叔为代表的老一辈农民形象,他们善良而忠厚、老实而本分,但又有着保守、懦弱的缺点,通过对他们形象的塑造,作家对黑暗的社会现实进行了强烈控诉与抨击;以立秋、癞大哥为代表的新一辈农民形象,他们已逐渐觉醒,不仅对社会的黑暗有着清醒的认识,而且有着强烈的反抗和斗争精神。

对于叶紫的这部小说集,鲁迅给予了高度的评价。他在为这部小说集写的序中说:"这就是作者已尽了当前的任务,也是对于压迫者的答复:文学是战斗的!"①

四、萧红的小说创作

萧红(1911—1942),是中国现代文学史上一个天才的短命女作家,原名张廼莹,出生于黑龙江呼兰县城一个封建地主家庭。她的父亲有着浓厚的封建统治阶级思想,因而对她冷漠无情,并导致她最终走上背叛地主家庭的道路。1930 年,她为了反对家庭的包办婚姻离家出走。1931 年,她到了北平,并考入女师大附中。1932 年,她发表了第一篇小说《王阿嫂之死》,第二年又发表了小说《弃儿》。1934 年,她到了上海,与鲁迅交往密切。1935 年,她发表了小说《生死场》,并因此得到了文坛的认可。之后,她又发表了《看风筝》《两个青蛙》《哑老人》《叶子》《小黑狗》《清晨的马路上》《夜风》《后花园、祖父和我》等作品。1940 年,在全国上下抗日如火如荼的时候,她选择去了香港,并在一种凄惶的境遇中坚持文学创作,发表了长篇小说《呼兰河传》、中篇小说《马伯乐》以及短篇小说《小城三月》等重要作品。1941 年 1 月 22 日,因病在香港医院逝世,终年 31 岁。

萧红的小说创作注重从厚重的历史、生活的底蕴中去把握人的命运,自觉继承了"五四"文学人本主义思想的启蒙精神;始终关注女性的命运,始终立足于顽强的女性意识和独特的审美表现,并通过女性的眼光对世界进行观察,进而将个人的不幸、女性的苦难与群体的生活联系到一起;注重对时代的主题进行把握,并将时代意识与女性审美意识有机融合。

《生死场》是萧红最重要、最著名的一部小说作品,它以东北沦陷前后的生活为背景,用朴拙粗犷的笔触描写了东北人民在帝国主义和封建主义的双重压迫下的"生的坚强"与"死的挣扎"。另外,小说中选取了平淡无奇的日常生活的几个零散片段,展示了生活于社会最底层的劳动妇女的群体悲剧生态,触目惊心地凸显了女性生存的命题。麻面婆善良本分,面对坎坷艰难的生活逆来顺受,从不说一个"不"字,但最后被日本兵的刺刀挑死;王婆先后嫁了三个男人,年轻时死了女儿,年老时儿子又因

① 石兴泽,隋清娥:《中国现代文学》,北京:中国社会科学出版社,2012 年,第 105 页。

当"红胡子"被官府捉去给枪毙了,最终丧失了生活信心的王婆悲愤地自杀了,却又在下葬时活过来;金枝在被动的情景下被成业俘获怀了孕,这让她感到极其丢脸,于是在生下孩子后将其摔死,十几年后她进城谋生却被男主顾强暴,还为了钱和生活出卖自己的肉体,最后狼狈不堪地想去当尼姑,可尼姑庵因为战事也没了,她不知道自己究竟该走向哪里;月英曾是打鱼村最美丽的女子,"生就的一对多情的眼睛,每个人接触她的眼光,好比落到绵绒中那样愉快和温暖",但后来患了瘫病,备受病痛的折磨,姣好的身体也只剩下"线条组成的人形,只有头阔大些,头在身子上仿佛是一个灯笼挂在杆头",再加上备受丈夫的冷漠,因而过着生不如死的生活,最终凄惨地死去了。这些原本美丽强健、生命很有活力的女性最终被生活的沉重以及命运的不可把握所吞噬。作家通过塑造这些挣扎在死亡线上的女性形象,刻画出了沦陷区女性甚至是整个沦陷区人民生存的苦难。

总的来说,这部小说并没有对抗日战争进行正面的描述,也没有精心结构的故事情节,而是以作家敏感纤细的艺术感受将闭塞、落后的农村生活以及由此造成的对民族活力的窒息生动展现了出来,并且力透纸背。

五、萧军的小说创作

萧军(1907—1988),原名刘鸿霖,出生于辽宁沈家台镇下碾盘沟村的一个普通家庭。他在年轻时曾当过士兵、下级军官,并长期在社会底层生活,这使他形成了刚毅、勇猛的反抗精神。1932 年,他开始尝试进行文学创作,发表了《孤雏》《烛心》《桃色的线》《这是常有的事》《疯人》《下等人》等多部小说作品。1934 年,他离开了东北故乡到了关内。1935 年,他发表了长篇小说《八月的乡村》,在文坛引起了极大反响。之后,他又陆续发表了长篇小说《第三代》、中篇小说《涓涓》以及短篇小说集《江上》《羊》等。新中国成立后,他被排斥出了文坛,但仍坚持文学创作,发表了《五月的矿山》《吴越春秋史话》等多部作品。1988 年 6 月 22 日,因病在北京逝世,终年 81 岁。

萧军的小说中渗透着东北山野的强悍、粗犷的气息,最有代表性的作品是《八月的乡村》。这部小说通过从正面描写一支由共产党领导的抗日队伍的战斗生活及成长过程,对抗日战争时期东北人民的反抗进行了生动展示,也显示出东北人民对民族生机的寻求。另外,小说中内蕴着真切的历史感以及壮美雄浑的英雄主义精神,展现了由痛苦的呻吟到抗争的呐喊的民族意识的觉醒。这部小说在艺术上也很有特色,笔法十分粗犷,画面也很少进行修饰,且运用了短章连缀似的结构,从而与生活中的原型十分接近。

这部小说也得到了鲁迅的高度评价,他在为这篇小说写的序言中说:"作者的心血和失去的天空,土地,受难的人民,以至失去的茂草,高粱,蝈蝈,蚊子,搅成一团,鲜红的在读者眼前展开,显示着中国的一份和全部,现在和未来,死路与活路。凡有人心的读者,是看得完的,而且有所得的。"[①]

第三节　对人性和人生的探索:京派小说创作探析

在 20 世纪 30 年代的中国文坛上,京派与海派的对峙是一个非常重要的形象。而京派小说与海派小说的出现,与地域文化有着极其深刻的关系。聚居在北京和上海的文人,都对各自的传统文化进行守护,对外来的文化进行排斥,由此形成了各具特色的小说创作潮流,产生了各具特色的小说作品。

京派小说作家大多居住在京津地区,大都有着较为体面的高校教职,只是以休闲沙龙的形式切磋文艺,交流情感。同时,他们主要以《大公报·文艺副刊》《文学季刊》《水星》《骆驼草》《文学杂志》等为阵地,发表田园牧歌式的小说作品。沈从文、杨振声、凌淑华、何其芳、萧乾、师陀、俞平伯、废名等都是非常著名的京派小说家,下面具体分析一下沈从文和废名的小说创作。

一、沈从文的小说创作

沈从文(1902—1988),原名沈岳焕,出生于湖南凤凰县的一个旧军官家庭。1917 年,他小学毕业按当地乡俗入伍,曾随所属土著部队辗转于湘、川、黔、鄂四省边境地区,既见识了湘兵的强悍勇武,也目睹了军队的滥杀无辜,这为他从事文学创作提供了重要素材。1922 年,湘西开始受到五四运动的影响,而受其影响的沈从文决定奔赴北平。到北平后,他先是准备考取燕京大学,但未被录取。从此,他开始尝试进行写作,其间生活十分困顿。1926 年,他发表了第一部作品集《鸭子》,开始在文坛引

---

① 鲁迅:《且介亭杂文二集·田军作〈八月的乡村〉序》,见《鲁迅全集》(第 8 卷),北京:人民文学出版社,1958 年,第 32 页。

起一定的关注。进入 20 世纪 30 年代后,他进入了创作的丰收期,创作了《萧萧》《柏子》《丈夫》《边城》《长河》等多部小说作品,以及《湘西散记》《湘西》等多部散文作品。新中国成立后,他迫于现实的压力,减少了文学创作,转而进行文物和服饰研究。1988 年 5 月 10 日,因病在北京逝世,终年 86 岁。

沈从文的小说大都以湘西生活为题材,通过描写湘西人的生存状态与人生形式,对湘西人的人性美进行了赞美与讴歌,如《萧萧》《柏子》《丈夫》《边城》《贵生》等。其中,以《萧萧》和《边城》的成就较高。

《萧萧》讲述了童养媳萧萧的故事,她从小失去了父母,12 岁时稀里糊涂地嫁给了还不到 3 岁的丈夫。在出嫁的那一天,萧萧不害怕也不害羞,因为她根本什么事也不懂。成为新媳妇后,萧萧并没有觉得烦愁,而是在抱抱丈夫、做做杂事中平静地过着日子。慢慢地,她长大了,也懂事了,与小丈夫间的矛盾也逐渐显露了出来。一天,她在上山打猪草时,因被花狗的歌声吸引而与他发生了关系,还怀了孕。怀孕后的萧萧面临着两种命运:或是被沉潭,或是被发卖。但由于她后来生了一个儿子,于是避免了这两种命运。十年后,萧萧的小丈夫长大了,而萧萧也终于与他圆房,并生下了第二个儿子。可当这个小儿子才三个月时,萧萧的婆家便开始张罗给她 12 岁的大儿子娶了一个 6 岁的媳妇。在小说的结尾,作家着重描写了姻亲唢呐吹到家门口时萧萧的行为与状态:

> 这一天,萧萧抱了自己新生的毛毛,在屋前榆蜡树篱笆间看热闹,同十年前抱丈夫一个样。

这样的结尾,表明了萧萧对自身以及与自己相似的人的悲剧命运的浑然不觉与不关心。但是,对于萧萧这个人物,作家并没有给予批评,而是用宽和的态度和从容的笔致对其合乎自然的生命欲求以及坚韧执着的生命意识进行了赞美,从而构建了他心目中爱与美的"人性的希腊小庙"。

《边城》是沈从文最重要的一部小说作品,通过讲述翠翠的爱情悲剧,用诗意的笔法对湘西的风情美和人性美进行了生动表现。因此,小说中无处不透露着美,山美、水美、人更美。其中,少女翠翠是作家理想中的"自然女性"的化身,皮肤黑黑的,一对眸子清如水晶,而且善良、清纯、可爱。她和以摆渡为生的外祖父相依为命。在他们居住的当地,喜欢结交朋友、乐于慷慨助人、有着颇高声望的船总顺顺有两个很出众的儿子,大儿子天保和小儿子傩送。在一次端午节举办龙舟竞赛时,翠翠遇到了傩送,两人也相互产生了好感。可是,天保也喜欢上了翠翠,于是与傩送约定采用唱山歌的方式向翠翠表达心意,然后让翠翠自己选择。最终,翠翠选择了傩送。情感上深受伤害的天保决定驾船远走他乡,却不想因意外溺水而亡。对于天保的死,傩送感到非常伤心,并认定自己应该对哥哥的死负责,于是驾船去寻找哥哥的尸体。后来,老船夫死去了,只剩下翠翠独身一人。但是,她不愿意离开渡口,而是一边摆渡,一边等待着傩送的归来。可是,她等待的那个人"或许永远不回来了,也许明天回来"。

这篇小说在艺术上也有着自身的特色,具体来说体现在四个方面:首先,注重通过对湘西边地的风景风俗进行诗意性的描绘,为故事情节的展开以及种种人情美的刻画营造氛围;其次,注重对人物的心理进行细腻的描写,从而揭示出人物的内心世界,如对翠翠心理的刻画形象地反映了一个情窦初开的少女内心的迷乱与娇羞;再次,体现出鲜明的散文化倾向,整篇小说没有跌宕起伏的情节,也没有扣人心弦的悬念,而是自然地进行铺展,就像是一首长长的散文诗;最后,运用了质朴简洁的语言,并融入"充满泥土气息"的湘西边地日常用语,从而与小说中描绘的淳朴民风相适应。

沈从文也有一部分以现在都市生活为题材的小说,通过描绘堕落腐化的都市生活,揭示了城市上流社会人士的虚伪、空虚与道德沦丧以及他们人性的扭曲与堕落,如《绅士的太太》《八骏图》《王谢子弟》《如蕤》等。其中,以《八骏图》的影响较大。

《八骏图》运用幽默与讽刺的笔调,通过描写看似道貌岸然、老成持重,实则因内心欲望的被压抑和被堵塞而使自己的性意识发生了扭曲和变态的都市学者和教授们,提出了都市的"阉寺性"问题。"在他看来,人性欲望是健康生命的自然要求,也是生命存在的指标之一。他认为是文明社会中的知识和礼节使这些都市智者不能表达正常人性,造成他们的扭曲变态,'许多场面上人物,只不过如花园中盆景,被所谓思想观念强制曲折成为各种小巧而丑恶的形式罢了。一切所为所成就,无不表现出对自然之违反,见出社会的抽象和人的愚心',人性的残缺导致人格分裂,生命被戕害,终至'禁律益多,社会益复杂,禁律益严,人性即因之丧失净尽',最后变成营养不足、睡眠不足和生殖力不足的近于被阉过的寺宦形态。无知无识的湘西男女看似粗野的情爱方式倒使生命得以和谐,接受现代教育和科学文化知识的教授们反被'文明'扼杀了真情实感,丧失了生命活力,变得虚伪、矫情、衰颓,这是沈从文对知识和道德律例最严厉的质问,也找准了中国文化羁绊人性正常发展的所在。"①

二、废名的小说创作

废名(1901—1967),原名冯文炳,出生于湖北黄梅一个生活较为殷实的家庭。1916 年,他进入武昌湖北第一师范学校读书,毕业后在一所小学任职。1922 年,他考入北京大学预科,后进入本科英文系学习。其间,他开始了文学创作,1925 年,他发表了第一部小说集《竹林的故事》,引起了文坛的关注。之后,他又陆续发表了《桃园》《枣》等小说集以及《桥》《莫须有先生传》《莫须有先生坐飞机以后》等长篇小说。新中国成立后,他先是在北京大学国文系任教,后调往吉林大学中文系任教。1967 年 10月 7 日,因病在长春去世,终年 66 岁。

废名在进行小说创作时,积极谋求着小说与诗的结合,从而创造出了一种有着独特韵味的诗化小说。这在他的代表性小说作品《桥》中有着较好的体现。《桥》共有 43 章,前 18 章讲述的是主人公程小林年少时与史家庄琴子的相遇以及缔结婚姻的过程;后 25 章讲述的是程小林在十年后回到家乡的生活与感悟。整部小说中没有统一连贯的故事情节,每一章都是一个独立的场景,因而并没有太多的故事性可言。不过,小说内蕴着诗意以及散文化的结构,使其呈现出鲜明的"散文诗"的形式。

第四节　对现代大都市的审视：新感觉派小说创作探析

在中国现代文学史上,海派小说大致是由三类作家组成的:第一类是以刘呐鸥、穆时英、施蛰存等为代表的新感觉派小说家;第二类是几乎与新感觉派作家同时出现、有着浓厚海派气息的张资平、叶灵凤等小说家;第三类是 20 世纪 40 年代的徐訏、无名氏、苏青等作家。下面具体分析一下穆时英和苏青的小说创作。

一、穆时英的小说创作

穆时英(1912—1940),出生于浙江慈溪县的一个银行家家庭。1912

---

① 雷达,赵学勇,程金城:《中国现当代文学通史》,兰州:甘肃人民出版社,2006 年,第 370 ~ 371 页。

年,他进入上海光华大学中文系读书,并开始进行文学创作。1932 年,他发表了第一部小说集《南北极》,引起了文坛特别是左翼作家的关注,这部小说集也给他带来了"普罗小说中之白眉"的称号。之后,他的创作风格发生了改变,陆续发表了《公墓》《上海的狐步舞》《夜》《夜总会里的五个人》《被当作消遣品的男子》《黑牡丹》《莲花落》等新感觉派小说,并因此被文坛誉为"中国新感觉派圣手"。

1934 年和 1935 年,他又陆续发表了小说集《白金的女体塑像》《圣处女的感情》。抗日战争爆发后,他一度流亡香港。1939 年时,他回到了上海,在《中华日报》《文汇报》任编辑和社长。1940 年 6 月 28 日,被国民党特工暗杀,终年 28 岁。

穆时英的新感觉派小说运用了感觉主义、印象主义、电影蒙太奇、意识流等方法,并通过对都市新奇的印象与感受的捕捉,对大都市的腐败以及大都市现代人的精神危机及其畸形、变异的心理进行了生动展现,最有代表性的作品是《上海的狐步舞》。

《上海的狐步舞》历来被认为是新感觉派小说的典型作品,它采用电影蒙太奇的手法,将街头、公馆、洋房、舞厅、赌场、饭店、工地等众多的场景和线索经过剪辑拼接在了一起,从而构成了一幅五光十色的画面,也使得现代都市人的畸形人生、心理和生活生动地呈现在了读者面前。

这篇小说给人造成的强烈感觉是多重的,既使人不禁联想到舞厅中快速旋转的舞步以及疯狂舞动的人群;也让人感觉到这舞步不仅仅是属于人的,还属于上海这座现代化的都市,它就是上海的节奏;还暗示了小说中描写的场景是发生在晚上的。这三重的感觉叠加在一起,给人们的视觉、听觉和幻觉造成了极大的冲击,并鲜明地呈现出了"上海,造在地狱上面的天堂"。

二、苏青的小说创作

苏青(1914—1982),原名冯允庄,出生于浙江宁波城西浣锦乡的一个书香门第。幼年时,由于父母忙于各自的学业,她是跟随外婆在乡下居住的,并养成了爱说话的性格和直接爽快、稍显鲁莽的脾气。直到 6 岁时,她才回到冯家,并在祖父的教育下大大提高了语言表达能力。1933 年,她考入了南京中央大学英语系,并在此期间接触了大量的西方文学作品,扩大了自己的视野。1934 年,她结婚并随丈夫到上海定居,没多久因怀孕生产从南京中央大学退学。后来,她因一连生了四个女儿被婆家嫌弃,于 1942 年冬与丈夫离婚。之后,她为了养活自己和孩子,开始进行写作,发表了《结婚十年》《续结婚十年》《生男与育女》《论夫妻吵架》《做媳妇的经验》《好色与吃醋》《恋爱结婚养孩子的职业化》《第十一等人》《我的女友们》《论离婚》《再论离婚》《论红颜薄命》《女性的将来》《谈男人》《谈性》《看护小姐》《敬告妇女大众》等众多的小说与散文作品。1982年12月7日因病去世,终年68岁。

苏青在中国现代文学史上的小说创作,大都以自己的经历为摹本,将自己视为中国普通女性中的一员加以细细记述,进而对女性的普遍境遇、女性的内心渴望、女性的天职、男女的交往等各方面的问题发表了独到的见解。《结婚十年》和《续结婚十年》是她最有代表性的两部小说作品。这两部小说作品侧重于女性个人经验的摩挲和诉说,自审自述,自怜自爱,析己度人,以哀伤而不失节制的记述演绎女主人公生活的变故。

《结婚十年》实际上是苏青对自己从18岁开始的十年婚姻生活的自述。小说的主人公苏怀青最初听从家人的安排与一同长大的徐崇贤办了一场中西合璧的婚礼。婚后,两个人有过一段甜蜜的生活。但不久,苏怀青因头胎生女而受到了公婆的歧视。后来,她随丈夫到了上海,因实在无聊便开始给报馆投稿,还可获得稿费弥补家用。就在她刚干出点名堂时,便因小姑的造谣不得不停止这份工作。之后,由于家庭经济的拮据、夫妻间矛盾的增多以及苏怀青始终未给婆家添男丁,两人最终在十年后选择离婚。《续结婚十年》延续了《结婚十年》的故事,主要描写了苏怀青离婚后的生活。她虽然摆脱了夫妻间的争吵和烦恼,但生活却因经济拮据而陷入了困境。为了生存,她不得不与各种人物周旋。

总体来说,这两部小说中所描写的都是凡人小事,近似小市民的生活体验,琐碎但生动细腻,有生活的烟火气。而苏怀青这个人物,有着异样的女性眼光,既想自己能养活自己,又不能容忍丈夫的不负责任,对家庭撒手不管;既为柴米油盐而勤恳活着,明白夫妻间"没有狂欢,没有暴怒,我们似乎只得琐琐碎碎地同居下去",又不甘寄食于人,受人之气,让丈夫无视自己;既能毅然决然离开丈夫,又在离婚后后悔不已。苏怀青的经历也表明,在男性为社会主体人群的时代,即使是胸无大志的妇女想要一份安宁与幸福也不可得,"男尊女卑"的观念造就了女性随时可至的不幸。

第三章　战争时期中国小说创作探析

随着战争阴影的迫近与延伸,中国开始进入了一个动荡特殊的战乱时期,这一时期的革命、救亡与文学联系紧密,文学的发展因而呈现出战时特有的风貌特征,文坛涌现出一大批自觉服务于时代和政治的文学家和文学作品。可以说,战争时期是现代文学承前启后、继往开来的年代,它为当代文学时代的到来作了创作理论和范式的准备。

第一节　对黑暗的深刻揭露:国统区小说创作探析

在国统区,对黑暗的揭露成为当时文学创作的一个重要主题。受此影响,国统区出现了一批讽刺小说作家,以张天翼为代表。另外,提倡"主观战斗精神"的七月派也进行了小说创作,通过小说对社会的黑暗进行了披露,以路翎为代表。

一、张天翼的小说创作

张天翼(1906—1985),于1929年在鲁迅、郁达夫主编的《奔流》第1卷第10号上发表短篇小说《三天半的梦》,从而正式步入文坛。1931年,他加入左联,并逐渐进入创作高峰期,先后创作了百余部小说。在抗日战争爆发前,张天翼的小说有时"失之油滑",在抗日战争爆发后,他的小说以讽刺为主要手段,对旧中国千姿百态的悲剧世相进行了描绘。

20世纪30年代后期,抗战全面爆发,社会动荡不安,张天翼紧跟时代节奏,刻画出一批身处抗战危机之中的虚伪官僚。他们或为一己之私奔波操劳,或对革命青年装腔作势,处处显露与众不同、高人一等的姿态,最典型的代表便是《速写三篇》中的谭九先生和华威先生。这二人是特殊时期造就的"忙碌型"官僚,他们自私自利地奔波宣传革命,装模作样地营造抗战气氛,盛气凌人地发表宏大言论,实则浮夸浅薄,贪图名誉地位,毫不怜惜生活在水深火热中的民众,更不在意深陷烽烟战火里的国家。谭九先生拉帮结派,贿赂亲信,到处大张旗鼓地许下空口诺言,企图成为抗战工作的领导人,而热心参与背后的真正目的则在于提高自己的声望,收取调查敌货的罚款。相比在革命中浑水摸鱼的封建官僚谭九先生,华威先生更具现代官僚的色彩。他整日挟着公文皮包,坐在黄包车上招摇过市,赶赴大大小小的各种会议,故作姿态地对着天花板向整个集体打招呼。他反复强调自我时间的宝贵,到处发表相同的意见:第一点,"加紧工作";第二点,"认定一个领导中心"。当得知自己没有收到战时保婴会和日本问题座谈会的邀请时,华威先生大吃一惊,怒气冲天,卑鄙地怀疑妇女委员创建非法团体,无耻地污蔑抗战青年组织秘密活动,用恐吓利诱的方法获得无数虚设的头衔,生怕被人忽略遗忘。

在张天翼的小说中,言行相悖的劣绅是一个鲜明的群体,将人物的虚伪本质展现得淋漓尽致。他们多是族绅,是族里的太爷,表面上讲求孝悌忠信、礼义廉耻,实则为满足一己私欲而胡作非为。如《脊背与奶子》中的长太爷贪恋任三嫂的美色,感觉她那身肉是"芡实粉",是"没蒸透的蒸鸡蛋"",弹指即破。为了调戏任三嫂,令她屈服于自己的淫威,长太爷借整顿风气为掩护,在香火堂里用筋条抽打任三嫂,却未能如愿,一计不成再生一计,他又逼迫任三限期还钱,诱导他以妻子抵债。在得知任三嫂逃到庄溪时,长太爷大怒不止,面部肿胀,脸色泛青,要严办任三,族里的人不知长太爷的私心,反而认可长太爷的举动,认为他是讲老规矩,要给家族挣名声。长太爷无疑是族里的权威者,以金钱和势力威慑族人。但也有族绅为维护光辉形象,将同情作为一种手段,拉拢群众,一旦威胁到自我利益,便卸去伪装,百般推脱,是典型的"伪善人"。如《丰年》中的钱二爷是县里的大人物,是有名的善人,却借谷子收成好,趁机大量低价购入,将米囤积起来以待涨价赚钱。农民根生的谷子卖不上价,被逼无奈只好做强盗抢钱,落个被枪杀的结局,而钱二爷看到落气的根生,毫无愧疚感,反而轻松地透口气,笑着感叹:"今天跳出了难关"。再如《蛇太爷的失败》中的蛇太爷是地方上公认的好人,被奉三阿公等人当作"佛菩萨",他看起来大度热情,待人和善,愿意帮助田夸老,实则是想做个有限度的好人,以平和的方式笼络他人为自己办事,危难时刻绝不肯放弃个人利益。当地方上闹饥荒,甚至出现饿死的人,田夸老纷纷请求他开仓放粮时,蛇太爷一边假意应允,一边推托时日,最后他撕破假面,打败田夸老,却又毫无羞耻地感叹"好人"难做。《砥柱》中的黄宜庵是一个伪道学家,他虽不是族绅,却和族绅一样言行相悖,用丑陋的行径违背道学的信条。他竭力关注隔壁房间的猥琐言谈,却做贼心虚地训斥女儿贞妹子"非礼勿听";他满口仁义道德,显得不为流俗所染,却是流俗的推动者,喜欢偷窥、议论和亵玩女子;他自称理学家,是"这个乱世里的中流砥柱",却和经学研究会的委员同流合污,是一群乌合之众。

表里不一的虚伪往往伴随着贪婪和吝啬,心血来潮的善意也期待得到广泛传播,以获取更大的利益。如《善举》中的柴先生赢钱后,一时兴起同情一个叫花子,把"赐一口饭"当成是一件得意的事,甚至记在日记本上,方便自我炫耀。当他得知妻女不回家时,心情失落,便对花子产生厌恶之感,用煤铲将其逐出门外。《贝胡子》中的贝胡子看重面子却不想参与募捐,听闻可以捐一毛钱,他十分开心,厚颜无耻地询问对方能否登报鸣谢自己。无独有偶,《洋泾浜奇侠》中的史兆昌处处宣称自己重义轻利,随时准备仗义疏财,但为罢工的工人捐两毛钱充饥也想着要将名字登在报纸上,听闻工人从前只是种田的农民,又无法登报宣传,他便愤而不捐,转身离去。

若将上述丑陋行径看作是小人物的贪婪和吝啬,那么,利欲熏心的资本家和社会名流便更大程度地发挥自我的无耻精神,暴露人性的虚伪本质。他们在商业圈中尔虞我诈、残酷狡猾、中饱私囊,他们玩弄投机和倾轧的把戏,用金钱笼络政治当权者,他们不屑于关注平民的艰苦生活,疯狂压榨工人的劳动力,企图用最小的投资获取最大的利益,《鬼土日记》便塑造出这样一群虚伪的"大人物"。

鬼土世界的两大政治集团"蹲社"和"坐社"展开对大总统之位的角逐,但决定性的力量不是当权者巴山豆和文焕的领袖才能,而是背后资本家和社会名流的金钱支持。为了正大光明地以国家为筹码捞取个人利益,资本家陆乐劳、潘洛和严峻分别拥护各自的当权者参加大总统竞选,他们惯用权术,野心勃勃,勾结银行财团,推动竞选流程,制造出许多不为人知的阴谋。由于资本家对钱权欲望的无限膨胀,导致"坐社"和"蹲社"之间互相欺诈压迫,工业集团陷入经济危机,平民百姓无疑成为政治经济斗争中最大的牺牲者。

在张天翼的小说中,人物的空虚感是一以贯之的,退出革命只是引发空虚的导火索,却不是产生空虚的根本原因,有些人物即使身处革命浪潮之中,也因自己的动摇彷徨而无法摆脱精神的空虚。这群人不是在革命运动中成长蜕变,而是在革命漩涡里徘徊观望。他们热衷溢满人情世故的庸俗生活,看重华而不实的名誉地位,却怯于承担国家的忧患、社会的动荡和民众的苦难;他们空有盲目的热情,没有坚韧的毅力,激情宣泄的背后是内心的空洞和不安;他们整日混迹于革命游行中,徒有模糊的理想,空喊爱国口号,虚谈报国之志。长篇小说《齿轮》正是针对革命知识分子虚无浮夸的爱国本质,刻画出"一群智识分子在'九一八'到'一二八'这悲壮热烈的时代中怎样'混着'"。如王慧先是一个天真的乡下姑娘,受到哥哥新思想的鼓舞,摆脱旧式订婚的束缚,来到上海读书,领略革命的风采。但她空有浪漫的幻想,却找寻不到合适的爱国途径,整日徘徊在无聊的联谊活动和义务游行中,逐渐磨灭对新生活的向往,甚至开始羡慕同学们的时髦服饰和娇美妆容。在这里,革命的艰苦现状和青年的虚荣心理发生冲突,彻底消解了慧先积极向上的奋斗情怀,她不曾真正理解革命的内在涵义,只是将参与革命当作自己的"救生圈",在时代大潮中漂浮。中大学生老木比慧先富有革命战斗经验,受到青年学生的尊敬,但他主张游行却厌恶战争,一味地向无能政府请愿。理由在于"请愿当然是最稳当不过的事,既稳当,而且又爱着了国",爱国变成不得不履行的义务,他最关切的仍是自身的安危,是一个自私自利、怯于投身战场的青年知识分子。而小说中的其他人物,如泼辣粗俗、满口脏话的漠鲁,愤世嫉俗、思想固执的许姑娘,深陷爱情、忘却革命的螺丝钉,动摇不定、日夜思想妻子的老龙,他们都在凑革命的热闹,无法承担革命的职责,推动激烈变动时代的齿轮。

二、路翎的小说创作

路翎(1923—1994)是一个人类灵魂的探索者,他特别重视作家直逼人物灵魂深处的笔触,而不是令人厌倦的思想表象的描述。"绝不循规蹈矩",正是路翎做人和创作表现出来的根本特色,这是区别于一般作家才智的关键之处。路翎的小说擅长以乡村人物为切入口,在描写人物悲剧命运的同时,侧重于从心理角度来展现他们身上存在着的心理扭曲现象和各种矛盾的思想,深度挖掘他们的病态心理,因而批评家唐湜曾称"路翎无疑是日前最有才能的,想象力最丰富而又全心充满着火焰似的热情的小说家之一。虽然他的热情像是到处喷射着的,还不够凝练。但也正因为有这一点生涩与未成熟,他的前途也就更不可限量"。而最能体现他的这一创作特点的小说便是《财主底儿女们》《饥饿的郭素娥》等。

在《财主底儿女们》中,路翎采用了史诗笔法,以江南大地主蒋捷三这一世家的分崩离析为主线,通过这个家族儿女们的不同道路的选择,反映了中国20世纪30年代初到40年代初这一段风雨飘摇的动荡历史。

小说中,蒋捷三有三个儿子,大儿子蒋蔚祖是父亲的掌上明珠,聪明乖巧,举止温文尔雅,通晓诗琴书画,但其"年轻而美丽"的外表下掩饰着柔弱畏缩的性格,缺乏男子汉的血性和时代的朝气,正是这种性格缺陷,让他的命运为他的妻子金素痕所主宰。

金素痕出身在一个破落家庭，她的身上有着她父亲的狡黠与阴毒。她嫁入蒋家就是看中了蒋家的财产。与蒋蔚祖结婚之后，金素痕利用蒋家对长子的器重，不择手段地索取金钱，弄走了蒋家大部分古玩珠宝，并与一个年轻的珠宝商人结交，过着放荡的生活。面对妻子的胡作非为，蒋蔚祖无可奈何，最后气愤得窒息，终于发疯，竟至沦为乞丐，最后跳江自杀。二儿子蒋少祖少年时常不在家，待他从外地回来才发现家产被夺，便和长嫂金素痕展开了一场关于家庭财产的争夺战，但因蒋家儿女不团结，互相猜忌，面对自己阴毒的大嫂，他束手无策，最后在法庭上败诉。他最终成了新的地主、绅士和文化上的复古者。三儿子蒋纯祖是一个孤独者，高傲、自命不凡。为了革命，他毅然奔赴战云密布的上海，投向民族解放战争的热潮。他先是在上海战线后方工作，上海失陷后，被卷入逃亡的行列。在逃亡的过程中，蒋纯祖四处碰壁，处处受阻。最后，他由于肺结核而死在了荒凉的石桥乡，从而也结束了他屡战屡败而又屡败屡战的短暂一生。作者通过对蒋纯祖这个人物的塑造，肯定了个人主义奋斗对实现民族解放的意义，但同时也指出了个人主义的局限性。

总之，《财主底儿女们》在继承五四启蒙精神的同时，又注入时代的政治意识形态内容，不同的思想素质在冲突搏斗中出现无法弥合的裂缝，又在相生相克中生出意蕴的多重性。

《饥饿的郭素娥》写了一个惨烈的爱情故事。主人公郭素娥在逃难的途中与父亲走散，后来遇到了年过四旬的矿工刘寿春，由于无依无靠，郭素娥做了刘寿春的媳妇。刘寿春本是大户出身，但家道败落，他自己又染上了鸦片瘾，由于在矿上所挣的钱根本不够他吸大烟的，因此，他到处招摇撞骗，靠骗来的钱胡混着过日子。郭素娥跟着刘寿春饥一餐、饱一顿，生活没有保障，更是仇恨他无赖一般的行径。为了能够改变自己的生活境地，郭素娥只好到矿区摆香烟摊子。后来，她遇到了新来矿上干活的25岁的强悍汉子张振山，两人之间发生了感情。晚上，当郭素娥老烟鬼的丈夫刘寿春佝偻着身子走出家门去上夜班的时候，张振山就潜入她家破旧的窝棚，他们开始偷情。在偷情的时间里，郭素娥一边感到陶醉般的满足，一边是罪恶的恐惧，胆战心惊，她很想摆脱这样的窘况，想把自己的一生托付给他。然而，张振山却没有打算娶郭素娥，因此，当郭素娥恳求他带着她远走高飞，到没有人认识他们的地方过自由的生活的时候，张振山拒绝了郭素娥。因为张振山的出现，郭素娥的老情人魏海清被郭素娥冷落。他找到张振山，与张振山进行决斗，在决斗过程中，魏海清被张振山揍得鼻青脸肿、哭爹叫娘。受够了屈辱的魏海清一怒之下，找到刘寿春，将郭素娥与张振山的私情兜了个底朝天。刘寿春先是哀求郭素娥，让她念在他曾经救过她的命，有 10 年的夫妻情分，还念在他已是将死之人，断了和张振山的来往，本本分分和他过日子。然而郭素娥断然拒绝了刘寿春的要求，并破口大骂。这让刘寿春感到十分失望，于是他雇来了打手，喊来了保长，把郭素娥五花大绑捆起来，不仅揍她，还要把她卖给一个老粮商。郭素娥不从，并一直骂着刘寿春。失去理智的刘寿春手持烧红的烙铁，径直烙向郭素娥的大腿。郭素娥痛得昏死过去。刘寿春雇来的打手、地痞流氓黄毛趁着郭素娥昏死过去，还不失时机地奸污了她。伤残后的郭素娥被刘寿春一帮扔到了一间破庙里，任由伤口溃烂、感染，后来在正月十五元宵节的喜庆日子里悲惨地死去了。就在郭素娥遭受凌辱的时候，张振山与矿方发生了冲突，并被矿方开除了。

张振山大怒之下，一把火烧了矿山，他想带着郭素娥一起走，但是却没能找到她，只好一个人踏上了逃亡之路。魏海清听说郭素娥惨死，心中十分后悔，于是将儿子小冲托付给朋友，就不顾一切地找刘寿春报仇去了。在与刘寿春等人的冲突中，魏海清被打死，黄毛被判 10 年监禁，关进了监狱；刘寿春则丢了矿山的工作，隐匿在乡下打发残生。

在这部小说中，路翎自觉地表现了"活的人，活人底心理状态，活人底精神斗争"。他所塑造的郭素娥，以及由她所牵涉的两个工人张振山与魏海清都有各自激烈挣扎、矛盾焦灼的内心世界。郭素娥身处生活的底层，并没有什么文化修养，更谈不上受新文化个性解放思想的熏陶，她身上所具有的是原始的欲望，为了改变自己的处境，她不顾封建伦理纲常，与别人偷情，她的身上所具有的是"尚未经过民主主义启蒙和无产阶级洗礼的，却存在于群众之中的带原始状态和自发性质的反抗精神"。张振山从小父母双亡，小的时候吃过很多苦，长大之后又杀了人。漂泊不定的生活，负案在逃的惊恐，使他没法作长远打算，只能过一天算一天。因此，当郭素娥提出要和他远走高飞的时候，他选择了拒绝。魏海清在与刘寿春和郭素娥的交往中，看穿了郭素娥对刘寿春的失望，于是成了郭素娥的情人，逐渐喜欢上了她，并为了她丢掉了自己的性命。

胡风曾说，"一个真正能够把握到客观对象底生命的作家，就是不写人物底外形特征，直接突入心理内容和行动过程，也能够使人物在读者眼前活生生地出现，把读者拖进现实里面"，路翎正是这一观点的实践者，从而让他的小说呈现出了不一样的特色。需要指出的是，路翎的小说也有一个缺点，如结构过于芜杂，行文节奏过于峻急等，在一定程度上减弱了他的小说的艺术魅力。

第二节 对光明的强烈追求:解放区小说创作探析

1942 年 5 月,中共中央在延安整风运动的基础上召开了文艺座谈会,毛泽东在会上发表了《在延安文艺座谈会上的讲话》(以下简称《讲话》)。《讲话》把马克思主义基本原理同中国革命具体实际相结合,运用辩证唯物主义和历史唯物主义的世界观和方法论,阐明了中国共产党对文艺的基本方针,论述了文艺与人民、文艺与政治、文艺与生活、文艺与时代、内容与形式、继承与创新、普及与提高、世界观与文艺创作等一系列重要问题。在《讲话》精神的指引下,解放区文艺工作者深入前线、深入基层、深入生活,开展了轰轰烈烈的工农兵文学运动。他们按共产党人的世界观改造自己,从最广大的人民群众的生活和斗争中发掘创作的题材,用中国老百姓所喜闻乐见的风格创作,写出了大量新颖的作品,代表了"新的人民的文艺"的成绩。赵树理、丁玲、孙犁等都是这一时期的代表作家。

一、赵树理的小说创作

赵树理(1906—1970),原名赵树礼,山西沁水人。出身贫寒。20 世纪 30 年代初开始发表文学作品。1937 年加入中国共产党,在晋东南抗日根据地从事报刊编辑等宣传文化工作,也下乡指导过减租减息、土改运动。赵树理长期致力于文艺的通俗化、大众化工作,写出了许多反映农村社会生活、深受广大群众欢迎的小说。1943 年后陆续发表了《小二黑结婚》《李有才板话》《孟祥英翻身》《李家庄的变迁》《福贵》《邪不压正》等,是解放区最重要的农村题材作家。1947 年,"赵树理方向"的提出使赵树理从一个根据地的大众文艺作家被树立为解放区文学的代表,乃至"新的人民文艺"方向。赵树理是我国真正熟悉农村、热爱人民的杰出作家之一,在中国现代文学史上占有重要地位,并做出了独特的贡献。我们这里要对他的代表性作品《小二黑结婚》和《李有才板话》进行简要分析。

赵树理的成名作《小二黑结婚》的一个突出主题是破迷信。小说的另一条线索,即村中旧势力把持政权、干涉自由恋爱在原型事件中是造成悲剧的主要因素,但在小说中却被处理得颇为简单,特别是矛盾上交区里后,只做了几句简单的交代———"区上早就听说兴旺跟金旺两个人不是东西,已经把他两个人押起来了"———即将这条线索轻巧地推向背景。

这种处理并不如现在的一些批评者所言是一种"青天模式",而出于作者写作此小说的重点不在乡村政权改造层面。作者在"金旺兄弟"一节交代村政权被恶势力把持的来龙去脉以及最后补上斗争金旺兄弟的斗争会,都使其构成一条完整线索。但整部小说的"焦点"设定不在这个情节链上,而在小芹与小二黑的自由恋爱。然而,读过小说的人都会感觉到整部作品的"重心"并非小芹与小二黑的恋爱故事,这两个主角和他们的关系在作品中是以"事"的方式展现,并未进入"情"的层面。所以,小芹与小二黑的恋爱在小说中起的是一个"焦点"的作用,是从阻挠其自由恋爱的角度呈现、揭示这个村落中存在的种种支配性势力。把握政权的恶势力固然是其中最醒目的,且为引发正面冲突的因素,但按照作者的设定,这种政权为流氓把持的"落后状态"不足以产生"典型性",也就是说只有特殊性、不具普遍性,所以它的解决是一种"处理"式的、背景化的解决,它一旦超出村落就不构成真正可展开的"矛盾"。这种处理方式的要害在于让它不变成针对政权的揭露式、批评式作品,而具有一种"柔和性"。这固然与作者对根据地政权状态的认定有关,但更与作品的基调设计有关。从原型案件到小说,重心从被害人、凶手转到二诸葛、三仙姑两个喜剧人物身上,是这部作品对现实加以转化的关键所在。

恰好因为金旺兄弟的阻挠被轻巧地处理掉,才使得二诸葛、三仙姑的阻挠突出出来。而他们本来是小说的重心所在——小说以他们的轶事起头,中间经历了金旺兄弟的插入,随着金旺兄弟退出,他们再度占据前台,做了充分表演,构成作品的华彩乐段,最后以他们的"转变"收尾。两个恋爱青年的父母之迷信在原有案件中并不构成突出要素,但在小说中却形成一条主脉。这一方面有助增加喜剧因素,但更重要的还在于封建迷信思想构成另一种支配性力量。如果说金旺兄弟代表村庄里的一种显性支配力量的话,那么,求卜问卦、装神弄鬼则是一种隐性支配力量的代表。可以说,赵树理的这篇小说的出发点即对于改造旧乡村而言,取得政治支配权尚不足以达成目的,更重要的在于扭转其思想文化支配权。

赵树理在小说一开始讲述两个"神仙"的故事时就充满了对这些"迷信"活动的调侃。这种喜剧性的"破除"不单是作者的赋予,它更基于民众自身的态度。换句话说,民众对于诸多民间信仰、迷信活动的态度是"信"中有"不信",或者说,"可信"与"不可信"之间可以并行、交换。

二诸葛"不宜栽种"的故事体现农民以实际理性对过分相信课卦的调侃。而"米烂了"固然暴露了三仙姑的"下神"实为装模作样,但于扮神之际不忘照顾家务其实又是一种乡民很可理解、原谅的生活"常情"。因此,乡民对他们的嘲笑不能过分理解为"批判""否定"。甚至"嘲笑"

这个词儿都显得有些重,它准确地说是一种有人情味儿的打趣。似乎大家对这些融入日常生活细节的"迷信"之真假、出入有一种心照不宣的宽容。它们不是对生活的绝对控制、压迫,而是生活的延长,乃至自身也被置于日常生活的"常情""常理"中加以衡量。因此,作者特别在"三仙姑的来历"一节追溯了她下神与其生活需求的关联,从中可以看出,其迷信活动不但不是对生活的约束、压迫,反而是其扩大欲望、生命力的一种堂而皇之的途径。扮神对三仙姑而言是借此拓展她在乡村社会中的能量,从而使她获得某种超出常规的"特权"和自由空间。她那种醉翁之意不在酒,以扮天神招揽青年的行径似乎因为罩上了下神的外衣而为大家默认。但后果是她在日常生活中越来越脱离正轨,日显"妖气",及至与女儿争风吃醋的程度,已有些走火入魔了。从乡民基于实际理性与常情的标准看,二诸葛、三仙姑之可笑不在于其占卜、扮仙,而在于其超出"合适"尺度的"迷"与"迂","妖"与"泼",但这些尚属于"可接受的不正常",甚至可视为必要的调剂。

更进一层说,二诸葛、三仙姑在村里固然被视为喜剧人物,但仍有其"威势"。这基于占卜、扮神在乡间的固有权威。当三仙姑扮神逼小芹与吴先生成婚时,小芹置之不理,于福这个"老实后生"却紧着"跪在地下哀求"。值得注意的是,小说把占卜、扮神写成父母干涉自由婚姻的一种手段。换句话说,迷信作为一种形式并不是单独成立和发挥作用的,其威势和被接受均因其依附乡村固有的法则、伦常。而"婚姻自由"这个焦点事件背后呈现的是新、旧两种法则的冲突与争夺。只是赵树理不直接写这两种法则的冲突,却拉出一个迷信的层面来入手。从反迷信入手的功能在于:迷信是依附旧法则的,但它又是旧法则的派生物中更不合理的一种形式——所谓迷信、民间信仰常常是主流宗教的各种杂烩和简陋形式——这种形式固然有时强化着旧法则的权威,有时却因其"邪"、不尽情理或简陋而沦为乡民调侃的对象,大大降低了其权威性。这意味着,在新旧法则的冲突中,迷信或许不但不是旧法则的帮手,反而是其软肋。

当然,在实际生活中,状况可能相反,迷信活动会加强旧法则的权威,使新法则的推广困难重重。但赵树理着意打造另一种基于乡村现实的可能性:即旧法则因为与迷信绑在一起而失了"理",新法则因为反迷信而占了"理"。它的现实基础是乡民对迷信活动所持调侃态度中蕴含的自由空间与翻转可能。只是乡民的调侃并不会自动转成对旧法则的否定和对新法则的肯定。这样一种正面冲突需要在一个不依赖于乡村伦常、法则秩序的空间中展开。因此,小说中矛盾的解决转到了区公所这样一个新空间中。区公所代表的新法则及其权威性当然使得新理对旧理取得了绝对性胜利,占卜、扮神完全没有了施展空间。但如果小说只写了区公所里新法则的胜利,则这种胜利只是外在的,且只限于"事"上的胜利,而不能进于"理"的胜利,因为它不能对乡村的"理"产生辐射性影响。恰如二诸葛要区长"恩典恩典"背后蕴含的意思:"女不过十五不能订婚,那不过是官家的规定,其实乡间七八岁订婚的多着哩。请区长恩典恩典就过去了……"这里面包含着"官家"与"乡间"、"法理"与"情理"的对立。二诸葛显然认为前者不能完全作用于后者,官家的法虽然不同,但乡间还要按老规矩办。他当然无意挑战官家的权威,却又按照旧惯习将"官"看成可以讨价还价的对象。只是,他认为得理的基础"命相不对"在新法理面前完全不起作用,反而削弱了他的声势。

相比教育二诸葛时以理对理的"硬",三仙姑的转变突出了"讲理"之外另一种"软"的机制,就是大家的"看"。这种"看"一方面来自陌生人的眼光,另一方面其实又同样是普通乡民的打量。这种打量既是外来的又不是外来的,准确地说,它是对一种乡村固有常情、常理的强化。三仙姑的"妖"因其长期置于熟悉的环境中而获得一种习惯成自然的存在余地,但这种"可接受的不正常"在陌生人眼里瞬间变成了取笑对象。而三仙姑就在这种陌生人的取笑眼光中瞬间失了势、破了功,她之前信心满满的理、势、功都变得不堪一击。"半辈子没有脸红过,偏这会撑不住气了"——这颇像一个新文学传统中熟悉的"觉悟"瞬间:没有主体性的、被约束奴役的精神主体在一个时刻获得超出其惯性状态而审视自我的契机。它通常导致两种延伸:或者如祥林嫂的追问转化成现代人的自我质疑,或者如丁玲小说《新的信念》中的老太婆实现一种自我解放和翻转。但在赵树理这里,三仙姑的羞愧并没有产生脱离、超越乡土社会的后果,反而是让她恢复了乡村社会要求的"正常"。回到村里,她"对着镜子研究了一下,真有点打扮得不像话",由此"把自己的打扮从顶到底换了一遍,弄得像个当长辈人的样子",撤了香案,不再装神弄鬼。

这里的"转变"被处理得相当"自然",几乎是一种无冲突的转变。它的基础恰恰在于三仙姑原有"迷信活动"中几重因素就是依据一种生活逻辑耦合在一起的,下神也好、家长的支配权也好、老来俏也好,都不具备超越性,也就不具备抵抗性。赵树理这里写出的"转变"是一种基于前现代情势的转变,它与传统乡村中理、势、情、德几重法则的组合作用方式相关。他抓住"破迷信"这个环节来设计、描写乡村的由"旧"转"新",恰好因为"迷信"所诉诸的文化、精神、思想层面有一种根基性和辐射性。迷信某种程度上可以视为一种特殊的文化权力,它对乡村、乡民固有的伦常、法理、信仰、生活有一种再组织和转化的作用。一定程度上讲,民间宗教、民间信仰既使得乡村落后之为落后,也是其活力之为活力的来源,如三仙姑这种人以及围绕她的聚集、打趣正是乡村一种活力的表现。因此,借由破迷信一方面可以去除乡民思想、精神上的桎梏,另一方面也有可能转化乡村的活力。

《李有才板话》是赵树理继《小二黑结婚》之后所写的又一篇成功之作,被誉为"解放区文艺的代表之作"。

《李有才板话》写的就是一个被旧势力把持操控的村子如何经由"民主"改造,产生真正属于农民自己的组织,自己解放自己。小说中很晚才出场的县农会主席老杨发挥着关键性作用,他在前一轮农民的自发斗争被地主势力瓦解后来到村里,掌握了实情,与底层农民打成一片,解散旧农救会,组建新农救会,斗争了旧势力,组建了新政权。小说结尾时,保守农民老秦向他叩头谢恩,他教育老秦:"你这老人家真是认不得事!斗争老恒元是农救会发动的,说理时候是全村人跟他说的,我们不过是几个调解人。你的真恩人是农救会,是全村民众,哪里是我们?依我说你也不用找人谢恩,只要以后遇着大家的事情靠前一点,大家是你的恩人,你也是大家的恩人……"这话好像很冠冕堂皇,按之实情,老杨的作用当然不只是"调解人",而是决定性的发动者、组织者。他之所以强调自己只是农救会的辅助,依据的是让农民"自己解放自己"的革命理念。但如果抽象地认为"自己解放自己"的根源在于农民被压迫而孕育的天然反抗性,那么这个自我解放中真正关键的环节——如何组织起来——就被忽视了。而《李有才板话》着重表现的正是这个"组织"的过程。意识到这一点,那么老杨在其中起的作用既非他自己说的"调解人",也非老秦眼中天降的"恩人"。具体说,他固然是一个"自觉"的组织者,但他的组织活动之成立又根植于乡村原有的组织基础。在他开始发起串联组织新农救会时,一上午就发展了五十五个会员,"小字辈"们有些不满足,他却说:"不少,不少!这么大个小村子,马上说话马上能组织起五十多个人来,在我做过工作的村子里,这还算是第一次遇到。"发动组织迅速被归结为"一般人对他们仇恨太深"。可是,压迫深、仇恨深并不能自然转化为组织、反抗力量,重要的还在于原有的"组织"基础。

正是在这一点上显示出主人公李有才及其快板的重要。实际上,李有才这个主人公在小说中很少得到正面表现,作者对其窑洞的描述比对他本人的描述更具体,但从整个小说的问题意识可以看出,他和以他为代表的快板,开始是他一个人编,后来成了集体性创作,居于枢纽位置,因为他在乡村原有格局中发挥了组织作用。大槐树下和他的破窑洞变成了"小字辈"们的活动中心。他之所以成为一个中心人物不是因其"思想进步"

或有组织能力,而是"他会说开心话",会"编歌子",由此而产生了一种天然的吸引力与团结力。小说中呈现的他的快板似乎专门是对村子里权势人物的讽刺,但实际上,"不论村里发生件什么事,有个什么特别人,他都能编一大套"。对这类人物在乡村中的作用,赵树理有比小说中传达的更为丰厚的理解。他在 20 世纪 60 年代的一篇文章中曾批评新农村的文化生活不如旧农村:旧中国农村,小孩子有成套的游戏方式,老人们有许多小故事。有聚集的地方,如光棍家里,冬夜里有许多人说鬼,说狐,说狼,说蛇等等。多少有点文化的老病号,看了故事就说,很受欢迎。过年是很热闹的。娶媳妇,过满月,亲戚们见了面,说不完的话。八音会是很好的,最爱好的人,在自己家里贴上油,贴上东西,任劳任怨,是好"俱乐部主任"。……现在的俱乐部主任不如旧社会人家那个"主任"。有的俱乐部在初办时还有几本书,还有人去,过几天就少了,再过几天俱乐部主任感到寂寞,索性就关门了,生产队买回化肥没处放,就放在俱乐部,再过些时候,就干脆取消了。 显然,在赵树理眼里,旧农村并不是一个"无声的中国",哪怕是底层农民也有着颇丰富的文化生活。更重要的是旧农村的文化生活真正植根于农民日常生活的整体性中。他对根据地文联热衷搞"民革室"不感兴趣,对新农村里的"俱乐部"屡有批评,都因为它们是一种脱离了农民生活的"机关",那里面的"文化"不能真正与农民的生活连为一体,也就难以为继。他在文章中特别建议农村俱乐部里应该住上人,有人住才有人气,大家才愿意去。老百姓去俱乐部不应该是单为了"文化",应该像串门一样,家长里短,议论纷纷,自娱自乐。这其中既体现了文化,也容纳了人情和舆论。因此,八音会、自乐会才是他理想中的"俱乐部",就在某家的炕头上。而且能招揽大家来到家里、能聚拢大家的一定是李有才这样热心而又在文化上有本事的人。由此,在乡村原有的文化活动中自发地产生着它的带头人和组织者。乡民正是在这样的文化活动中被串联起来。

不过,如赵树理文中提到的,村庄中的许多聚集点都在"老光棍""老病号"家,他们一方面是村落的边缘人,一方面却是民众文化的中心人物。现实中,这些文化活动产生的多属娱乐式文化,甚至与迷信、封建活动联系在一起,难免泥沙俱下。赵树理在《李有才板话》里对这种民众自身的文化活动进行了一种理想化的改写,特别突出了它的另一面:即这类文化活动在构成一个文化娱乐空间之外同时构成了一个舆论空间,这个舆论空间是属于民众自身的,他们的立场、视角、态度在其中发酵、传播,加上快板这样的文化形式,就进一步构成一种有辐射性和影响力的文化权力。它的存在是乡村"民主"改造的基础。

　　小说里的快板集中于对村中势力人物的点评。其意识、指向均高度政治化。从艺术形式而言,它其实类似于一种20世纪40年代流行的政治讽刺诗,有一种取消艺术转化中介环节的直白性。这种形式常常依托于一种高度对抗的政治形势,活跃于一个旧体制崩溃的前夜,配合着前夜期民众的心理与政治意识。小说中,这种形式占据前台本身就意味着对这个村落处于何种阶段的预设。快板一登场即将村子当下的格局、政治状态与对抗性做了规定性呈现。快板不仅是介绍性的,更是评价式的,它从而具有一种"舆论性",对应着作者理解的乡民所能产生的自发觉悟与反抗程度。同时,作为舆论工具,它还有特别的组织力与调动性。也就是经由这种快板的传播可以串联起一股力量,构成对村中既有势力的抗衡,而产生了快板的空间和几个积极分子无形中成了这股势力的中心。一旦旧势力松动,他们就可以转化为现成的政治力量。

　　在第一次村长改选中,小字辈们依托的就是这样一种自发力量。不过,从改选结果可以看出,小字辈们在村中能够团结的力量大概只有三分之一,其他三分之二仍处于旧势力的威势下或取中间立场。这意味着,对旧势力现有格局的揭露、讽刺并不能真正动摇其基础,因为原有势力起作用的方式、手段并未受到触及。如小说中交代,对老恒元等人而言,老百姓的"骂",他们并不放在心上,他们真正感到威胁的是对其明明暗暗的操控、应付手腕的"明白"和揭露。这尤其体现在"丈地"一事上。"丈地"既是上级政权推行的要害政策,又是涉及村中每一户切身利益的事。如果说改选村长之类属于乡村政治中的"上层",那么"丈地"才是触及基层运作机制的部分。为此,老恒元的布置是非常用心的,尽显其老辣。其布置首先基于对乡村与公家关系的确认。"丈地"是为了征粮、纳税,无论地主或贫农都希望少征粮、少纳税,因此在"瞒地"问题上长期以来形成了乡村共同体的一致立场,即一本公账、一本私账,前者给公家用,后者由乡村自己掌握。可以说,在"丈地"问题上体现乡村共同体最大的利益一致性和与公家的对抗性。至于村庄内部分配的不合理则要符合那个整体的利益。老恒元正是充分利用这一点,通过给小户一些好处使得"丈地"成为走过场,不仅抵抗了新政权的政策,自己取得利益,还"团结"了大多数,争取了人心——老秦就认为:"我看人家丈的也公道,要宽都宽,像我那地明明是三亩,只算了二亩!"因此,李有才对"丈地"玄机的揭露就不仅是一般性讽刺,而是深入一个具体操弄过程,触及其控制术的根本。这才使得老恒元真正感到威胁——"只恨他们不该把自己的心事猜得那么透彻"——因此"非重办他几个不行",一定要将其赶走。

　　这里,快板的力量来自一种"明白",即不会被旧势力种种花招迷惑,具有一种认识上的穿透力。只是，这种"明白"要进一层发挥效力，不能只停留于现象层面。即如"丈地"这样的事例中，仅仅揭露老恒元等人"假丈地"其实并不能解决在此问题上乡民与地主利益的一致和与公家的对立。因此，针对这类新问题，进一步的"明白"是对新政权相应政策的清楚把握。这由小元对老秦的反驳中表述出来："那还不是哄小孩？只要把恒元的地丈公道了，咱们这些户，二亩也不出负担，三亩还不出负担；人家把三百亩丈成一百亩，轮到你名下，三亩也得出，二亩也得出！"这更深一层的"明白"来自对根据地推行的"累进税制"的清楚掌握。后者之意在于征粮、纳税上让利于小户，侧重大户，以"削弱封建势力"，破除"瞒地"的利益共同体。由此可看出，小说的设定是，在老杨来到村里之前，小字辈们不仅有了自发的反抗意识，而且有了对村子格局的清醒认识，还具备了对新政权相关政策的初步掌握，甚至也有了一定的组织和中心力量。只是，这些力量尚未进入一种自觉调动、组织的阶段，且由于旧势力政权在手，他们很容易被打击和瓦解。老杨起的作用就是让他们意识到可以通过改组农救会将既有势力组织成正式的、有政权支持的组织。同时，他作为上级政权代表帮助——去除旧式村政权的障碍。一旦新农救会建立，接下来的斗地主、改选等就是水到渠成的了。老杨最后所说，他不过是调解人，事是大家办的，固然有官方说法之嫌，但整个小说的构造确实意在强调乡村的民主改造想要真正有效不能仅依靠外力，必须调动原有的"内力"，而这"内力"的存在又特别系于乡村中底层民众打造的文化权力的基础。

小说结尾处，老杨提出有才干又热心的李有才应该在新政权中"担任点工作干"，为此大家推举他的合适位置是"民众夜校教员"。这意味着在新政权中，他发挥作用的层面仍在文化教育上，并不直接介入政治。实际上，在第一次改选的斗争中，在安排谁出头竞选的议论中，李有才充分表现了其"谋士"眼光与调动才能。在老杨到来之前，他是村里小字辈的主心骨，可以想见，老杨走后，他保持纯民间地位的"明白"、热心、出谋划策同样会是新政权的支撑，同时也蕴含政权出现偏差时可能的制约。换句话说，他的位置是保持了在政权之外，再生产乡村"修复"与"再生"机制的力量。他是一种新类型的"乡村知识分子"：可能不识字，不依托原有的文化资源体系，来自底层民众，代表他们的立场、价值、道德、文化，无权无势也不谋权势，有为民众服务的公心与才干。这样的人在现实乡村中可能未必如李有才那样"典型"，但具备这类基因的人，在赵树理眼中大概并不少见。因此，找到一种途径和机制让这一类人充分发挥作用正是乡村变革的重要环节。乡村的民主改造固然以政权改造为成果体现，但仅限于此,难保置身重重矛盾中的政权不变质、失效或随波逐流。因此,在赵树理看来,挖掘像李有才这样的人,调动他们与乡村政权相配合,才是实现农民"自己解放自己""自己当家做主"的关键,他们不仅是民主改造的助手,更是民主扎根乡村的基石。

二、丁玲的小说创作

丁玲的文学创作具有强烈的时代性。她一生的创作随时代风云变幻有过几次大的转变,但细读她的作品发现,女性话语是她始终的坚持。初入文坛,她从"性"的角度寻求女性解放;抗战时期,在革命话语、民族国家话语占主导地位的情况下,丁玲并没有因为政治因素而选择忽视女性问题,而是站在女性立场上,大胆而犀利地揭示和批判社会对女性的歧视、制约与偏见,真实客观地反映当时女性生存的艰难,表现出对女性命运的真切关怀与思考。

1936年11月,丁玲辗转来到延安,1937年,抗日战争全面爆发,丁玲因此投入新的火热的生活中。丁玲早期的作品是在五四运动的感召下创作的。1927—1930年,丁玲作品中的女性意识很鲜明,对禁欲思想、性别歧视、包办婚姻、旧式家庭产生怀疑,对性爱和新式婚姻认可的同时,又认同独身、女同性恋。《梦珂》《莎菲女士的日记》《阿毛姑娘》等作品,让读者看到了女性已经作为一个独立个体而存在,她们有思想,不再甘愿在男性阴影下蜷缩自己,女性意识得以苏醒,但是社会的黑暗使她们找不到出路,导致迷失自我。20世纪30年代后期,丁玲塑造的女性形象逐渐从小资产阶级青年知识女性的自我觉醒,过渡到表现女性在进一步认识社会后不自觉地走上革命道路的故事。自此,丁玲作品中的女性形象与革命息息相关。1931年创作的《水》是丁玲新文风的开篇。

1936年到1942年这个特殊时期,在特定的政治背景下,解放区文学的主流是高扬革命意识,民族国家话语占据主导地位,女性话语受到冲击,文学作品中的女性话语往往会被忽视。这一时期,丁玲笔下的人物往往在时代的召唤下自觉地走上革命道路。初到延安,丁玲创作了大量的宣传、鼓舞士气的作品,符合当时主旋律。代表作品有《一颗未出膛的枪弹》《入伍》《压碎的心》等。在不断的革命实践体验中,作为一个女性作家,丁玲的女性视角变得更为敏锐。在《新的信念》《我在霞村的时候》《在医院中》等作品中,她主要表达了革命战争环境下对女性生存困境以及女性的自我救赎等问题的思考。抗日战争时期,在革命话语、民族国家话语占主导地位的情况下,丁玲并没有因为政治因素而选择忽视女性问题,而是站在女性立场上,大胆而犀利地揭示和批判社会对女性的歧视、制约与偏见,真实客观地反映当时女性生存的艰难,表现出对女性命运的真切关怀与思考。经过革命战火的洗礼,丁玲作品中的女性意识在不知不觉中得以深化、成熟。

《新的信念》中的陈老太婆可以说是一个"在家从父、出嫁从夫、夫死从子"的典型农村妇女形象,她不像丁玲笔下的新女性形象那样有着自觉的自我意识,完全是因为战争的爆发,入侵者改变了她的人生方式。在遭受日本侵略者的性虐后,陈老太婆没有选择"以死谢罪",而是坚强地站了起来。然而世俗的看法,却几乎要了陈老太婆的命。连她自己的儿子都认为她是不洁的一家之长,应该自我了断来结束自己的耻辱,来保全家人的颜面。小说中有这样一段话:

> 娘!你尽管安心的死去吧!你的儿子会替你报仇!要替你,替这个村子,替山西,替中国报仇,拼上我这条命!我要用日本人的血,洗干净我们的土地,来做肥料,我要日本鬼子的血。

在自己的儿子都认为死是最好选择的情况下,为了给自己活下去的勇气,陈老太婆把自己的情感转移到复仇上, 种想要活下去的信念,使陈老太婆的身体迅速恢复,她投入战斗,开始四处讲述她所经历的事,以此来鼓励群众,激发他们的爱国意识和民族意识,以此来降低自己的耻辱感,来确定自己活下去的价值。她自我剖析、自我解放、自我救赎,进而挑战封建传统。她的这种行为让人们觉得她是"疯了",家人对她的行为也感到羞耻,并且想阻止她,但她并没有停止她的演说,而且通过自己的努力,赢得家人的支持,当共产党想要她加入妇女会时,她更有了新的希望。正如小说结尾所描述:

> 她看见了崩溃,看见了光明,虽说眼泪已模糊了她的视线,然而这光明,确是在她的信念中坚强地竖立起来了。

小说中所说的"信念"既包含了对打倒日本侵略者的期望,又有对自己自我价值的肯定和对自我的救赎,在坚持中她渐渐变得自信,不再觉得自己是个罪人,初步具有现代女性独特的意识,也有一定的独立人格意识,成就了全新的自我。

《我在霞村的时候》描写了一个在日军侵华战争中蒙难的年轻女性贞贞的遭遇。主人公贞贞相对于陈老太婆,可以说本身就具有强烈的自我意识和反抗精神。她反对封建包办婚姻，恋上了穷小子夏大宝却遭到父母的反对，想把她嫁给米铺的小老板作填房，她不愿意但是也改变不了父母的想法，无奈之下她想和夏大宝私奔，但是被夏大宝拒绝了。她没有死死哭求夏大宝，也不愿意嫁给一个自己不爱的人，一气之下跑到教堂去当修女，这是贞贞反抗精神最鲜明的表现。却不料遇到日本人扫荡，贞贞被抓去做了慰安妇，种种灾难接二连三扑面而来，她很痛苦，心里无数遍地想到：难道死了才是解脱？但是她不愿就这样死去，她要有意义地活着。她主动利用这层身份为游击队传送情报，使战争获得胜利，自己却染了一身病，游击队把她送回家乡，她却受到乡亲们和家人的异眼看待。

丁玲把贞贞放在一个落后的农村的背景下，表现了贞贞的苦闷、孤独、希冀和追求。小说通过"我"这个旁观者连接贞贞和其他的人，把他们的言论很好地贯通并展现出来。"我"的到来使贞贞有了倾诉的对象，她并不像表面那样对什么都不在乎、冷漠、乐观，她痛苦的主要来源是日本侵略者的迫害，家人的不理解也困扰着她，社会舆论的压力更是在她的伤口上撒盐。这也让"我"很气愤，她们不去憎恨日本人禽兽不如的行为，而是对一个年轻并且为革命胜利做出了巨大贡献的弱女子施以精神上的压力与折磨，为什么呢？无非是贞贞失去了"贞洁"。"饿死事小，失节事大"这种变态的禁忌一直活跃在社会舆论道德中，彼时贞洁是一个女性安身立命的根本，没有它，流言蜚语都会杀死一个人。以杂货铺老板为代表的乡亲们，甚至还有很多女人，都看不起贞贞，小说这样对话和描述：

> 亏她有脸面回家来，真是她爹刘福生的报应。
> 听说起码一百个男人总"睡"过，哼，还做了日本官太太，这种缺德的婆娘，是不该让她回来的。
> 但像杂货店老板那一类的人，总是铁青着脸孔，冷冷地望着我们，他们嫌弃她，鄙视她，而且连我也当作不是同类的人样子看待了。尤其那一些妇女们，因为有了她才发生对自己的崇敬，才看出自己的圣洁来，因为自己没有被敌人强奸而骄傲了。

这是多么残酷的"贞操观"啊！为了全村、为了父母、为了保全自己的颜面，有多少这样的女性遭到迫害，然而却被认为如果不死就是"缺德"，就是一个品行有污的人。女人何苦难为女人，高尚和自信不是建立在他人的痛苦之上的。贞贞用自己的"不贞"成全了别人的"贞"。什么才是"圣洁"？丁玲认为贞贞是干净的、纯洁的，虽然她的身体被玷污了，但她的心灵无比纯净。小说的名字命为"贞贞"也反映了丁玲对贞贞的肯定，文中有一段对贞贞外表的描写,突出贞贞的眼睛,突出她那双明亮的、坦白并且没有尘垢的眼睛。在她的眼中我们看不出来她就是那个比"破鞋还不堪的女孩"。贞贞虽然生活在这样的社会环境中,但是她没有向这个社会屈服。她并不需要别人的同情、可怜,所以她拒绝了夏大宝的求婚,她为自己而活,不为家人、不为社会,只为自己。虽然她身上还是保留着传统思想,她也因为自己的不洁而伤心,但是她清醒地认识到,这些污名已经存在,也已深刻在她的心中,绝望的死,还不如有价值的活。自尊不是别人给的,就算她嫁给夏大宝,她也不会获得幸福,还是一样生活在暗无天日的环境中。在这种社会状态下,适应环境只会使自己堕落。她渴望新的生活,她想找个没人认识的地方重新开始,这正是作者对女性获得尊重、实现自我价值道路选择的认可。

《在医院中》这篇小说,向人们展示了抗战时期小资产阶级知识分子进入延安地区的真实生活情境,深刻地揭示了知识分子从大城市来到偏远地区,自身带着的小资产阶级习气和当地封建习气浓厚的环境产生的各种冲突。这些小资产阶级知识分子虽有的心怀大志,但因为当地的条件有限不能实现他们的抱负,他们因此彷徨而迷茫。文中的主人公陆萍是一个有理想、乐观、积极的女性知识分子。丁玲试图通过陆萍的处境呼吁人们向狭隘保守的陈规陋习、不负责任的官僚作风发起冲击,为知识分子,更为知识女性争取合适的发展空间。

来自大城市的陆萍毕业于上海产科医院,因为战争的需要,她在伤病医院服务过一段时间,辗转来到延安后加入中国共产党,她以为自己可以做个活跃的政治工作者,但是党组织却把她派到延安刚刚创办的医院,并且要她终身从事"产婆"的工作。陆萍是一个满怀革命热情的知识分子,她希望通过自己的努力改变延安医院的工作和生活环境,使人们能享有更好的医疗条件。她是以新生活的主人面貌出现的,是一个"穿着男人的衣服"的女人,也许在她心里还没意识到自己的渺小无法改变社会,所以想以一个强者的姿态面对环境。她渴望在抗战的后方实现自己的人生价值,试图以与男性平等的地位,按照她的人生理想来建设规划医院,并希望每个人都能从令人窒息的、愚昧的、缺乏温情的环境中解脱出来,但没有成功。本篇小说表现了丁玲对政治和女性问题的思考,陆萍虽然是一个年轻的共产党员,但是她的党性很强。她喜欢文学,想做一名政治工作者,但是在这个特殊时期,她不能选择自己喜欢的职业,父亲要她学习医学,党组织要她服从安排,最后她还是妥协了,这是丁玲政治意识的表现。陆萍来到的这个地方和她所想象的有一些出入,她用心工作得不到理解,在他人眼里是"怪人",她依然我行我素,身边没有知心的朋友。这里的妇女让她无法忍受,化验室的林莎不屑她,她也觉得林莎太过于傲慢;张芳子太过于平庸,芳子虽是抗大的学生,但很安于现状,没有追求,陆萍不想与她为伍;产科主任王俊华医生,陆萍评价她是"一位浑身都是教会女人气味的太太",病人、产妇像个孩子一样依赖她,但是又不听她的话。这些都让这个只有 20 岁的年轻女性感到无力,她想斗争,该和谁斗争呢? 同所有人吗? 她竭力安慰自己,给自己建造新的希望楼阁,让自己不至于崩溃。最后她遇上自己人生的第一位导师,他的话让她豁然开朗,她转变自己的思想,通过自己的努力争取去学习的机会,离开了这里,开始新的生活。

从陆萍身上我们可以看出丁玲对这个时期的女性知识分子是了解的,她们不完美,她们有缺点,正是这些缺点才使人物形象更加丰满,写出了真实的人性。陆萍身上有"五四"时期女性的特质,但她比"五四"时期女性更主动更积极地争取她们想要的生活,有信念、有目标,不再彷徨,敢于斗争。陆萍最后离开医院,她并没有灰心,而是对将来的生活充满信心。就在小说的结尾,丁玲用高度凝练的语言总结:

新的生活虽要开始,然而还有新的荆棘。人是要经过千锤百炼而不消溶才能真真有用,人是在艰苦中成长。

这种结尾意味深长,既概括了文章的主旨又点明了陆萍今后的道路方向。女性不应该局限自己,如果陆萍没有勇敢走出这一步,也许她就会慢慢被同化,像这里的妇女一样慢慢地失去自己的信仰。

丁玲在抗战时期的一切政治、文学活动在文学史上都造成了深刻的影响,她是解放区文艺的开创者、组织者和领导者,为延安的文学创作起了标杆的作用。作为坚强、富有思想的现代知识女性,丁玲生活的艰辛反映了现代知识女性的不幸与抗争。从"五四"时期到抗战时期,丁玲创作的女性形象都具有反抗精神,丁玲对女性思想、心理的把握符合时代的要求,也是丁玲对时代的深入思考和反思的结果。20 世纪 30 年代初期,丁玲在创作中不断探索,慢慢地从小资产阶级民主主义文学向无产阶级革命文学的方向转变。20 世纪 40 年代,她通过自我反省,认为作为小资产阶级出身的作家,要学习马克思主义文学,克服自己思想上的缺陷,去除一些旧的思想。经过延安文艺座谈会的洗礼,她认识到文艺必须为工农兵服务,她开始站在一个政治家的立场上去看待文艺,坚决服从党的安排,从身到心进行了全新的蜕变。但是她并没有完全失去一个女性作家的敏锐洞察力,在政治立场下,她的女权主义思想不断滋生,丰富的人生经历和生活阅历使她对女性意识、女性思想、女性心理有更深层次的理解,刻画出一个个具有时代灵魂的女性形象,使她们成为不可超越的永恒。"贞贞""陆萍"就是这个时代折射出来的特殊人物。

总之,丁玲对女性意识进行积极探索,把中国女性的解放、权利平等作为她毕生追求的事业,她的创作在中国女性文学发展史中起到了承前启后的作用。丁玲是抗战时期的文学"先驱"。在延安时期,丁玲的小说创作在政治意识的引领下紧跟时代步伐,把女性意识与政治意识、时代意识结合,通过作品反映当时女性的生存之艰。但是此阶段,丁玲作品不像早期那样直接、大胆地揭示女性的内心世界,而是在战争和国难危机中表现女性关注点的变化,表现她们怎样逐渐把自身的"小我"融入国家、民族的"大我"之中,运用革命和女性双重话语来诠释,着重从侧面表现女性的生存状态,使得作品更富有感染力,使得女性的自我解放与国家民族的存亡结合在一起。因此,丁玲的作品中表现出来的女性意识具有非同一般的先锋性和深刻性,同时也折射出女性在确立自我的历史发展进程中的艰难与付出。

纵观丁玲战争时期在解放区的创作,可以归纳出以下几个特征。

第一,在创作题材上,丁玲的小说由相对狭隘和单纯的女性题材进入到阔大的立体的社会生活题材以及具有史诗意味的重大政治题材,而又不忘对女性的关注。

第二,在创作视角上,丁玲的小说由更注重对人物内心世界的探究到更注重展现外界壮阔复杂的现实世界,而又始终不放弃对人物心灵的展示和剖析。

第三,在创作风格上,丁玲的小说由比较单一的柔而乏刚的女性风格,发展到不仅具有女性的柔细,而且兼备男性刚健的刚柔相济的风格。

第四,在创作理想上,丁玲的小说实现了史诗性长篇小说的突破。

三、孙犁的小说创作

在解放区短篇小说作家中,孙犁是赵树理之外最重要的作家。孙犁的小说着重于挖掘农民的心灵美和人情美,艺术上追求诗的抒情化和风俗化的描写,带有浪漫主义的艺术气质。

孙犁(1913—2002),河北省安平县人。中学时代就爱好文学写作。1937 年投身于伟大的抗日洪流中,同时担任晋察冀边区最早的文艺刊物——《文艺通讯》的编辑,并陆续发表文学作品。1944 年,孙犁进入延安鲁迅艺术学院,一边从事教学研究工作,一边积极创作。到 1949 年,孙犁共创作了 30 多篇小说和不少散文,收入作品集《荷花淀》《芦花荡》《嘱咐》《采蒲台》《农村速写》等小说、散文合集。1958 年辑成小说、散文特写集《白洋淀纪事》,共收 60 篇,集中了作家文学作品的精粹。解放后,孙犁发表了长篇小说《风云初记》,中篇小说《铁木前传》和许多散文。

在解放区的短篇小说家中,孙犁以其对审美理想的独特追求和艺术上的独创性为解放区文学开辟了一片新的园地。孙犁在审美理想上主张对日常生活中人性美和人情美的极力张扬,追求极致的和谐、极致的美。在艺术风格上注重现实主义写实手法和浪漫主义诗意抒情的有机融合,达到于朴素中见妩媚,于简约中溢出充实的艺术效果。《芦花荡》《荷花淀》等都是孙犁的代表性作品。

《芦花荡》讲述了抗日战争时期白洋淀一个老头找日本鬼子报仇的故事,这个老头没有名字,他将近六十岁了,虽然岁数有点儿大了,但是仍旧有着无穷的干劲儿。因为还有一颗爱国之心,他没有选择安逸的生活,而是干起了革命工作。他运输粮草,护送干部,在敌人的眼皮下出入,"像一个没事人",心情悠闲,"编算着使自己高兴也使别人高兴的事情",为苇塘里面的队伍坚持斗争发挥了重要的作用。一天,老头子运送两个女孩儿大菱、二菱前往部队,过封锁线时,敌人突然射击,大菱受了伤。这让老头子十分懊恼,"阴沟里翻了船"让他觉得没脸见人。为了挽回面子和尊严,老头子设计向敌人进行了报复,让他们流了更多的血。

《芦花荡)通过对老头子这一形象的塑造,对白洋淀人民英勇抗争的精神进行了赞扬。这部小说也没有明显的情节高潮,故事的发展过程被作者如同流水一般叙述了出来。在对人物进行塑造的过程中,突出了人物的主要性格特点,并且将人物的性格与人物的相貌描写结合了起来。在小说中,老头子就是鱼鹰的化身,"短短的花白胡子"和"尖利明亮的眼睛"点出老人矍铄干练的内在气质。而人物的几句精简的语言描写,如"等明天我叫他们十个人流血"和"等到明天,你们看吧",就把老人的自信自强、爱憎分明的性格表现得生动而深刻。着墨不多却直指人物的灵魂,反映人物的人性美和灵魂美。

在孙犁的小说中,我们能很明显地感觉到他对风景的重视。

在《芦花荡》中,他这样开的头:

> 夜晚,敌人从炮楼的小窗子里,呆望着这阴森黑暗的大苇塘,天空的星星也像浸在水里,而且要滴落下来的样子,到这样的深夜,苇塘里才有水鸟飞动和唱歌的声音,白天它们是紧紧藏到窝里躲避炮火去了。苇子还是那么狠狠地往上钻,目标好像

就是天上。

为人物的出场作了良好的铺垫。

关于风景描写,孙犁认为它是小说创作中必不可少的重要元素,他曾这样说过那些缺少风景描写的作品:"有的作者根本不要这些,他要使作品里的人物事件和环境景物绝缘。只要叙述人的活动、谈话,好像这个人出现在白布上,是影戏上的人物一样。世界上就剩了这些人,天塌地陷了,没有了自然界和物质。"

总之,在孙犁的小说中美丽的人物总是与美丽的自然并存的,人穿梭在优美的景色里,美丽的风景包容着美丽的人。他的小说体现出了人情、人性、人伦之美,具有浓浓的诗意。

《荷花淀》是孙犁的代表作,是《芦花荡》的姊妹篇。这是一部战争题材的小说,但从小说的整个艺术构思与话语组织来看,又是一篇完全诗意化了的小说。它以战争为背景,写一次激烈的伏击战。

《荷花淀》以浓郁的地方语言勾画了白洋淀独具特色的水乡风貌和冀中人民积极开展抗日斗争,保护家园的感人场面。歌颂了中国农民、农村妇女的人情美和人性美。

在《荷花淀》里孙犁给我们描绘了荷花的清秀与幽香,翠绿茂密的芦苇,随风飘扬的芦花,沁人心脾的清风,使文章充满着诗情画意。虽然作者是描写抗战斗争,却没有展示枪林弹雨的战争场面,而是描绘了弥漫着水乡气息的生活画卷。

小说中真切地写出了水生这一对普普通通的农村夫妻在乱世中同甘共苦,共患难的真情场面,他们之间的感情淳朴、真挚。当水生的妻子得知丈夫要离开时,她内心是不想丈夫离去的,但在嘴上她只对丈夫说"你总是很积极"。在家中水生是唯一的劳动力,水生的离开对水生的妻子来说将要背负沉重的生活负担,但水生的妻子却没有埋怨自己的丈夫。从中我们可以看到水生妻子的深明大义。分别场面的描绘传达出他们内心的难舍难分和温情脉脉的深厚而质朴的爱。

水生妻子把对丈夫的爱,乡土的爱,升华为对民族、国家的爱。她的美好心灵,放出了夺目的光彩。水生妻子带着几个女人,借口送衣服,摇着小船去看自己的丈夫,岂料在荷花淀遇上了敌船,这是作者精心安排的一场和日本侵略者的战斗。女人们在战斗中沉着冷静、机智勇敢地同敌人周旋,并且有着敢于牺牲的英雄气概。这几个女人就算死也不让敌人活捉。作者认为只要普通人都有了视死如归的牺牲精神,那么我们离战争的胜利将会不远。

孙犁通过日常生活画面展示时代现实风貌,语言含蓄且极富有抒情意味,显示了别具一格的民族风格特色。

值得注意的是,孙犁小说中人物的语言在呈现政治宣传意味的同时,富有极强的性别色彩,是一种"政治话语体系"内的"性别话语"。其中,有掺杂"政治因素"的"男权"话语,也有赋予"时代特色"的"怨妇"言说。比如,《荷花淀》中水生从军前对妻子的嘱咐,"你要不断地进步,识字,生产";"不要叫敌人汉奸捉活的。捉住了要和他拼命"。一方面,展现了水生作为一位"游击组长"内化于心的革命追求;另一方面,也呈现了他作为一位传统农民对妇女"守节"的道德约束。同样,女人在得知水生第一个报名参军后的反应:"你总是很积极的";"你走,我不拦你,家里怎么办";"你明白家里的难处就好"。一方面,袒露了她作为一位农村妇女对"夫妻别离,鳏寡无助"的抱怨与嗔怨;另一方面,展现了她作为一位时代女性"支持革命、送夫出征"的大度与宽容。除此之外,纯粹的"性别话语"还有很多,作为一种对人物性别意识和农民本性的强化,同样呈现于这种"聚散离合"的情景对话之中。但值得注意的是,这种所谓纯粹的"性别话语"在其后的情节中又导向了对政治的宣传。

由此可见,孙犁是想在遵从政治约束与完成革命需求的前提下挖掘人物的性别"个性",在广域深沉的乡土大地上展现进步农民的"人性"之美。首先,这种美是一种富于性别"个性"的真实之美,一种男性特有的阳刚之美和女性特有的阴柔之美。这种男性的野性之美确实作为一种乡土文化与女性的传统之美形成一种互文,并在相互映衬中凸显出一种具有性别意识、根植于农村的"真实"的"人"的存在。其次,这种美是一种拥有时代特色的"进步"之美。这种"时代性"——也就是"革命性""进步性",既是形成孙犁小说"聚散离合"场景的必然因素,也是在革命年代确保其"人性"言说"合理性"的必要条件。因此,通过一种符合"政治话语体系"规范的"性别话语"呈现,孙犁完成了其对于"人性"的凸显,也实现了其"描写时代风云中坚挺不屈、乐观向上的农民"的自我选择。

"家国同构"作为一种中国传统的文化体制,使得爱国与爱家有着本质的联系,而独特的战争背景,又使得前者作为捍卫民族尊严之"大爱"与后者作为悲悯人间亲情之"小爱"得以合二为一。国仇家恨,作为一种动力激发了中国人民的抗日斗志;保家卫国,作为一种责任实现了中国人民的革命理想。如果说孙犁对人性之美的歌颂是以战争作为背景的,那么他对世间真情的凸显则是伴随着革命的历程来展现的。而展现的方式则是一种全新的"送别模式",一种对"妻子送郎上战场"这一经典题材的再创作。

无论是八年前水生与女人的"夫妻话别",还是八年后妻子撑着"冰床子""送君出征",孙犁笔下的"送别模式"都是以满足革命的需求为出发点,以实现革命的理想为旨归的。这种"送别模式"为我们传达了一个鲜明的主题:牺牲对家人的"小爱"是为了成就对国家的"大爱",反过来,维护国家的安稳也同样是为了保障家人的幸福。而其间"送别"的过程则是通过人物之间对亲情的呼唤与应答来完成的:女人一再用亲人的需求完成对丈夫的挽留,用"小家"的安稳来完成对丈夫的约束;而男人则一再用革命的需求来完成对妻子的拒绝,用"大家"的安稳完成对妻子的劝慰。孙犁不断地借用女人之"口"来完成对夫妻情分、父子之情的呼唤,而又不断地通过女人之"德"来完成对送夫从军、保家卫国的奉献。正如杨义所言:"妻子知家庭之'礼'已经和知时代之'理'化合为一了。"水生嫂一句"你明白家里的难处就好了"足以表露时代的理性之美,伟大的人间理解和温煦的世间真情。最终,革命的事业在亲人的嘱咐中得以前进,人间的真情在革命的历练下得以升华。孙犁用"送别模式"的书写完成了对世间真情的表白,用"革命历程"的推进实现了其人间真爱的涌现。

《荷花淀》中"人性"的书写是一种政治话语体系规范下的"个性"祖露,而"情感"的表达则是一种革命历程推动中的"人格"呈现。孙犁用"性别话语"与"送别模式"完成了他对"性""情"的凸显,这种凸显也作为一种内化的写作技巧构成了他的创作风格。

四、周立波的小说创作

周立波(1908—1978),原名周绍仪,湖南益阳人。1941年开始创作短篇小说,先后发表了反映陕北农村生活的《牛》和以身陷牢狱的生活为素材的《麻雀》《第一夜》等五篇小说。1948年4月、1949年5月,他陆续发表了根据自己参加东北土改运动的亲身体验写成的长篇小说《暴风骤雨》的第一部和第二部,引起了巨大的社会反响。

《暴风骤雨》的人物和故事情节比较单纯,紧密围绕元茂屯土改斗争进程的主线展开情节,结构单纯严谨、线索清晰明朗,着重描写两个阶级之间根本立场的对立,而自觉地忽略各个阶级内部复杂矛盾的描写。小说最突出的地方是作者着力刻画了一系列性格鲜亮的农村新人的形象典型,赋予他们较多的理想主义的色彩,宣扬大公无私的高贵品质和无限忠于人民革命事业的传统美德,这种人物形象的塑造比较典型地代表了一种塑造完美英雄的审美理论。第一部的中心人物是赵玉林。第二部的主人公是郭全海,作者通过分马、参军等几个典型事例烘托出他精明能干、机灵正派、大公无私的高贵品质和无限忠于人民革命事业的传统美德。整个小说情节连贯,基本按照土改斗争发展进程的时间顺序来结构作品,表现土改斗争的历史面貌,洋溢着饱满的革命激情。作家广泛地吸取了当地农民的方言口语,使作品透着浓郁的时代色彩和东北农村的地方特色。

第三节 对人生的深刻思考:沦陷区小说创作探析

所谓的"沦陷区",就是通常所说的被占领区,即日本侵略者一方所谓的"和平地区",亦即抗战的一方所说的"敌伪地区",中国人称之为"沦陷区"。沦陷区在日本侵略者实际控制下,其文学作品一般都要发表在日伪政权控制下的报纸副刊或文学刊物上,文学创作带有自己的鲜明特征。张爱玲和钱钟书是沦陷区重要的小说家,他们的作品中对人生进行了深刻思考。

一、张爱玲的小说创作

张爱玲(1920—1995),原名张瑛,祖籍河北丰润,出生于上海。出身于满清没落的贵族世家。中国现代女作家。7 岁开始写小说,12 岁开始在校刊和杂志上发表作品。1943 至 1944 年,创作和发表了《沉香屑·第一炉香》《沉香屑·第二炉香》《茉莉香片》《倾城之恋》《红玫瑰与白玫瑰》等小说。1955 年,张爱玲赴美国定居,创作英文小说多部,但仅出版一部。1969 年以后主要从事古典小说的研究,著有红学论集《红楼梦魇》。1995年 9 月在美国洛杉矶去世,终年 75 岁。有《张爱玲全集》行世。

"张爱玲小说创作的主题是现代的。旨在写出现代人虚伪中的真实、浮华中的朴素,表现不彻底的平凡人的苍凉人生。"题材选择上大多是婚恋、家庭题材,远离政治和重大事件。张爱玲善于从凡人身上挖掘"时代的总量",善于通过描写人的自私、软弱、怯懦、无情来提示时代的驳杂与含混,而人又无法摆脱时代的悲凉的底色。她的人物也常是"不彻底"的"软弱的凡人",他们总是遭遇着不如意、小烦恼,她把这些细细地描摹出来。她的创作尤其表现了现代都市中女性市民人生的一隅。她的女主人公生活在一个日常的物质生活的世界中,她们打量算计的是衣服、房子、钱、首饰,她们的喜怒哀乐与她们的情欲、嫉妒、虚荣、疯狂紧紧相连。普遍的人性凝定在普通的人身上。

《倾城之恋》是张爱玲的成名作。小说的女主人公白流苏是在上海封建旧式大家庭中难以立身的离过婚的女性。白流苏出嫁以前是大家闺秀，但所嫁非人，最终只能以离婚收场，离婚后回到了娘家居住，在娘家，她感受到了封建大家族中的尔虞我诈和世态炎凉，她发现，自己除了尽快把自己嫁出去之外，无路可走。一次偶然的机会，她结识了华侨富商范柳原，于是便拿自己做赌注，想博取范柳原的爱情，争取一个合法的婚姻地位。范柳原是一个华侨在英国的私生子，回国继承产业受到族人的许多刁难，因此早早看穿了世情，他需要一份惺惺相惜的爱情，却并不愿意落入婚姻的罗网。白流苏却只要一纸婚契，她是离了婚的女人，知道爱情不能长久，而婚姻能提供生存所需的一切，她只是想生存，生存得好一点而已。因缘际会，这两个人进行了一场"风里言、风里语"的恋爱，两个算盘打得精的人，谁也不肯轻易付出真心——在流苏这一方面，更有受到家庭内部压力的难言之痛。香港战争突然爆发，彻底改变了他们的命运。在战争的背景下，他们得到了一种相互的珍惜和理解。

这篇小说很大程度上把张爱玲在港战中感受到的"文明的毁灭"这一思想背景中"惘惘的威胁"呈现了出来。战争经验对许多作家来说都是至关重要的。就 20 世纪的许多西方文化人来说，两次世界战争使得他们突然之间对人性与文明失去了信心。在大规模的世界性战争的背景下，港战实在不过是一个小插曲，可是这个小插曲已经证明了文明的部分毁灭。张爱玲在港战中突然体会到生命和文明的脆弱，未来是什么样已经难以把握。一个人如果感到自己是活在一个失去了根基的世界上时，再美好的生活也不过是"苍茫变幻的浮世"，所有的乐趣已经再也避不开强颜欢笑的感觉。

张爱玲最受称颂的中篇小说《金锁记》是一部关于黄金和情欲的心理传奇。《金锁记》发表于 1943 年 11 月，小说的主人公曹七巧是麻油店曹老板的女儿，嫁给姜公馆患有骨痨病的二少爷为妻，受尽大家族内的冷眼和轻蔑。虽然与二少爷生了一儿一女，但她在情感上得不到满足，她暗恋姜家的三少爷姜季泽，然而季泽虽然全身遗少的毛病，吃喝嫖赌样样来得，对七巧也不是没有非分之想，但打定主意不惹自己家里人。七巧的感情没有着落，日积月累的压抑只能促使她一天天变态。感情上的不能满足，很大程度上便促使她把欲望转移到财产上。十多年后，她的丈夫、婆婆相继去世后，她得到了一份家产。对曹七巧来说，这份家产是她用自己的青春和十多年的痛苦换来的，因此对这份家产，她表现出超乎常人的在意。姜家老太太去世后，三房分家，姜季泽来向七巧表白多年压抑的感情，这对曹七巧来说是一件非常幸福的事情,因为自己希望的感情终于得到了,但最终理智让她清醒,她细细套问季泽的话,他果然是"筹之已熟"。姜季泽荡尽自己分内的家产,竟然利用七巧对自己的感情,图谋她的产业,这彻底毁灭了七巧对他人的信任,于是暴怒的曹七巧赶走了姜季泽。从此曹七巧坠入了被金钱所控制的无底深渊而不能自拔,也逐渐被毁灭了人性,甚至人性中最宝贵的母性。七巧的儿子长白和女儿长安,是张爱玲笔下典型的受上辈积孽压迫的畸形子女,苍白、脆薄、无性格,如纸糊一样的人物。七巧对儿子的态度,主要偏于占有欲与控制欲,也表现出一定程度上的"恋子心理",儿子长白娶亲后,七巧觉察出某种威胁:她不能看见长白与儿媳芝寿在一起,她觉得芝寿抢走了她的儿子,对芝寿是又羡慕又怨恨,因而总是虐待媳妇。她还经常让长白住在她那里,套问他的床第之事。甚至将儿子和儿媳的床第隐秘公之于众,最后折磨死了儿媳。

而对待女儿长安,她以她的粗俗、泼辣和疯子般的精明,轻轻巧巧就毁灭了女儿的教育、婚姻和爱情。曹七巧和女儿长安之间是没有任何感情的,二人之间存在更多的矛盾甚至是仇恨。当女儿患有痢疾时,作为母亲的曹七巧不但没有细心呵护,反而让女儿抽鸦片。在女儿非常小的时候,她就给女儿缠足,为的是限制她和别人有过多的接触。长安将近三十岁仍然没有出嫁,曹七巧便经常埋怨女儿。姜季泽的女儿可怜长安的遭遇,就给她介绍了一个男朋友童世舫。长安和童世舫二人之间虽然没有过多的谈话,但彼此对对方都有好感,很快便订婚了。对于他们的订婚,曹七巧刚开始是欢喜的,因为女儿终于可以出嫁了,这是她一惯的性格特点,但很快,她便开始羡慕女儿的幸福,这种幸福深深地刺痛了这个情感上得不到满足的曹七巧的畸形心理。

在长期的情感压抑下,曹七巧没有办法容忍他人幸福,包括自己的女儿、儿子和儿媳。于是,她便开始造谣生事,想毁掉女儿的婚姻和幸福。她最先在长安面前造谣说童世舫有很多老婆,然后又痛斥长安不知廉耻,甚至猜测长安是未婚先孕。她对自己的女儿软硬兼施,无奈之下,长安放弃了和童世舫的婚姻,但二人取消婚约之后还是做了一段时间的朋友,并且相处融洽。但即使是这种关系,曹七巧仍然无法容忍,于是她背着女儿让儿子邀请童世舫来家中做客,轻描淡写两三句话就打死了童世舫的心。

"她再抽两筒就下来了",一句话就将童世舫打入了地狱。童世舫心灰意冷,起身告辞,带走了长安的"最初也是最后的爱"。

《金锁记》突出地表现了张爱玲对败落的旧式家族、衰微的旧文化以及这晦暗背景上旧式人物病态心理的犀利洞察和融古典、现代为一体的高超的艺术表现技巧。小说展示的主人公曹七巧性格变态的过程以及所体现的心理深度——看着她从一个性格有点刚强的普通女人，到戴着情欲和黄金的枷锁一步一步的心理变态，最后对下一代疯狂地进行折磨和报复，会情不自禁产生毛骨悚然的感觉。七巧的故事，粗看起来是市井女子嫁入豪门后心理变态的故事，但与一般此类小说不同，张爱玲处处注意七巧一步步变态背后的心理逻辑，这样，这个故事就不是一个外在于读者的感伤或猎奇的故事，而是有某种对人的深层心理的洞察性发现，在激起读者的恐怖感的同时，留给我们一种苍凉的启示。

总体来说，张爱玲潜心勾勒人性，直视人生，将一对对怨偶、一个个家庭怪胎，镶嵌在苍凉、复杂、险恶、不可理喻的社会背景之中，无意描绘惊心动魄的矛盾冲突和时代的历史画卷，也无大喜大悲的事件和情节，有的只是日常生活的琐碎以及琐碎之中流露出的人性。她以女性的视角、女性的审美经验，去审视人生，并在直抒胸臆、大胆暴露之中将笔触探向女性最为幽密的内心世界，找到了被历史所遮蔽的那一部分女性的记忆和表达方式，显示了女性写作咄咄逼人的锐气和锋芒，而慈母爱女的淡出，仍不失为一种机智的女性文化策略，不失为一种超前的女性写作。

二、钱钟书的小说创作

钱钟书（1910—1998），出生于江苏无锡，原名仰先，字哲良，后改名钟书，字默存，号槐聚，曾用笔名中书君，中国现代作家、文学研究家。1929 年，考入清华大学外文系。1932 年，在清华大学古月堂前结识杨绛。1937 年，以《十七十八世纪英国文学中的中国》一文获牛津大学学士学位。1941 年，完成《谈艺录》《写在人生边上》的写作。1947 年，长篇小说《围城》由上海晨光出版公司出版。1958 年创作的《宋诗选注》，列入中国古典文学读本丛书。20 世纪六七十年代，钱钟书在艰难动荡之中，完成了《管锥编》这部四卷本的皇皇巨著。1998 年 12 月 19 日，钱钟书因病在北京逝世。

《围城》是钱钟书先生的代表作品，也是他的唯一的一部长篇小说，写成于 1946 年。故事发生于 20 世纪 20—40 年代，讲述的是主人公方鸿渐离家四年后，一踏上故土，就接二连三地陷入"围城"之中的人生经历。通过方鸿渐与苏文纨、孙柔嘉等几位知识女性的情感、婚恋纠葛，以及他由上海到内地的一路上的经历和遭遇，以讽刺的笔调展现了抗日战争背景下中国一部分知识分子的空虚和彷徨。小说情节展示的是知识青年男女在婚姻、感情、事业的纠葛中，不断地被围困和逃离，其实质是表现其陷入的精神"围城"和人生"围城"。

  《围城》中的人物形象是十分清晰的,不仅仅是主要人物的形象,包括李梅亭、曹元朗、高松年、周经理、范小姐等都会让读者有深刻的印象。小说中塑造了各类新儒形象,从绅士、淑女、独立女性、知识女性到教授、作家等纷纷亮相,性格各异。其中,方鸿渐、孙柔嘉是小说中比较独特的两个人物。

  方鸿渐是留学归国、身上西洋文化和中国文化交融的知识分子的代表。方鸿渐性格的主要特征是虚浮、软弱、动摇、无能、追求享受。封建家庭教育和资产阶级教育,使他变成了一个不谙世事的纨绔子弟。对待恋爱婚姻,他优柔寡断:回国船上,因经不起性感妖媚的鲍小姐的诱惑而与其同居;他本来不喜欢苏文纨,但又不忍心拒绝她的亲近;他深爱着唐晓芙,最后又无可奈何地分手;他对孙柔嘉本无好感,却招架不住她的追求与其结婚。但方鸿渐也并非一无是处:他善良、机智、诚实,有正义感和民族气节。他为了表达对现实的愤慨,辞去了报馆的工作。总之,在方鸿渐身上优点和缺点得到了和谐统一:既爱好虚荣又诚实质朴,既自卑自贱又自尊自信,既不谙世事又机智聪明。他既不是英雄也不是坏人,他是 20 世纪 40 年代中国病态社会中的一个畸形知识分子。方鸿渐是一个在中国文学史上罕见的充满矛盾的典型形象。

  孙柔嘉是一个具有独特意义且极具智慧的人物,是一个隐藏在无主见外表下的具有主见的女子,是一个擅长心机和占有欲极强的女子。这是一个极具中国文化内涵的人物形象,她有着中国道家文化中的"阴柔"和中国政治文化中的"权谋"。她不仅掌控着自己的婚姻、生活和命运,同时也掌控着方鸿渐的婚姻、生活和命运。孙柔嘉一开始便使用了一些"小诡计"让自己和方鸿渐走进婚姻的殿堂,但这从另一方面来看却能展现其追求爱情的自由和勇气,不受封建思想的束缚。其实,孙柔嘉身上所传达的对封建守旧思想的厌恶是可以从很多细节中看见的,包括她第一次去方家,并没有按照传统封建礼数跪拜祖先。她在婚后也没有选择做全职太太,而是自己工作、经济独立等。这也是其智慧所在。因此,孙柔嘉的形象是具有独特意义的,她反对封建守旧思想,她的身上也体现了一定的女性独立的意识。

  所谓"围城",如小说中人物所说,是来自于两句欧洲成语,大意是"被围困的城堡,城外的人想冲进去,城里的人想逃出来"。所描绘的仍是人类理想主义和幻想破灭的永恒循环。而《围城》的思想意蕴也是深厚的、多层次的,在这种永恒的循环之中,钱钟书先生所传达的更是对社会的批判、对文化的批判和对人生的思考。

  《围城》的时代背景是 1937 年及以后的若干年,这正是中国遭受日本帝国主义侵略的时期,因此,当时的社会是存在复杂性和黑暗性的。黑暗的社会像一个围城一般,将所有人都困在这座城里,使得人们的生活是黑暗的,心灵也是黑暗的。小说中也对三间大学的明争暗斗、官场的腐朽堕落、内地农村的落后闭塞和教育界、知识界的腐败现象进行了描绘,作者以戏谑的笔调,形象地勾勒出纷繁复杂的知识界众生相,展现出一幅中国知识分子的灰色人生图画。而作者正是要透过主人公方鸿渐的眼睛,通过他的人生历程,看到、经历这社会的黑暗与腐败,揭示知识分子阶层的悲剧性堕落,从而彻底否定了这一阶层赖以生存的令人绝望的腐败社会。

20 世纪三四十年代也是中华民族古老文明和西方文明不断碰撞和融合的时期。在此之前,新文化运动把中国文化的希望寄托在西方文明上,试图借助西方文明的传播和介入来改良和完善中国传统文化。在小说中,作者首先批判的就是西方文化,主人公方鸿渐出国留学,目的是"光耀门楣",回国后却是处于有限的西方文化和封建守旧文化相互交织的混杂状态,当时社会的知识分子更是有崇洋媚外的心态,却只有少如皮毛的真正的西方文化知识。事实上,这是对传统守旧文化的一种反思,例如,孙柔嘉虽是厌恶封建守旧思想,却还是可以从她身上看到旧式女性的面孔。小说正是通过对这些人物病态性格的剖析,通过这些人物所展现出的思想和在思想的指导下做出的行为,对中国传统封建守旧文化进行了深刻的反思和批判。

从表面上的关于婚姻、恋爱、职业等人生追求的迷茫和彷徨,暗指着人生中存在着"围城",上升到人的本身的局限性对于欲望和追求的向往终究逃不过可悲的结局,从而引导了人们对人生感受的深层哲理的探索。这是《围城》这部小说最大的意义所在。无论是方鸿渐在爱情、婚姻中所陷入的"围城",还是在事业上所陷入的"围城",它们终究会归结为方鸿渐的人生"围城"。作者通过对主人公方鸿渐人生经历的叙述,传达出自己对于人生的哲理性思考:人生处处是"围城",结了离,离了结,没有结局,存在着永恒的困惑和困境。

《围城》展现了抗战时期中国这座巨大的围城下,中国社会和文化的迷茫和中国人民对于前途未知的苦闷。它体现着一种深刻的绝望感,却又因此而对人生产生深刻的哲理性思考。

"人生是围城,婚姻是围城,冲进去了,就被生存的种种烦愁包围。"作者所喻的围城可能就是人的一种生存困境,是生活中一座座难以逃离的城。而我们人类因为欲望一次次地冲进围城,却又因为自身的庸常和懦弱一次次地想要逃离,如此循环往复,却始终摆脱不了被围困住的命运。《围城》通过对生活万象的描绘,对社会、文化的反思和批判,站在哲学的角度,对人生的困境进行了深刻的剖析和揭露,而这正是其伟大之所在。

下 篇 20世纪中国当代小说创作探析

第四章 十七年时期中国小说创作探析

新中国成立以后,从1949年到1966年,在这十七年中,文学要为工农兵服务的理念在不断的文艺批判与斗争运动中得到了贯彻与落实,这也成为十七年文学时期小说创作的首要任务。于是,小说创作在继承了五四以来新文学现实主义传统的基础上,以社会主义的总方向、毛泽东的文艺思想和社会主义现实主义的创作手法为指导,对新中国社会变革的风貌进行了生动而形象的描绘。战争、农村、历史是这一时期小说创作重要的题材领域。创作界的主体或是来自延安根据地、参加过革命战争的革命文艺工作者,或是来自中国农村富有才华的青年。与此相类的权威期待与批评观,影响、制约了小说创作的整体状况和小说的形态,创作手法以革命现实主义为主。在体裁方面,长篇小说和短篇小说受到了重视,涌现出了诸多优秀的作品,展现了中国的革命历史进程与中国农村的发展。其他题材如工业题材小说作品也是硕果累累。

第一节 对革命战争的叙说:战争题材小说创作探析

革命历史题材的小说在中国当代文学中一直占据着重要地位,尤其是在20世纪五六十年代占有很大的分量和极重要的位置。从20世纪50年代开始,就有"革命历史题材"小说的概念出现。1960年,茅盾在中国作协第三次理事会(扩大)会议的报告使用"革命历史题材"这一概念时,不仅指《红旗谱》《青春之歌》这类作品,而且也包括写辛亥革命前后社会生活的《六十年的变迁》《大波》等。在这一时期,革命战争题材长篇小说取得了相当大的成就,这些小说题材丰富、内容质量高、作品数量也十分可观,尤以具有史诗性质的长篇小说最佳。这里主要对梁斌、杨沫、曲波、吴强、茹志鹃、杜鹏程的革命战争题材长篇小说进行分析。

一、梁斌的小说创作

梁斌(1914—1996),河北省蠡县人,原名梁维周,从小家庭比较富裕,5 岁的时候,他就开始学写认字。11 岁的时候,梁斌考入县立高小,结识了早期的共产党员张化鲁、宋卜舟和刘显增。1927 年他加入了中国共产主义青年团。1929 年,梁斌参加了对他影响非常大的一次群众运动。16 岁的时候,梁斌考入保定省立第二师范学校。并在随后参加了轰轰烈烈的学潮斗争,为他的小说创作提供了重要的素材。梁斌在 1933 年加入了"左联",开始了文学创作。1935 年,他的第一篇小说《夜之交流》发表。两年之后,他回到家乡参加地下革命活动。1940 年兼任冀中文化界抗战建国联合会的文艺部长,晋察冀边区文联委员,此后长期在文艺界担任要职。1955 年加入作家协会,在文学研究所工作,后在天津从事专业创作,1996 年病逝于天津。

梁斌的小说侧重于在我国整个民主革命的广阔时代背景下对农民在革命斗争中的成长过程进行波澜壮阔的描绘,《红旗谱》是其革命历史小说的代表作。《红旗谱》共有三部分,描写了当时纷繁混乱的革命历史。第一部分的内容主要围绕反割头税、保定二师学潮展开,真实地再现了我国北方阶级斗争的情况;第二部分取名为《播火记》,表现了冀中平原星火燎原的高蠡起义,讴歌了中国人民不畏强暴、不怕牺牲的革命英雄主义;第三部分取名为《烽烟图》,描写了在抗日战争的环境下,中国战火纷飞的景象。这三部分共同构成了规模庞大的整体,生动地再现了从第一次国内革命战争到抗日战争前夕我国北方农民革命斗争的历程。

《红旗谱》里的火车带着当年逃亡的人回乡。一归一去,相向而行,从离家和归家两个方向展开书写,呈现出两种社会场景。《红旗谱》表现了三代农民与封建地主、军阀官僚的艰苦抗争,其觉醒程度随三代相传不断加深。

初代觉醒人物是小虎子的父亲朱老巩,听闻锁井镇的村长冯兰池要砸钟、卖钟去顶赋税,他气愤难当。朱老巩明白,冯兰池真实目的是霸占四十八亩官地归自己所有。村里人忍气吞声,胆小怯懦不敢站出来阻止,只有朱老巩愿意为这座古钟出头拼命。显然,朱老巩的觉醒是孤独的,其他人还处于麻木观望的状态,或是虽然心里清醒却没有勇气站出来,只有朱老巩侠肝义胆、奋起反抗封建地主的压迫。冯兰池最终使用调虎离山之计，砸碎了铜钟。朱老巩明白过来以后怒火中烧，吐血倒地，病了半个月后气淤而亡。从一方面来说，朱老巩早早地失去了宝贵的生命，为穷人出头而落得让女儿投河自尽，儿子远走他乡的悲剧。可是从另一个方面来说，他没有缩起脖子低头做人在压迫中苟延残喘，而是奋起反抗。初代觉醒虽然结局悲惨，但死后在方圆百里出了名，有了"朱老巩大闹柳树林"的梨园书段，成为乡村流传的英雄。

第二代觉醒人物朱老忠是当年见证整个砸钟事件的小虎子。砸钟最激烈的时候，父亲以命护钟，儿子舍命护父，一个果敢反抗压迫，一个保护血脉至亲。朱老巩对儿子小虎子言传身教，他教给小虎子的是反抗压迫的决心和敢于捍卫人权的勇气。朱老忠流落在外三十多年，多年他乡的磨难没有磨掉朱老忠对故乡的思念，伴随着血海深仇，他无法忘掉父亲临终前的嘱托，乘坐火车重返家乡。回乡意味着觉醒，准备正面反抗压迫。他有着和父亲一样的决心，但是行为方式完全不同于父亲的一腔热血，他忠肝义胆有勇有谋，总是不露声色，常挂在嘴边的一句话是"出水才看两腿泥哩！"对于打倒这些恶势力，他有着愚公移山般持久的信心，不同于父亲的孤单，他团结朋友扶持后辈，愿意一辈又一辈去谋划和坚持。

第三代的觉醒呈现遍地开花之势，在共产党员贾湘农的指导之下，运涛、江涛都立志加入共产党，希望能够举红旗与黑恶势力斗争。随后他们和朱老忠联合起来智斗地主冯兰池，带动起广大穷苦村民进行反抗割头税运动，江涛和张嘉庆开展护校运动、到乡村开展抗日救亡运动等一系列反抗行动。第三代觉醒后在寻路中受到共产主义信念的精神指引并不断坚定信念，重获新生，同时带动起上一代诸多有反抗压迫意识却没有精神指引的长辈，如联合对抗了一辈子的朱老明，带动起严志和，使严志和从失子、失地的痛苦无助中恢复过来，严志和朱老忠联合起来，支援学生运动。朱老忠作为串联两代的人物，他的觉醒既有来自父辈的血海深仇，又有对子辈信仰的理解和一拍即合。共产主义信念成为一辈辈反抗压迫的精神指引，这种力量也在一代接一代的觉醒中越变越强，正如结尾处"天爷！像是放虎归山呀"的暗示，在"未来"会有更强烈的反抗，共产主义信念终会指导人民反抗压迫的完成。

《红旗谱》三代人觉醒后反抗压迫的根源在于公平失衡，从明朝起就留下来的四十八亩官地，要被冯兰池砸钟销毁证据后占为己有。公平被打破，朱老巩反抗无效死去，小虎子和姐姐紧跟着遭遇强盗，姐弟二人一死一逃，正义无存。逃亡在外的小虎子想到父亲的死就烦躁不安，追回公平正义的念头啃噬着他，让他无法平平淡淡安稳过一世，磨练多年后决定重回故乡。历经磨难的朱老忠在洞见上远胜他人,他看穿尊卑贵贱的谎言,悟到公平的本源性,"有人说吃糠咽菜是穷人的本分,依我来说,那是没出息"。在策略上他沉稳有谋,面对地主的猖狂霸道,不退后畏惧,总流露"出水才看两腿泥"——坚信正义总会实现的长线思维特点。运涛在贾湘农那里学到必须推翻两座大山的压迫才能解决农民生活越来越困难的非公平问题,想在亲友中确证这种思想,在朱老忠这里得到赞同,"共产党?我在关东的时候,就听人讲到过,苏联列宁领导无产阶级掌政,打倒资本家和地主,穷苦人翻起身来……你要是扑到这个靠山,一辈子算有前程"。运涛从此走上共产主义道路,力图让穷苦人翻身作主,朱老忠也在运涛、江涛兄弟影响下将自己的诉求与共产主义信念统一。小说中反"割头税"是争取公平正义的成功案例。江涛做工作,朱老忠协助,在"反割头税"的大会上发动"沉睡"的乡亲向不公挥起拳头。这次行动胜利后,朱老忠等人成为了共产党员,公平正义最终要靠自己的双手和勇气取得,共产主义的实现也成为每个向往美好生活之人的追求。

另外,《红旗谱》里江涛等学生展开的护校运动,是想要守护"抗日堡垒",是二师学潮影响下的爱国行动。江涛于其中认识到:反动派立时抓捕学生,会造成流血冲突;长期围困,断给胁迫,也要流血斗争。显然江涛已经意识到形势的严峻。但是,虽然有了横竖都会流血的判断,护校运动仍然要无畏地进行下去。校外军警严密包围,校内外联系被切断,断米断粮等一系列问题出现。江涛等人没有坐以待毙,而是团结看守士兵,争取与外界联系,实现了两次"来无影,去无踪,蹿房越脊,出奇制胜"的购粮斗争。在众人努力之下把护校运动斗争坚持下去,"革命的狂热,像一杯醇酒陶醉着他们",青年革命者逐渐成熟,很快他们调整斗争方向,思考到:不与工农结合,孤军奋勇,消耗能量,对革命是否并无帮助?为了保存革命种子,积蓄力量,他们以汹涌的激情要冲破包围,去新的领地发动更广泛的抗日活动,要走向正面战场,奔赴前线。突围的过程中,有牺牲者也有被捕者,而留存下来的革命者势必将要掀起壮阔的风暴,革命的浪潮在接下来的战斗中将猛烈来袭。

《红旗谱》里的江涛、运涛兄弟同样以直养而无害的方式养护义理之心。爷爷严老祥因当年参与护钟事件被地主冯老兰忌恨而闯了关东,父亲严志和眼看爷爷十几年毫无音讯,也偷偷想去关东找回爷爷。在严志和遇到朱老忠被带回来之前,运涛一家人流着泪伤心自家人的命运,生活重压之下,运涛和江涛小小年龄就说出"一辈子的仇啊!一辈子,十辈子也忘不了"这样充满愤恨的话,但怎么改变生存处境,他们还很盲目处于气昏而塞的状态。运涛出门打短工遇到贾湘农,从读书写字谈到国民革命,运涛只觉得和这位和气先生谈话特别融洽。在回答贾湘农的提问:为什么农民的生活越来越困难时,运涛不知不觉说出了很多原因和道理。贾湘农对运涛非常欣赏并告诉了他现今世道和各方力量的对峙,运涛听后对革命有了认识只觉得心头敞亮了。自此以后,运涛一直想着贾老师对自己的启发,他找父亲和朱老忠大伯商量起贾老师给他带来的思想。曾经困扰着运涛有关生活的不公和重压没有出口,却在接触贾湘农以后如打通了道路一般通畅,运涛的心被打开了,吸引他的是合乎自己认可的义理以及自己在生存中可以有所作为的可能,直养而无害,运涛找到了契合自己希望的道路,并且在此以后被贾老师培养成为了一名共产党员参加革命,为穷苦百姓争取生存空间,在共产主义信念的指引下他可以有所作为而不只是愤恨的抱怨,即使后来被反动派关入监狱,运涛的勇气依然不退。江涛在日常生活中可以看到哥哥和贾老师为了"剥削"和"压迫"的事情而忙忙碌碌,哥哥参军以后又把自己托付给贾老师照顾,耳濡目染受到影响,在游行活动之后,江涛受到了强烈的震撼,头脑中透出对未来之路的畅想,他想要跟随贾老师,想要从事革命活动,加入共产党。在向贾老师倾吐心声之前,江涛坐立不安,无法凝神静气,他像被点燃的火苗跳动着希望燃烧起来,他鼓起勇气向贾老师表示希望可以加入中国共产党,拯救受苦的人们,改变他们苦难的命运。面对江涛如此积极而真挚的告白,贾老师没有急着给他回答,从书架上取下了书递给这个渴望改变的孩子。贾老师知道揠苗助长的不可取,他知道江涛已经觉醒并发现了自己的心志,但他注重循序渐进,尊重江涛的心意,顺应其认可的义理,直养而无害地培养江涛的义理之心,在培养之中,江涛对共产主义的认识越来越深刻,心志越来越坚定,逐渐拥有了面对一切困难的勇气。

此外,《红旗谱》表现了质朴的民风,小说主要通过人物的行动和对话展示人物性格、制造矛盾冲突、表现复杂的情节;生活内容具有民族特点,作者描写一个地区的生活风俗,并且描写了在这种风俗下人们的各种反抗与斗争;文中的语言通俗易懂、朴实无华,在北方方言的基础上,添加相关的文学语言,使之既有浓厚的乡土色泽,又具有较强的表现力。

这部小说在艺术上也取得了较高成就,从结构方面来说,十分注意情节的连贯性,运用了多事件串连的结构方式,即一个序幕、两个主峰、几个生活事件串连一线,既使故事主干突出,又相对独立,层次分明;从描写的内容来说,有着浓郁的民族特色,对冀中地区的民族风俗进行了高度渲染;从运用的艺术方法来说,继承了我国古典小说的优秀传统,多用故事情节,用激烈尖锐的矛盾冲突,用人物的行动和对话刻画人物性格,同时对外国小说的一些长处有所吸收;从语言方面来说,注重对北方农民的语言进行提炼加工,同时吸取古今文学的语言精华,既朴素生动,又通俗易懂,还有着浓厚的乡土气息。

当然,《红旗谱》也存在着一些不足,比如几个主要事件之间的联系不够紧密,乡土田园生活与阶级斗争主题之间的不和谐;人物性格没有发展性,有些人物形象比较单薄等。

二、杨沫的小说创作

杨沫(1914—1995),湖南湘阴人,原名杨成业。她出生在一个较为富裕的家庭,父亲担任某学校的校长。1928 年,她考入北平温泉女子中学,1931 年,她坚决不服从母亲的包办婚姻,被迫离家。从 1931 年到1936 年,为了生存先后做过小学教师、书店店员、家庭教师等,并在北京大学旁听。1933 年杨沫在解放区做报纸编辑。1934 年她发表了第一篇散文。1958 年出版长篇小说《青春之歌》,1963 年她担任北京市作协副主席,中国作家协会理事。进入 20 世纪八九十年代后,杨沫创作了与《青春之歌》共同组成"青春三部曲"的另外两部:《芳菲之歌》《英华之歌》。另外,她还著有短篇小说集《红红的山丹丹花》,中篇小说《苇塘纪事》等。1995 年去世。

《青春之歌》中的林道静拥有善良、浪漫、好幻想、爱美的品质,柔中带刚、有气性、勇敢,两种品质融合造就了她与周围环境的不相容,最终一步步觉醒走进现实。全文书写了她在三次觉醒、三次打击后逐渐塑造自己,最后的觉醒引导她树立起共产主义信念,去追求想要的人生。

林道静人生的第一次觉醒是深刻地认识了出身家庭。亲父是大地主林伯唐,亲生母亲被林伯唐用强力掳走,生下林道静后不久被逼迫至死。当家庭遭遇变故,父亲林伯唐卖光财产带着姨太太逃走,继母徐凤英想把林道静卖给胡局长换取荣华富贵,痛苦不已的林道静撑着一口气决定逃出这个称为"家"的魔窟,选择了自救式的逃跑。面对家庭里的罪恶、欺辱、压迫,林道静第一次觉醒,她用逃走的方式进行反抗。

第二次觉醒是对自己身处社会的认知。孤身在外重拾勇气,林道静想着怎么解决生存问题。她结识了校长余敬唐,听信其为自己物色职业的承诺。在大雨夜慌乱中跑错房间,林道静无意中得知余敬唐并非在为自己找工作,而是想把自己送到鲍县长手中,此时她终于看清了真相,她"走进了一个更黑暗、更腐朽、张大血口要吞食她的社会"。这是她第二次觉醒,她意识到家庭没有善待自己,社会同样不会。社会比家庭更复杂,包含的罪恶更多。对社会如此的认知让林道静丧失生存意志,崩溃跳海。

第三次觉醒是对自我精神思想的确认。跳海时被余永泽相救，随后两人相恋。现实生活的残忍让林道静只能躲进爱情里，但她总认为自己就是蜘蛛网上的小虫，怎么也摆脱不了灰色的包围，余永泽也发现她常常沉默寡言，忧郁不安。直到在革命青年卢嘉川的带领下林道静看起了革命书籍，了解了共产主义，她觉得自己又活过来了。她渴望像那些英雄一样活着，拥有勇敢的视死如归的生存状态。她开始正视现实，关注国事，参加游行反抗国民党的不抵抗主义，逐渐开始信仰共产主义。但是林道静共产主义信念的萌芽和余永泽保守主义准则发生了碰撞，林道静意识到"政治上分歧、不是走一条道路的'伴侣'是没法生活在一起的"，任何关于两人相安无事和平处之的想法都是妄想，必须要有所抉择。

林道静第三次觉醒，正视自己的灵魂，在思想精神上自己是没法妥协的，为了追求共产主义她要克服任何阻碍，面对一切挑战而毫不动摇。通过三次觉醒林道静逐步成熟，步步紧逼并压迫自己的庞然大物要用什么来反抗？林道静在伤痕累累之后站立起来，心中树起共产主义信念，作为自己反抗压迫的信心和以后生活的精神指引。《青春之歌》关于痛后觉醒的书写细密有层次，痛后清醒追寻共产主义信念精神指引的合理性和逻辑性较强。

林道静是小资产阶级知识分子的女性代表。她不像当时的许多优秀共产党员那样被描写得多么优秀。她只是一个不断斗争的知识分子：最终经过锻炼成为一名无产阶级战士。她是五四运动以后，大多数知识分子成长经历的一个缩影。

《青春之歌》中的王晓燕是林道静的好朋友，林道静得知身世离家出走时去找的人是王晓燕，林道静在杨庄小学呆不下去要回北平时也去投奔王晓燕，后来林道静因参加活动两次被捕，同样是王晓燕托人设法营救，两人姐妹情深至极。王晓燕看着好朋友林道静一直以来所受的苦难，心中难受不已。接林道静出狱以后，王晓燕向林道静坦言自己的变化：王晓燕曾以为胡梦安对道静的逼迫只是偶然，坏人只限于个别人，可是眼看着道静为了正义的革命活动数次被捕，惨遭虐待，流血受伤，她终于想明白世道何如，好友道静从事的事情又是什么，她下定决心如若道静被关，自己要接替岗位继续工作下去，甚至如果自己也被打压关入监狱也无妨，会有千千万万的中国人代替她们接着革命，如野草般火燎不尽，风吹又生。王晓燕原生家庭幸福，她的志向是完成学业，以父亲王鸿宾为榜样做教书育人的教授。生活无忧的王晓燕本不需冒险参加革命，但在与林道静的交往中，王晓燕一点点地看懂了发生在好友身上的厄运不是偶然，而是整个中华民族正在遭受的苦难，自己绝不能作壁上观，而要勇敢地成为改变家国命运的奋斗者,知言养气、听多、看多、做多以后的王晓燕已经能够分辨不同的言论,同时养护起无所畏惧的勇气去参与斗争。后来王晓燕被自称为北平市共产党市委书记的戴愉利用,其诬陷林道静是革命叛徒,致使两人姐妹情割裂。在爱情和友情拉扯中的王晓燕痛苦不已,同时,这也是对她分辨什么是真正的共产主义真理的一次挑战。历经被骗的弯路,王晓燕终于辨别出戴愉的真面目与其决裂,和林道静和好如初,更是净化了心中所追求的共产主义信念,重新走上了正确的革命道路。全书从头至尾都埋藏有王晓燕人物变化的暗线,有林道静的影响之功,也因王晓燕能够从善如流,不断调整改变达成知言养气,拥有了追求共产主义信念的勇气。同样在《青春之歌》中知言养气的还有王晓燕的父亲王鸿宾教授,在林道静出狱的接风宴上,林道静正要感谢教授的帮助,王鸿宾竟然反转过来感谢林道静,感谢林道静通过女儿王晓燕间接教育和引导了自己,使自己了解到了国事的最新状况。王教授打破固守多年的沉稳之气,反听内视,做到了知言养气,他知道中国已是内忧外患,绝不可忍气吞声下去,同时他也认识到"共产主义必将在全世界全人类获得最后的胜利"。游行活动前一夜,他几乎整晚没睡,年过半百、一生埋头治学的老学者想要鼓起勇气,走上街头振臂呼喊,为民族国家发出个人微小但有价值的声音。

《青春之歌》中的示威游行是战前的宣传准备阶段,表现了革命者战前为发动革命迸发的汹涌激情。第一场是北平大学学生南下向国民党政府请愿示威。请愿中出现了三位青年领导人:罗大方希望在请愿中不惧牺牲,让沉睡的人看到此行流下的鲜血而惊醒;卢嘉川认为聪明人应当用最小的牺牲换得最大的胜利,先想清楚反动统治者会使用什么样的手段,想办法以最小的代价取得更大的成功;李梦俞也赞同绝不能轻视敌人,对具体活动展开了分工部署,积极应对。三人认识不同,但都坚信唯有革命才能取得胜利,才能摆脱被侵略的命运。这场示威游行中,学生们迎来了荷枪实弹,前去卫戍司令部解释和平请愿意图的卢嘉川和许宁被逮捕,其他学生赶来监狱示威救援关押学生,被关押的几人紧紧拥抱在一起唱歌彼此鼓励,他们说就算因此终生住在监狱,也是很幸福的!在这场示威宣传中,年轻的革命者拥有汹涌的激情,相信只有革命必胜才能换回独立和尊严,将革命必胜的信念寄托于共产党的领导。第二场示威是"三一八"纪念游行,林道静参加的人生中第一次游行。学生化身为英勇的革命者,明确要推翻国民党,拥护中国共产党,建立民主政权,实行武装抗日。游行在警察的镇压和青年的反抗中结束,被捕四十多人,死亡两人,伤者若干。镇压不能阻止青年革命者以汹涌的热情进行革命,林道静在这次经历之后燃起强烈的革命热情,革命必胜的信念在心中埋下。第三次游行示威是历尽数年沉淀,化名路芳的林道静全权负责下组织起来的"一二·一六"示威游行。这次示威游行的宣传队、纠察队、交通队布置妥当,大、中学生分为四个游行大队,人员力量前所未有的强大。除了学生,王鸿宾等一批学者教授也参加了游行,各行各业的爱国市民也参加了游行,号召中国人起来救中国,发动更多的中国人走上正义的爱国路,示威游行是为正面革命战争而做的战前准备,战前汹涌的激情让站起来的革命者范围扩大至全中国。

小说在艺术上也取得了较高成就。

首先,故事情节复杂生动,表现了广阔的社会生活,林道静是贯穿全书始终的一条主线索。作者把她的命运和社会生活的变化紧密联系起来,展现了 20 世纪 30 年代比较广阔的社会现实。

其次,人物形象丰富。许多的人物塑造都十分成功,包括共产党人卢嘉川、江华、林红、刘亦丰、徐辉,知识青年罗大方、余永泽、王晓燕、白莉萍,老教授王鸿宾,反革命分子胡梦安,心狠手辣的地主宋贵堂等。总之,每一个人物形象都各具特色,展示了当时复杂的社会面貌。

最后,语言简洁流畅,露真情、写真意,极富艺术魅力,具有浓厚的抒情色彩。

不过,《青春之歌》也存在一些不足之处,如有些人物的性格过于单一;多种叙事手法的过渡显得生硬;对人物内心描写得不够深入等。

杨沫在再版后记里提到,特意增加了林道静在农村的七章和北大学生运动的三章,其改动意图是要让林道静这个形象更加生动、真实。农村工作和北大学生工作可以补足林道静转变的现实因素。她看到王老增爷孙被宋地主哄骗而丢失了活命的三亩地,穷苦得吃不起饭,而一旦宋地主病倒,一向"和蔼可亲"的地主儿子就恶狠狠地露出真面目大喊着要为父报仇。亲身经历后林道静意识到不公平的现象不会自动消失,不采取果断而坚定的行动就会一直无法得到公平正义。在北大领导学生运动的过程并非一帆风顺,工作过程中顶着工作意见不一致的分歧、好友决裂的压力,林道静坚持行动不退让,完成一件件任务。林道静获得幸福变得成熟,共产主义内涵在公平正义的强烈目的和坚定不移的追求中得到现实确认。

《青春之歌》的写作是杨沫在中年向青年时期的回望,她对激昂青春里的先进壮举饱含情感上的不舍与价值上的认同。放眼当下,曾经对新中国的想象已然实现。写作中不仅是对过去生活的回顾和肯定,还有以此为基石展望未来实现新的生命价值的含义。在杨沫的作品《自白——

我的日记》里,她表达着自己的烦闷,别人对她的轻视和误解:"一个从解放区来的土包子,一个需要照顾很多孩子的管家婆,一个疾病缠身派不上用场的老病号……不管如何,我还是要争气的!力争把病痛治好,把工作做出点成绩来"。沉重的危机感压抑着步入中年的妇女,作为一个想要实现自我价值的女性,她不甘于隐退在无为的生活之中,过往的激情岁月不应该悄无声息地消逝,她感激于参加革命活动后自己身上发生的蜕变和成长,以及在过程中经历的磨难和获得的幸福,新中国的成立是革命迎来胜利的明证,建立社会主义国家是不断实现共产主义事业的努力,而心中依然渴望有所贡献的自己不应该被时间带到中年后就停滞下来无所作为。研究者认为"疏离的独特状态、半生的个人经历、激越气质和时代语境,这四者恰好在《青春之歌》当中形成了合流"。《青春之歌》的写作是杨沫把积累的种种感知书写成文,文学虚构与现实革命历史的交融,借林道静实现他我与自我的融合 。作家在疾病折磨、家庭生活缠磨之下,展望着再一次把自己投入湍急而激越的生活中。反抗时间,重新找回青春之歌,"现实是'应当那样活下来的生活',理想是'一种梦想的生活'"。《青春之歌》书写过程中,杨沫经历了内心翻天覆地的搏斗,搏斗的结果是《青春之歌》的问世,将其视为杨沫的心血之作毫不为过。曾经、现在乃至未来都被打通了,作家对曾经历革命历史斗争的书写完成了两件事,刻录难忘和展望未来。《青春之歌》的问世让中年杨沫重新寻回价值,在青年时期激励自己的信念在中年依然生效,并将借助文本在未来对更多人产生不竭的效用力。

三、曲波的小说创作

曲波(1923—2002),出生于山东黄县。1957 年,他的第一部长篇小说《林海雪原》出版,之后又创作了《山呼海啸》《戎萼碑》《桥隆飙》等长篇小说。2002 年 6 月 27 日,曲波病逝于北京,终年 79 岁。

《林海雪原》是当代是最重要、影响最大的革命英雄传奇小说。《林海雪原》第一回命名"血债",开门见山地引出灾难的发生。杉岚站遭匪徒血洗,少剑波唯一的亲人——姐姐鞠县长所率土改工作队一并被包围。少剑波领命救援,却为时已晚。当少剑波他们抵达以后,村民们围拢到战士身边,痛诉无辜村民被杀害,少剑波不仅要承受失去姐姐的痛苦,还要承载所有村民的悲痛以及他们给予的信任。这笔血债没有打倒少剑波,痛的觉醒后,更坚定了要消灭这种罪行的决心。共产党员的身份唤起他对任务、对部队的责任,身为军人的少剑波以强大的意志力吞咽血债的悲痛,临危受命带领队伍深入林海剿匪。临行前少剑波说:"党对我的信任,我感到无限光荣,这对我来讲现在是一种预支的荣誉,我将尽我和我的小分队所有的智慧和力量"。血债对少剑波而言是痛,痛苦后更加坚定共产主义信念去执行任务。显然,少剑波固有的共产主义信念已非常坚定,只要能承担共产党交派的任务就已感到光荣并视之为预支的荣誉。

《林海雪原》中的夹皮沟深藏在深林中,这里有几百户人口,整个村落地理位置偏远,先遭日本占领后又被土匪霸占,群众被收走武器,没吃没喝地干挺硬挨。小分队的剿匪活动解放了夹皮沟,虽然小分队的目标任务只是剿匪,少剑波却担心夹皮沟群众的后续生存生活状况。作为一名共产党员,又是此时此地党的最高决策者,绝不可以只顾完成自己的任务而对群众的惨淡光景置之不理。他为乡亲们申请来了自卫的枪支武器、救济粮,组织民兵队确保村庄安全,又发动群众积极劳动创造生活。这样偏僻的深林村庄在以前总是无人顾及,"现在共产党来应,解放军来灵"。火车第二次进城返程中在二道河桥头遇袭,战士拼杀突围,高波听到壕沟里还有受伤群众的哼叫,他放弃了马上转移突围的念头"不能扔下一个活着的群众,这里的活人突围,我必须是最后一个"。小说力求实现多重结构内的公平正义,无论是地域还是人数,包括小分队后来在绥芬大甸子争取被压迫许久、心中充满恐惧的落后群众,"群众是我们的! 我们要一个一个、一家一家地争取,哪怕是一个小孩子也不能放弃"。任何艰难处境都不轻视少数存在,追求全方位的公平正义。共产主义的现实实现就是达到公平正义,这种信念在人民心中生下根,夹皮沟的村民李勇奇、姜青山等都愿意追随少剑波,投入为实现公平正义的斗争。

四、吴强的小说创作

吴强(1910—1990),原名汪大同,江苏涟水人。1933 年加入左联,1934 年开始发表一些散文和短篇小说。解放战争时期,他亲历了苏中、莱芜、孟良崮、淮海、渡江等著名战役,开始酝酿长篇小说《红日》。1957 年出版描写莱芜、孟良崮战役的巨著性长篇小说《红日》,影响很大,备受好评。

《红日》虽主要讲述孟良崮战役,但小说开头却先从一场失败的涟水城战役写起。涟水战役由两个战斗组成,第一次战斗胜利后,敌人——蒋介石的警卫军整编第七十四师增强战斗力量卷土重来,第二次战斗失败,涟水城失陷。小说在描写这场失败的战役时将焦点对准了八连四班的士兵,以战士的视角来揭示,敌我双方力量、武器上对比差异明显:敌人的飞机从早到晚地巡视、轰炸,大炮配合飞机火力更猛;四班战士装备严重不足只能回避火力,两天内不发一颗手榴弹。战斗局势落入下风,对此情形四班战士们的反应是"气闷":"是好汉,到面前来干! 蹲老远放空炮,算得什么? 我们的刺刀、子弹,不会没事干! 有一天,我们也会有大炮!",一派不能痛快交战的憋闷。对于战士而言,这种守备战是一种精神上的折磨。然而在这场失败的战斗中全然不见战士灰心、绝望,反而使他们充满不甘、勇敢的战斗意气。战斗最终失败,战士的心就像被火烧过的野草一样炙热,含着眼泪从火线上撤退。面对战力、武器的压制,战士们憋着劲在难得的近身对战里俘获一名营长,这是他们力所能及范围里最大程度的反击。战斗的失败为所有战士心中埋下了终有一天要夺回失地的种子。班长杨军受伤后,班里剩下的唯一共产党员张华峰自觉担负起照顾战友的责任,在战斗失败的痛苦中,战士们没有抱怨和怀疑而是紧密围绕在党员身边,更加坚定共产主义信念。战败后,他们走在满是抬着重病伤员担架的行列里,向前走着,去找共产党组织,找部队参加下一次的战斗。

《红日》里副团长刘胜临危受命担任团长,"本来挑八十斤担子的,现在就得挑一百斤,再过些时候,还得挑一百二十斤",在失利情形下绝地反击需要更大的担当以及激发革命者更多的潜力;普通战士开始日夜盘算着接下来的仗怎么打,他们有了触及灵魂的变化,思考是承担责任,集中力量完成目标的开始。从上及下,官兵都拿出更加振奋的精气神迎接接下来的斗争,"我们不怕敌人! 我们不怕山! 我们要消灭敌人,也要消灭我们心里的山"。加紧军事攻防演练,吸取涟水战役的教训,清除白日作战的恐惧。在吐丝口翻身仗中侦查员大白天去敌营抓俘虏,田通装哑巴扮作苦工混进敌人岗哨,俘虏了两个敌兵,掌握敌人军防和轻敌的特点,最终面对九千敌人打赢了吐丝口歼灭战。养好伤的伤员杨军等人归队,心如火燎,夜晚睡不着,唱着歌在星夜中擦拭武器,渴望早日接到最终大决战的命令。接到前往孟良崮攻打七十四师的军令后,他们不做休息而是极速行军,横渡沙河,从四面八方围攻孟良崮,战斗激烈。为保证胜利,在火线上考察了战士对党和革命的忠心,激发出战斗力进行最后的猛攻,夺取了孟良崮战役的胜利。

最后攻克孟良崮高峰时,追悼会和新党员火线宣誓两个仪式一起举行。"我们将永远地献身给中国无产阶级的革命事业,献身给全人类的共产主义伟大事业,不惜牺牲我们的一切以至生命,为党和无产阶级的利益,流尽我们最后一滴血!"流血和死亡不能吓退战士,反而在火线前凝聚起心中信念,激发出不死不休的勇气。心中有志,勇气不休。持志养气,志与气交互，在实践中实现人有意义的存在。

五、茹志鹃的小说创作

茹志鹃（1925—1998），祖籍浙江杭州，出生于上海。她两岁时母亲去世，父亲弃家出走，于是跟随祖母辗转于上海、杭州。11岁时，她进入上海市私立普志小学读书，后进入上海市妇女补习学校学习。祖母去世后不久，她就辍了学。1943年，她随兄参加了新四军，抗日战争和解放战争期间一直在部队文工团工作。1947年加入了中国共产党，1950年开始发表小说，1955年从南京军区转业到上海，任《文艺月报》编辑，作协上海分会理事。1958年发表《百合花》引起文坛的注意，1960年起从事专业文学创作，并发表了《静静的产院》《高高的白杨树》《如愿》《离不开你》等小说作品。1977年之后发表了《冰灯》《剪辑错了的故事》《草原上的小路》《儿女情》等作品。1998年10月7日，茹志鹃因病去世。

茹志鹃在十七年时期，最为重要的革命战争题材短篇小说是《百合花》。它选材于1946年解放战争时期的生活，描写的是解放战争的前沿阵地包扎所中发生的一段小插曲。小说围绕部队的小通讯员向农家新媳妇借一床棉被的情节展开，对小通讯员和农家新媳妇各自心灵的美好进行了充分的表现，进而赞扬了革命队伍中人与人之间的美好情感，歌颂了人民战士的高贵品质，并突出了军民团结、生死与共的深刻主题。

第一，对人物形象的成功塑造。小通讯员和新媳妇的形象塑造得都非常成功，虽然他们都不是伟大的英雄人物，但都令人敬佩。小通讯员原是"帮人拖毛竹"的青年，质朴、憨厚、处处为人着想，又带有几分稚气。在战斗中，当敌人的手榴弹在人缝中冒着烟乱转时，他为了保护群众，不惜牺牲自己的生命，其炽热的革命情感和处处为群众着想的美好的心灵达到了最高境界。而新媳妇是一个普通的农家少妇，勤劳、纯朴，有着美丽的外表和心灵。她最初不愿将自己心爱的唯一的嫁妆——那床有百合花的新被子借给伤员盖，但最后却把它盖在了小通讯员的遗体上，还主动为他缝补好衣肩上的破洞，其对人民子弟兵的真挚感情达到了最高境界。此外，小说在塑造人物时，注重对人物的心理进行刻画，具有强烈的抒情色彩。

第二，小说情节构思精巧、缜密。虽然小说的情节比较简单，没有对惊心动魄的正面的战争场景进行描写，但却跌宕起伏，富有节奏感，在严密细致、和谐自然的结构中，完成了对人物的刻画和对主题的表达。

第三，对人物心理细致的刻画。小说善于通过细节描画，突出人物的个性,如小说两次写到了小通讯员枪筒里插的树枝、野菊花和留给"我"的两个馒头,从而表现了小通讯员天真、纯洁的性格以及对大自然、对生活的热爱。

第四,小说采用第一人称进行叙述,既真实亲切,又朴素自然。小说语言简练传神、委婉流畅、清新自然,同时具有散文诗的情致,使这部作品充溢着清新柔美的抒情格调。

六、杜鹏程的小说创作

杜鹏程(1921—1991),原名杜红喜,陕西省韩城县人。他在 1938 年到延安参加革命,先后在农村、学校、工厂等地方工作和学习。1947 年 3 月,延安保卫战开始,他参与了这场伟大的战争。新中国成立后,他以这场战争为题材,完成了长篇革命战争题材小说《保卫延安》的创作。此后,他又创作了一批以铁路工地生活为题材的短篇小说和中篇小说。1991 年 10 月 27 日,杜鹏程因病在西安去世。

杜鹏程在十七年时期,最为重要的革命战争题材长篇小说是《保卫延安》。它以史诗般的规模,以周大勇及其连队的英雄事迹为中心,对 1947 年 3 月至 9 月延安保卫战的历史进程进行了生动反映,同时揭示了战争的胜利来之不易,而其胜利的主要原因在于党中央、毛主席、彭德怀司令等对整个战局的正确分析、部署和指挥,人民解放军的英勇善战以及其他各战场的配合作战等;歌颂了我军将士从高级指挥员到普通战士为誓死保卫党中央而浴血奋战的革命英雄主义精神,还有人民革命战争思想的光辉。

《保卫延安》开端将视角投向一支日夜急行,匆匆赶往延安的纵队。军队一路上克服横渡黄河、敌机轰炸的困难,可是就在即将进入延安时,军队接到命令:退出延安,放弃正面对峙。这个命令对于从山西千里迢迢赶来,一路破除阻碍不敢耽搁,又在路上目睹了人民逃亡惨状义愤填膺、摩拳擦掌的军队来说简直难以置信,"我们党中央和毛主席住的延安,能松松活活让敌人占了?……我们是来保卫延安的,八字没见一撇,延安就能放弃?"战士们听到连长周大勇正式说出撤退决定以后,全场人恸哭起来。尽管知道退出延安的目的是遵循"存人失地,人地皆存;存地失人,人地皆失"的道理,尽管知道此时退出延安有着军事战术布置的意义,战士们还是不能控制住想要保卫延安的意愿,对战士们而言,敌人的攻击和逼迫必须受到坚决的反击。还没有正面对战就拱手相让失去延安,这简直是沉重的打击:"我们算什么共产党员呢? 算什么革命战士?……我们发誓：我们战到最后一个人也要收复延安！"

面对退出延安、失去圣地的痛苦，战士们唯有更加坚定守卫党中央、保卫延安的决心才能说服自己。小说通过书写先不让军队反抗敌人攻击时战士们激烈的反应，反衬出战士们渴望反抗压迫的迫切。先盖住战士向上冒、往前冲的决心，再斗量出他们敢于上阵杀敌的勇气有多少。延安具有不同于一般地方的意义，自长征到达陕北延安后，延安成为中国的心脏，革命的司令部，胜利的发源地，是承载人们热诚和希望的共产党圣地。延安已经脱离单纯地理坐标的能指意味，共产主义主张将由延安蔓延至全中国，因此延安具有独特的象征意义，保卫延安就是守卫心中的信念。

《保卫延安》中，自人民解放战争以来已奋战了八个月的人民解放军纵队赶赴延安，根据"守延安，我军背包袱；弃延安，敌人背包袱"的作战指示，军队先退出延安，不与对方几十万军队正面拼杀，以"把上级的意图变成战士的决心，把战士的决心变成胜利"，高度集中的战斗精神准备好青化砭伏击战，把敌人装进口袋里，活捉三十一旅旅长，两个钟头消灭四千人，一网打尽，打完之后立刻转移，机动灵活取得革命的胜利。当胡宗南拿出全部决心要"结束陕北战争"时，人民解放军从各个团抽出一两个连，临时组成一个团且战且退把敌军主力部队引向绥德、米脂县一带，真正的主力部队打下蟠龙镇，拿下敌人粮仓。周大勇领命担任诱降部队的连长，在战斗中反复思量，"不能有丝毫的大意，战斗前须有确切的计划，周详的准备，严格的检查"。他以最大的决心和毅力，克服万险也要守好自己要打的点；他以坚定顽强的战斗意志投入革命战争中，誓要取得革命的胜利。进到榆林前线上，周大勇连队进行了惨烈的战斗，与主力部队分开，牺牲惨重，在长城线上艰苦难捱的山洞里，周大勇想起参加革命之前，饥饿穷困不离身，不知道活在世上为了什么，直到参加革命后才变成了真正有用的人，是革命给了他生的希望和生存的意义。如今在战场上遭遇的失败不仅不会使自己灰心，反而激发起他要革命到最后，一定取得胜利的战斗意志，重整旗鼓听着风声熬着黑夜，等待革命转机。和主力部队会合后，周大勇第一连的战士们不畏艰难困苦，又积极地接下新任务，战士们"即使赴汤蹈火粉身碎骨，也积极自动毫无怨言"，沙家店大捷，九里山之战严防死守以少胜多。为了最终解放延安，要拿下延安的大门劳山，人民解放军整装待发，"前去的路子还很长，越接近胜利，斗争越苦。要让战士们永远记住，共产党教养的战士是永远无敌的"。革命必胜信念指引着人民解放军在保卫延安乃至解放全中国的战线上取胜。在前线波澜壮阔的斗争中，战士们穿梭在凶险万分的战场上，迎接着纷至沓来的危难,以英勇无畏的气概进行革命,他们的革命决心毫不动摇,发动一切聪明才智取得革命的胜利。在战争时空里,革命战士以坚定的革命必胜信念应对一切艰难险阻,争取革命的胜利。

《保卫延安》虽然对大规模的战争场面进行了描写,但并没有对战略决策者和指挥者进行重点描写,而是通过周大勇、王老虎、李诚、卫毅、陈兴允等普通战士、军旅干部和陕北人民的战斗生活,说明了他们才是推动历史发展的真正力量,他们是历史精神的体现者,战争胜利的创造者,是人民英雄。也正因为如此,作品获得了英雄史诗的思想深度。具体而言,《保卫延安》的艺术成就主要体现在以下几方面。

第一,小说的情节和结构安排十分独特,小说中没有日常家庭生活和爱情的描写,通篇几乎都是描写行军、打仗、战略部署、命令、谈话、思考,地点都是战壕,只有炮火。而如果只是描写战争场面难免会显得单调重复,对此小说精心选择了不同类型的几次战斗,并用了不同的手法把它们写得有声有色。

第二,政论色彩和抒情色彩的结合,哲理性和诗情的结合,这是作品最大的艺术特色。小说中,叙述者语言和人物语言中的议论,都与中国革命、共产主义人生观等有着密切的联系,处处洋溢着战斗、革命、生活的激情,并且表现出革命的乐观主义、理想主义的思想力量。小说笔调激昂,风格粗犷,与庞大的艺术构架、英雄群像形成呼应,呈现出磅礴的气势。

第三,小说在英雄人物塑造方面具有突出的成就。小说成功地塑造了周大勇的人物形象。在塑造周大勇时,作者花费的笔墨最多,主要描写了他在保卫延安的几场重大战役中的表现,进而反映出其勇敢坚毅的革命品质和灵活镇定的战斗作风,同时透过周大勇战友的视角,表现了他信仰忠诚、思想单纯、热爱学习、渴望进步的优良品质。同时,作者也以同样强烈的情感对周大勇的战友进行了描写,如优秀的政工干部代表李诚,性格腼腆但勇敢善战的班长王老虎,默默奉献的炊事员孙全厚等。作者以对比映衬的手法对他们的言行和对事件的反应进行了描写,既凸显出他们身上相同的英雄气概,而又不失个性特点。他们的言行时时刻刻激励着周大勇,同时又从侧面烘托出周大勇的形象特征,从而构成一个完整的英雄序列。此外,小说对彭德怀司令的塑造也很成功,笔调真挚而简练,不仅对其在战场上胸有成竹的指挥才干进行了描写,而且展现了他与老人、小孩的平易近人,其无产阶级革命家形象跃然纸上,生动而真切。

第四,小说语言凝练质朴,对战士和群众的口头用语进行提炼加工,使之富有个性特色和生活气息,真实感人。

第二节　对农村变化的关注：农村题材小说创作探析

在新中国前十七年的文学创作中，以农村生活为题材的小说也占据着重要的地位，不论是在创作数量上还是在创作质量上都相比之前有较大的提高。五四运动以来新文学小说就已经开始强调文学对表现农村生活的重要性，而这一时期农村生活小说的创作正是对新文学小说创作的延续。具体来说，这一时期的农村小说着重反映农村中发生的重要历史事件，如"大跃进"运动、农业合作化运动、"人民公社"运动等，而对乡村日常生活的描写较少。另外，这一时期作者的态度立场也与要表现的农民形象相一致。这样一来，小说作品的艺术性被大大削弱，而且小说的取材范围也受到了极大的限制，作家的创作视野也受到了局限。这一时期，涌现出了许多致力于农村生活小说创作的作家，包括柳青、赵树理、周立波、李准、马烽、骆宾基、王汶石、浩然、李束为等，其中以柳青、赵树理和周立波的成就最高。

一、柳青的小说创作

柳青（1916—1978），陕西吴堡人，原名刘蕴华。1936年加入中国共产党，1938年到延安参加文艺界的抗敌工作。解放战争期间，发表了以战争生活为题材的长篇小说《铜墙铁壁》。1952年创作了长篇小说《创业史》，获得了很高的肯定。1978年不幸离开人世。

柳青最具有代表性的作品就是《创业史》，这部作品标志着他创作风格的成熟。《创业史》的重要意义就在于它反映了农村在社会主义变革下的风貌。作者最初计划这部小说共有四部分，希望通过这四个部分来反映农村合作化的全过程，但最终只写成了第一部以及第二部的上卷和下卷的前四章。尽管如此，《创业史》自从产生以后就形成了巨大的影响。它所取得的成就非同一般，得到了文学界和广大读者的一致好评。但是在20世纪80年代后期，《创业史》又重新引起了广泛的讨论，人们对这部作品又产生了异议。不过柳青这部作品的重要地位及其独特的思想艺术价值是不可否认的。

《创业史》不仅对当下农民心理做出了透彻的分析，而且将农民"创业"这种新旧社会共同存在的行为放在历史的线性发展中去考察，从而为当下的农村合作化运动寻找到历史合理性。开头的"题叙"是柳青深思熟虑的结果,在他看来,发家致富是每个时期农民共同的梦想,但他们在旧社会流尽一生血汗,最后依然创不起家业,于是新中国土地政策的历史合理性便由此得到印证。"题叙"将叙述时间从合作化运动的当下追溯到1929年,在同题材小说中拥有了较为长远的时间跨度,从而获得了更为宽阔的叙述视野。"题叙"将一幅旧社会农民接连失败的艰辛创业史描绘得一览无遗,无论个人如何拼命劳动终究难逃失败破产的命运。由此柳青完成了对"中国农村为什么会发生社会主义革命"的合理性辩护,接下来就要一步步去展现"这次革命是怎样进行的"。

新中国的土地政策为梁三老汉这样无地少地的农民送来了土地,向他们指明了创社会主义大业的前进道路。梁三老汉的失败宣告着千百年来私有制条件下农民个人发家道路的破产,由此成为20世纪50年代农村社会主义革命的逻辑起点。于是梁三老汉草棚院里的矛盾和统一,便成为了当时社会矛盾与统一的缩影。作为审美范畴的史诗性,主要是用来说明对重大题材的大规模展现以及文学在记录历史方面的意义,也就是说"史诗性小说"应具备宏大的结构,全景性地描绘特定时期的民族生活,并以此蕴含一个民族的集体记忆。《创业史》之所以被称为"史诗性巨著",很大程度上是由于它最大限度地反映了农村广阔生活的深刻程度。贯穿《创业史》全书的仅有活跃借贷、进山伐竹、科学栽稻和牲口合槽等情节,便将当时中国农村最复杂深刻的矛盾清晰地揭示出来,即社会主义合作道路与资本主义自发道路间的矛盾冲突。难得的是,柳青对农村社会的全面把握和对农民心理的准确剖析,使他并未按意识形态的阶级理论简单地将人物分类,而是主要人物、次要人物的性格均在合理的逻辑下发展变化。于是,《创业史》中的几十个人物,每个人都有相异于他人的个性特征。积极分子梁生宝和冯有万呈现出不同的性格特点:梁生宝胆大而心细,冯有万莽撞又率直,作家精心从两人不同的成长经历中埋下伏笔:生宝和有万经历丧父之后,生宝很快随母改嫁,梁三虽为继父,但也弥补上父爱的残缺;而有万丧父后,母亲很快也死掉了,他成了在下堡村讨饭的野孩子,"当到他懂事的年龄,这'恨'已经渗入他的气质,变成暴躁的性格了。"

和《三里湾》《山乡巨变》相比,《创业史》的笔触不仅局限于农村,也在一定程度上涉及20世纪五六十年代的城市建设。第一部第二十五章郭世富卖粮的情节提及国家的"一五计划",相较于《创业史》的整部篇幅来说,这章是可以忽略的,然而其反映的国家工业化建设对农村经济市场的影响却是当时其他作家未注意到的。除了对农村经济的影响,柳青还敏锐捕捉到城市对农村青年的吸引,随着城市经济建设步伐的加快,为弥补劳动力短缺的问题,城市号召农村优秀青年支援国家工业化建设。随着流入城市的农村人口不断增加,当改霞去"考工厂"的时候,已经不被视为拥有较高觉悟的优秀青年,而是不安心于农村的落后分子。如果说柳青通过郭世富来说明城市化建设对农村经济影响的话,那么通过改霞则说明了城市化建设对农村青年心理的影响,柳青是新中国作家中较早对农民进城问题展开思考的作家。在蛤蟆滩的农民开始创集体大业的同时,整个国家也迈开了"创业"的步伐,这种宏大场面的描写,使得《创业史》比其他作品更加具有了史诗性。

小说中其他一些人物,如蛤蟆滩上的"三大能人":郭振山、郭世富、姚士杰,以及高增福、冯有万等也都是极有个性的形象。

小说通过人物之间的对比,展现人物不同的性格内涵。小说不仅通过人物前后的变化形成对比,还以不同人物形成对比,突出人物的不同性格。通过对比,一个个鲜明生动、性格各异的不同阶级、阶层的人物形象出现在读者面前。而在对比中,又着重突出了梁生宝这一主要人物形象。

《创业史》在当时之所以受到广泛的好评,与其所取得的艺术成就是分不开的,这主要表现在以下几个方面。

第一,《创业史》是对现实主义的极力再现。反映了当时农村土地改革之后,对于应该走什么样的道路所面临的艰难选择。小说也正是通过梁三老汉、梁生宝等人物活动的刻画来展示他们不同的精神变化。此外,小说所表达的主题思想——实现共产主义的理想是在特定历史时期下形成的,与当时的社会历史是相吻合的。

第二,小说的人物形象丰富多样,个性鲜明。《创业史》描述了多个不同的人物,每个人物在当时的历史条件下都是真实存在的,他们的不同活动是当时社会历史变化的真实反映。作者重点刻画农村新人梁生宝。

第三,小说的心理描写十分成功。作者在分析人物的心理时,会使用一些提示、剖析的手法。如对于梁生宝遇事爱思考的个性的描写,对富农姚士杰仇恨新社会的阴暗心理的揭露,对富裕中农郭世富卖粮作弊的心理刻画等。

第四,小说的结构严密,首尾呼应,以宽泛的视角描写了广阔的社会历史。从时间上看,小说讲述了一个较长的历史时期,时间跨度非常大,将一条主线贯穿其中,使作品的连续性增强。从空间上看,小说围绕着主人公而展开多重复杂的矛盾,反映了那个年代农村的生活面貌。

第五,小说的语言精辟、议论得体,有浓厚的乡土气息。小说中插入一些议论性的语句,对全文形成一种补充,增加了读者的思考性。

在对艺术典型进行概括时,柳青特别注意代表性与特殊性的辩证关系,对各个阶层和各条道路上的各色人物都进行了精心塑造。在他看来,有代表性的人物并不一定是典型,一个阶级不可能只有一个典型,一个典型也不可能完整地代表一个阶级。无论什么人物,在自己所处的位置上都是不可或缺的,也是不可替代的。在其他讲究"三突出"原则的小说中,即便是对同一阶层的人物形象进行刻画,也很难展现出其中的差异性。柳青尊重生活本来面貌,真实再现社会主义时期的社会关系,大胆揭示人民内部矛盾,在《创业史》的贫农形象里,我们既能看见不惜拆掉瓦房而住进草棚屋的高增福,也能看见对互助合作不抱希望而到地主家借粮的高增荣;我们既可以看到热心集体的有万丈母娘,也看到了唯唯诺诺的改霞妈。仅在贫雇农阶层里,柳青便刻画出各具特色的生动形象。所以柳青笔下的阶级成分已不再成为判定群众思想觉悟的标准,家庭出身与革命事业也不再具有必然的联系。

相信读过《创业史》的读者不难发现浸透在文字背后的创业激情,难能可贵的是,柳青超越了时代语境的限制,不仅表现出正面人物身上洋溢着的创业激情,也将中间人物乃至反面人物的这种精神表现了出来。通过梁生宝、梁三老汉、郭振山、郭世富、姚士杰等人对创立家业的渴望以及在此过程中表现出劳动的光辉品质,使得整部作品笼罩在一种昂扬向上、积极进取的情感氛围中。笔者根据人民文学出版社 2005 年出版的《创业史》统计,"创业""创家立业""发家"等词汇在第一部中共出现 24 次,第二部共出现 8 次,这种高频率词汇为整部小说渲染出一股巨大的创业激情。"题叙"展现的梁三老汉上下几代人为创立家业拼命奋斗的过程,热心个人事业而置党员觉悟于不顾的郭振山,即便处于被作者批判的行列,对于郭振山由贫转富的创业过程中所展露出的劳动精神,柳青也是十分赞赏的。对于富农姚士杰的描写,柳青也突出其在劳动方面的创业激情,即使他是以剥削手段发家的富农,但柳青并没有因此否认他劳力强的事实。陈忠实在《白鹿原》中写到了白嘉轩及其父白秉德的创业故事,可以说这是它与《创业史》的内在精神联系,也是陈忠实与柳青精神交流的一个重要方面。

二、赵树理的小说创作

赵树理是我国真正熟悉农村、热爱人民的少有的杰出作家之一,他的作品站在农民的立场看问题,实实在在反映了农村的现实问题。他的作品乡土气息浓厚,有一种新鲜活泼、为老百姓喜闻乐见的大众化风格,形成一个俗称"山药蛋派"的文学流派。十七年时期,赵树理的小说创作仍然坚持现实主义精神和民间叙述立场,着重发现、揭露农村现实生活的问题,表现民间的立场和趣味,强调艺术的功利性和社会效果。这也使得他的小说在当代文学史上有着重要意义。这个时期,代表作如短篇小说《登记》《"锻炼锻炼"》和长篇小说《三里湾》。

《三里湾》的艺术成就主要表现在以下几个方面。

首先,小说对农民形象的刻画十分到位。王金生是具有典型新思想的农民,作者对其重点进行了描写。除此之外,作者还刻画了落后保守的党员范登高形象,他与王金生形成了鲜明的对比,他看重个人利益,在群众面前总是摆着一副"老前辈"的高姿态。

其次,在艺术风格上,作者使用白描的艺术手法,通过细节描写表现人物的生活环境和心理状态,同时,在表现人物个性特征时,作者能够兼顾到人物的不同性格,把握每个人的性格特征,作品中几乎没有出现性格雷同的人物形象。

再次,全书的结构紧凑、思维严密,书中多次借用评书和中国传统小说的手法,增添了小说的趣味性。

最后,小说的语言通俗晓畅,明白简练,既富有幽默感又具有生活气息,使小说的艺术魅力大大增加。

这部小说与当时对农村生活和农村合作化运动进行描写的其他小说相比,在思想内容上有一个突出的特点,那就是它对阶级斗争的描写并不是太突出,它着重描写了农业合作化过程中农民的思想变化。村长范登高始终认为依靠自己的力量就可以发家致富,因而拒不入社;党员袁天成在外接受共产党的领导,在家却接受老婆"能不够"的领导,总是变相地维护自己的私人利益;老中农马多寿是村里的"大户",他不断地在"刀把地"的问题上大做文章,以抵制扩社和开渠,想要实现自己成为富农的梦想;而党支部书记王金生则坚持带领村里人走农业合作化的道路。这四个人不只是代表着他们自己,而是代表了当时农村中存在的四类人,表明了这四类人在农业合作化中的斗争。除此之外,小说还描述了家庭矛盾、婚姻纠葛,从而揭示了农业合作化的意义及其对农村经济、政治、思想、文化等产生的重要影响。

当然,《三里湾》也存在一些不足之处。比如,小说后半部分叙述过于仓促;为了表达某种观点而使得一些人物形象概念化;在人物转变上处理得有些简单化等。

三、周立波的小说创作

《山乡巨变》是周立波在中华人民共和国成立后创作的一部长篇小说，以 1955 年到 1956 年的农村合作化高潮为背景，对湖南一个偏僻村落清溪乡的农民在实现农业合作化的过程中思想、情感和相互关系等发生的巨大变化进行了深刻反映。该部长篇小说由正篇、续篇两部分组成，分别于 1958 年和 1960 年出版，完整地描写了湖南省一个叫清溪乡的农业生产合作社从初级社到高级社的发展过程，艺术地展现了合作化运动前后，中国农民走上集体化道路时的精神风貌和新农村的社会面貌，剖析了农民在历史巨变中的思想感情、心理状态和理想追求，从而说明农业合作化是中国农村的第二次暴风骤雨。

小说在情节结构上继承并发展了中国古典小说"故事完整"而又"富于曲折和波澜"的优良传统，紧紧围绕着农业合作社的建立、发展以及人物性格的发展逻辑展开叙述。另外，小说中描写的虽然也是农村合作化运动这一历史过程，但作家并没有着重对"史"进行描写，而是较多地采用曲笔和侧笔，将"史"巧妙地融合在清溪乡的自然风光、风土人情以及农民的日常生活的描绘中，从而使得小说在表现农村合作化运动以及农民在这一过程中的巨大变化的同时，刻画出一幅优美的风景风俗画。

《山乡巨变》取得了较高的艺术成就，它拥有自己独特的个性特征。具体表现在以下几个方面。

第一，小说的结构完整，故事情节曲折。作者以农业合作社的建立和发展为中心，围绕农业合作社安排一系列故事来展示人物的性格，而且人物的性格在不同的事件中被多次强调。小说的故事情节在描写到紧张之处时，往往在其中穿插一些令人愉快的事情，使整个故事的节奏又缓慢下来，一张一弛，错落有致。

第二，小说人物塑造是较为成功的，作家在塑造农村基层干部时，既没有把他们刻画成赵树理小说里那种一味迎合上级的干部，也没有把他们刻画成"高大全"式的当代英雄，如清溪乡的党支部书记李月辉在合作化运动初期被认为犯了右倾错误，依照当时流行的写作，李月辉将会被塑造成一个执行错误路线的反面典型，但作家突破了这一流行观念，坚持以现实生活为出发点，对其独特的性格内涵进行了深入开掘，进而满怀激情地为李月辉谱写了一首赞歌。作家在塑造农民形象时，着重对其在历史潮流中的思想性格进行了表现，如盛佑亭是一个经历了新旧两个时代的人物，而他的绰号"面糊"可以说是对他性格的形象比喻，既心地善良又有些世故,好吹牛又胆小怕事,喜欢占小便宜却也无害人之心。作家在对这个人物的觉醒过程进行表现时,对他乐观淳朴的优点进行了高度肯定,但又深入挖掘了他的性格弱点,从而使其更加立体和生动。

第三,小说的语言淳朴自然,细腻流畅,十分凝练。每个人根据其性格、身份的不同都会设定不同的语言,恰如其分地表现各自的个性特点,使全书更体现出作者的艺术功力。

第四,作者描写了湖南的风土人情,具有鲜明的地方色彩。作者先是将湖南秀美的景色呈现在作品中,使其具有地方特色,然后将当地的风土人情融入其中,包括人情、服饰、饮食、梳妆打扮等方面。比如,刘雨生和盛佳秀结婚时,绣着凤凰和牡丹的帐荫子,床上摆的红缎子被,散发着橘饼香气的甜茶等描写,显示了我国民间传统的习惯和湖南农村的风土习俗。

当然,《山乡巨变》也有一些局限性,小说中有些情节还是不合常理的,续篇的功力明显不如之前,有些人物形象的塑造也比较单薄。

四、浩然的小说创作

浩然(1932—2008),原名梁金广,出生于河北宝坻。1956年冬,他发表处女作短篇小说《喜鹊登枝》。其后,他发表的主要作品有长篇小说《艳阳天》(共3卷)、《金光大道》(共4册)等;中篇小说《西沙儿女》《弯弯的月亮河》和《浮云》等。2008年,浩然因心脏衰竭在北京辞世。

浩然在十七年时期的农村生活题材小说,注重表现中华人民共和国成立初期充满理想、充满朝气的乡村"新人"和"新事",并深刻展现了这一时期存在的阶级矛盾。这在其代表作《艳阳天》和《金光大道》中有着鲜明的表现。

《艳阳天》围绕着农村的社会主义改造运动中的两条道路斗争这一主题,讲述了京郊东山坞农业生产合作社麦收前后,农民们围绕着利益分配即"分红"所发生的一系列矛盾冲突。这部小说的重点并不是对农村的乡土意识、民俗风情进行反映,而只是通过农村题材对农村社会主义革命进行积极拥护和热烈赞美,追随、迎合当时的政治路线,验证、演绎、说明那场革命的必要性、必然性和迫切性。因此,小说中对政治观念的宣教,大大超过了对农村现实生活的真实、客观的描摹。

小说展现了农村中两个阶级、两条道路的尖锐斗争。一方以东山坞党支部书记萧长春和坚决走社会主义道路的积极分子为代表,另一方以混入党内的阶级异己分子马之悦、地主马小辫为代表。双方的每一次较量,社会主义力量都粉碎了对方的进攻,一步一步地巩固了自己的阵地。

这部小说从主题、内容和人物关系设置上看,与 20 世纪五六十年代出现的以农村为题材的长篇小说《三里湾》《山乡巨变》《创业史》等有某些相似之处,作者在根据无产阶级革命文学的所谓"本质真实"规定来构造历史时,运用了个人的农村生活体验,追求情节结构的安排和乡土语言的特色,以及对地域风俗特色的描写,作品农村生活气息较浓,有一定的真实感,在阶级斗争的宏大主题框架内,冲突激烈,故事演绎得曲折有致,可读性较强,某些人物,特别是中间人物和反面人物写得较生动、丰满,注重细节刻画。但是,这部小说表现的农村阶级斗争更加激烈,英雄人物的形象更高大和完美,人物关系的二元对立模式也更加分明,这明显是受到了阶级斗争思想以及"三突出"创作原则的影响。

事实上,作家在小说中着重对众多贫苦、落后的农民形象进行了真实生动再现,并通过塑造个性鲜明的人物形象表达了社会主义永远是"艳阳天"的坚定信念。因此,整部小说无论是描写、叙事还是抒情,对社会主义的赞美都由衷地表现出来,自始至终洋溢着一种乐观主义精神。与此同时,作家通过对小说人物的塑造,表达了农村社会主义改造的长期性和艰巨性。比如,中农焦振茂解放前是黄历迷,喜欢收藏黄历,家中大大小小的事情都按黄历来办,因此闹出了不少的笑话。解放后,他感到共产党是按政策办事的,就又开始热衷于收集政策文告。他亲身感受到共产党的英明,主动交出私藏的粮食救济其他缺粮的乡亲。

《金光大道》通过对解放后华北一个村庄的革命演变的描绘,展现了我国农业社会主义改造中"两个阶级、两条道路、两条路线"的斗争。与此相对应,小说中设计了三条矛盾冲突的线索:第一条线索是贫下中农与以富裕中农秦富为代表的资本主义自发势力之间的斗争;第二条线索是以高大泉为代表的贫下中农与以地主分子歪嘴子、被漏划的富农冯少怀、暗藏的反革命分子范克明之间的斗争;第三条线索是以共产党员高大泉为代表执行的正确路线与以村长、党小组长张金发为代表贯彻的错误路线之间的斗争。

这部小说在出版后得到了高度评价,但从现在来看却有着很多的缺点。小说中自始至终都贯穿着一条阶级斗争的主线,而且完全按照"三突出"的原则来塑造英雄人物,这从主人公高大泉的谐音"高、大、全"就可见一斑。

五、马烽的小说创作

马烽(1922—2004),原名马书铭,山西孝义人,现代作家。其主要作品有《三年早知道》《我的第一个上级》,长篇小说《刘胡兰传》《吕梁英雄传》(与西戎合作)。2004年,马烽因病在太原逝世。

马烽在十七年时期的农村生活题材小说创作,始终坚持现实主义原则,因此内容真实而深刻。这里以其代表作《三年早知道》为例进行详细阐述。

《三年早知道》通过对农村合作化运动中饲养员赵满囤在思想上的变化,对农民的私有观念以及思想变化进行了生动展现。赵满囤的外号是"三年早知道",有着十分灵活的头脑。但是,他自私自利、贪图便宜,且有着根深蒂固的旧意识和旧思想。在农业合作化运动开始后,他为了避免兄弟分家时将自己心爱的牲口分去,"咬了牙狠了狠心"参加了合作社,成为一名饲养员。但是,他成为饲养员,只是为了能将自己的牲口为好。之后,他为了发家致富,私自外出贩卖红枣,还挪用公款给自己买小猪。总之,赵满囤是时时为自己着想,处处为自己打算。不过,在集体的帮助和教育下,他逐渐提高了觉悟,开始想为集体做点好事。于是,他利用自己的小聪明使路过的公猪配种员用所带的公猪给自己社的猪先配种,结果导致请公猪配种的邻社配不出种来。

这部小说从创作手法来说,是极有特色的。它把深刻严肃的主题、幽默欢畅的调子、饶有趣味的笔触、起伏曲折的情节,细针密线、有机而和谐地组织成一个统一整体,使整篇小说显得严谨而完美。不过,这部小说缺乏高瞻远瞩的现代意识和自觉的理性批判精神,因而只是一部"头痛医头、脚痛医脚"的作品。

第三节　对历史规律的展示:历史题材小说创作探析

20世纪50年代末60年代初,当代文学史上出现过一个短暂的历史题材创作的繁荣局面。从中华人民共和国成立后的十七年,战争点燃的精神圣火被高高擎起,以反映战争为主要内容的革命历史题材小说创作成为新中国文学创作的主要话题,并形成了一股热潮。单就长篇小说而论,十七年中,国内创作出版的长篇小说达三百部左右,而描写革命历史题材的作品是其中的主要部分。当时在群众中广为流传的长篇小说《红日》《保卫延安》《林海雪原》《野火春风斗古城》《战斗的青春》等作品,均属于革命历史题材范畴,都出版于 1954—1961 年间,正是这些作品的集体诞生,使新中国文学出现了第一次创作高潮。

一、姚雪垠的小说创作

姚雪垠(1910—1999),原名姚冠三,河南邓县人。1938 年发表短篇小说《差半车麦秸》,受到文艺界的重视,40 年代先后出版了《牛全德与红萝卜》《春暖花开的时候》《戎马恋》《长夜》等中长篇小说。1957 年后致力于 40 年代就开始酝酿的《李自成》的写作。1963 年出版了第一卷。姚雪垠移居北京后,修改和撰写《李自成》的续作。

《李自成》是新中国文学史上第一部以农民战争为题材的规模宏大的长篇巨著。它的认识价值和美学价值都是不可低估的。

姚雪垠的长篇历史小说《李自成》最大的贡献就在于作家用精湛的艺术,塑造出了一系列生动丰富的英雄形象,主要包括农民的英雄群像、女性英雄形象、知识分子型的英雄形象三类。因为小说以农民起义为题材,所以重点着力于对农民英雄群像的塑造。小说通过对李自成、张献忠、刘宗敏、郝摇旗等人物形象的塑造,表现了明末起义军的巨大声势和错综纷纭的历史画面。作家还塑造了古代巾帼英雄的形象,包括具有卓越领导才能、沉着智慧的高夫人形象,聪颖伶俐、热爱生活的慧梅,见识超群、英姿飒爽的红娘子等,通过对这些女性英雄形象的塑造大大丰富了作品所反映的真实生活。此外,对于牛金星、李岩等知识分子型的英雄形象塑造也恰到好处,他们虽然具有各自的思想和弱点,但是在农民起义的成功中扮演着不可或缺的角色。作家不仅仅在塑造这些正面人物形象时彰显艺术本领,在写农民军敌对阵营中人物时也毫不吝啬笔墨,塑造了卢象升等具有满腔爱国热情却因小人陷害而壮烈赴死的人物形象。

明朝末年,封建王朝政治腐败、经济剥削严酷,农民起义蜂拥四起,出现了农民军的"十三家",姚雪垠的《李自成》第一卷的背景便是在"十三家"土崩瓦解的情况下展开,面对明朝的诱降,李自成坚决不投降,在潼关南原大战中全军覆没,孤身一人重振旗鼓。小说从第一章开场起就用宏阔的战争场面来烘托李自成的出场:

> 每逢社会上和政治上发生尖锐危机,必须有所行动,而且必须赶快行动的时候,对英雄的兴趣自然就更强烈了。不管一个

人的政治面目如何,总希望解决危机和希望有一个强有力的英雄领导,来克服困难和避免危险,这两种希望又总是连在一起的。

当人类处于紧急关头时,自身的主观能动性才能得到更好的发挥,隐藏在身体中的英雄主义的情怀开始展现出来,在历史转折的危急时刻,用自己的力量对普通人进行激励,从而成为英雄。李自成在明末严苛的社会环境中所代表的是广大人民群众的利益,作为一个强有力的领导者他能够率领自己的军队突破朝廷军队的重重围困,是人们心目中的豪杰。《李自成》作为一部长篇历史小说,李自成这个历史人物理所当然地要居于中心地位,作家在写作时既致力于还原历史人物的真实性,又大胆地运用了虚构和想象的手法,使一个栩栩如生的"历史英雄"形象有血有肉地展现在了人们面前。

李自成作为全书的中心人物,其性格在农民战争的一次次推进中也不断地发生着变化,小说的前两卷中李自成的性格和思想呈现出一种折线上升的态势。小说主人公从第一卷第四章开始出场,作家把他描写成一个"戴着一顶北方农民常戴的白色尖顶旧毡帽","背上斜背着一张弓,腰里挂着一柄宝剑和一个朱漆描金的牛皮箭囊"的"普通战士"的形象,但是就是这样的一个"普通战士"举手投足之间都显示出了他的深谋远虑和英雄气概。潼关南原大战前夕,李自成驻扎的部队找到老百姓的下落,他在自己的人马都食不果腹的时候仍然下令将一百三十两银子和口粮留给百姓,百姓称他为"老百姓的救星",并自愿在他与朝廷的战争中为他做向导,体现了他的仁爱精神和在百姓中的威望。在潼关突围战争中,陕西巡抚孙传庭不但率军数量众多,而且以逸待劳,李自成率领的农民起义军数量极少而且刚刚经历过与贺人龙军队的周旋,农民军十分疲惫,在前有伏敌后有追兵的情况下,李自成沉着机警,在惨烈的战斗中仍然保持着冷静的头脑,孙传庭给他设下了三道埋伏,使得他的部队被冲击得四下溃散,面对这样的兵败如山倒的状况,他依然拼死突围,他的这种宁死不屈、英勇奋战的高尚的英雄品质得到了充分的体现。随着潼关南原大战、商洛潜伏,李自成置身于激烈的阶级斗争漩涡中不断磨练自己的意志,在极其艰险的环境中卧薪尝胆,从战败中汲取经验和教训,表现了他充满智慧和勇敢果断的性格,一个威风凛凛、高大完美、毫无缺点的农民起义英雄形象初步站立起来。然而,从小说的第三卷开始这位英雄人物形象开始逐渐出现了思想错误。第三卷中,李自成的起义军拥有了几十万的人马,定称号为"奉天倡义文武大元帅",起义军进军河南,势如破竹,形势一片大好,但是李自成身上的弱点和缺陷也开始慢慢暴露,他为了拉拢袁时中更好地效忠于他,认慧梅为义女,拆散她与小将张鼐的爱情,在儒家的纲常伦理的胁迫下,以父亲的身份自私地决定了慧梅的婚事。第四卷中李自成以新皇帝的身份进宫之时,以老马夫王长顺的回忆来对比了李自成今夕与以往在百姓心中的形象,崇祯十四年,李闯王攻破洛阳,"百姓们男女老幼在离城几里外的官路两旁迎接,有的提着开水,有的提着小米粥,有的燃放鞭炮,人们对闯王一点不害怕,常常提着盛小米粥的黑瓦罐,挤到他的马头旁边,拉着马缰,要他喝一碗热乎乎的小米粥再往前走"。然而当闯王成了大顺皇帝,"进北京城竟是如此这般的冷冷清清,不许老百姓拦着马头欢迎,只能低着头跪在街边,而且多数人不敢出来"。从此以后,李自成每离自己的"帝王梦"近一步,他与他起义之时所代表的农民利益就远一步,以致于第五卷中李自成兵败退守武昌时,士兵们冷漠又机械地高呼"万岁",这种隔膜与悲哀正是封建帝王与自己所倚重的农民患难兄弟之间无法逾越的沟壑。最后李自成进入北京后,大顺军上层政权忙于筹备登基和抢掠追赃,下层军风军纪败坏,很快便失掉了民心。李自成在最后的逃亡过程中已经是众叛亲离,被乡勇程九百所杀。李自成这颗具有卓越的军事和政治才能的农民起义英雄的巨星最终陨落在九宫山下。

在长篇历史小说《李自成》的创作过程中,作者坚持辩证唯物主义的方法,辩证地看待历史人物和历史结局,在符合历史真实的前提下进行了大胆虚构,很好地把握了历史性与虚构性相统一的原则。小说开始的第一章潼关南原大战是小说中最为精彩的部分,在这个章节中姚雪垠集中笔墨成功地刻画了主人公李自成的形象。作家在将《李自成》的草稿整理成初稿的过程中,经过多方考证证明历史上是没有潼关南原大战这一战役的。但是这一结论并没有影响作家的创作进程,"现实主义的意思是,除细节的真实外,还要真实地再现典型环境中的典型人物"。小说中潼关南原大战之所以精彩是因为重构了李自成活动的一个理想空间,战场从来都是展现英雄驰骋的最佳场所,姚雪垠利用这个典型环境让英雄人物出场,符合主题思想和艺术追求的需要,很好地再现了典型环境中的典型人物。"历史学家的作品,像艺术学家的作品一样,可以在某种意义上被认为是他个性的一种表现。"

姚雪垠从青年时代起就形成了人活着"应该是推动历史前进的参与者而不是消极的旁观者"的人生观,他的这种人生观或多或少都会反映在对李自成人物形象的塑造中。小说中的慧梅在历史上也是没有人物原型的,姚雪垠之所以虚构这么一个人物是为了突出李自成思想的变化,慧梅这个人物的悲剧是李自成的英雄事业由盛转衰的一个过渡点,在此之前李自成仁爱悲悯,在此之后,李自成逐渐地丧失民心,人物的性格缺陷开始显露出来。小说给主人公设置了处于逆境的考验和处于顺境的考验,处于逆境的李自成英勇无畏,奋力拼杀,最终扭转乾坤,然而,处于顺境的李自成却为了自己的利益制造了慧梅的悲剧,这既是主人公性格的缺陷,又是他个人失败的开端。作家在创作过程中,对重大历史事件和历史人物,做到了尽力还原历史的本来面目,而对历史上那些非重大的事件和次要人物的书写则本着历史真实和艺术真实相统一的原则,发挥自己的想象力和创造力,力求为读者创造一种既真实又丰富的阅读体验。作家在表现历史人物的时候既能够深入历史、遵循历史发展的客观规律,又能跳出历史的框架,不拘于历史的囹圄,坚持历史唯物主义史观。

二、陈翔鹤的小说创作

陈翔鹤(1901—1969),出生于重庆。1922—1925年间参与发起组织浅草社和沉钟社,开始发表作品。早期有短篇小说《西风吹到了枕边》及一些剧本,用浪漫主义和现代主义方法表现"五四"以后青年的苦闷。1927年后一直在山东、吉林等地任教。抗日战争爆发后返回四川,曾担任中国文艺界抗敌协会成都分会常务理事。中华人民共和国成立后,任四川省文联副主席、中国作家协会古典文学部副部长、《文学遗产》主编等职。发表了历史小说《陶渊明写〈挽歌〉》《广陵散》,有很大影响。

《陶渊明写〈挽歌〉》是当时率先问世的历史题材的短篇小说。作品描写了东晋大诗人陶渊明的东林寺访友、田间漫步、席间闲谈、榻上凝思等几个晚年日常生活场景,表现了陶渊明对生死问题平静坦然和对世事清醒超越的态度,刻画了他"不戚戚于贫贱,不汲汲于富贵"的旷达宁远、清贫自守的性格。宋文帝元嘉四年,陶渊明已是近六十三岁高龄了。秋天,他到庐山的东林寺去,本想同慧远法师谈谈,但东林寺内办法事,慧远和尚盘腿打坐在大雄宝殿正中,显出一派傲慢、冷漠而又装腔作势的样子,他还拿死来吓唬人。陶渊明对此无比反感,回家后他想将烂熟于心的三首《挽歌》和一篇《自祭文》写出,由于心绪怅惘而终于未能如愿。他躺在床上推敲起诗稿文稿来,"有生必有死,早终非命促……亲戚或余悲,他人亦已歌。"勾起他对生死问题的思考,他忽地又想起了慧远和尚,觉得自己应该就生死问题跟他辩论下去。于是在诗的末尾又加了两句:"死去何所道,托体同山阿。"陶渊明深深地领悟到了"人生实难,死之如何"!

作者对于历史素材进行出色的艺术创造,抓住了陶渊明对生死问题具有朴素唯物主义的认识,善于通过对日常生活的细致描绘,来再现历史人物的生活场景,细腻真切地呈现人物的心理活动;在语言上,典雅而又通俗,流畅且富有情致,能将古典诗词、佛教用语自然地引用到现代汉语的叙述之中,叙述语言质朴平易,人物语言也能生动地凸现其身处乱世不求苟活的达观洒脱的性格特征。这篇小说是当代短篇小说创作题材方面的新开拓。

第五章　20 世纪七八十年代中国小说创作探析

20 世纪 80 年代,人们对小说发展的大致印象是产生了伤痕小说、反思小说、寻根小说、改革小说、先锋小说等创作主题,它们表达了对文学新的理解和阐释,展示了丰富而多样的文学内容和形式,它们因此而成为80 年代文学的"主流"。20 世纪 80 年代的小说创作在如何超越此前旧的文学观念和小说上下足了功夫,这就使它们拥有了某些保守的性格。

第一节　对伤痕的展示:伤痕小说创作探析

伤痕小说是新时期小说中的第一股巨大的浪潮。伤痕小说从现实主义的创作手法出发,用批判的眼光对历史加以回顾,暴露了人们当时心灵深处的创伤,普遍渲染的是一种浓厚的悲剧气氛。

一、刘心武的小说创作

刘心武(1942—　),笔名刘浏、赵壮汉等。中国当代著名作家,曾任中学教师、出版社编辑、《人民文学》主编,中国作协理事、全国青联委员,加入中国作家协会、全国青联和国际笔会中国中心。

1942 年,刘心武出生在一个海关职员家庭,为家中幼子,其父母兄姊皆知识分子,祖父是民主进步人士。在家庭熏陶下,他从小热爱文学艺术,16 岁上高中时便在《读书》杂志发表第一篇小说评论文章《谈〈第四十一〉》。20 世纪五六十年代,他在《北京晚报》"五色土"副刊、《中国青年报》《光明日报》等报刊杂志发表约 70 篇儿童诗、小小说、散文、评论文章等。1961 年从北京师范专科学校毕业后,他被分配到北京十三中担任语文教师,从事教育行业十余年,1974 年被借调到北京人民出版社(1976 年正式调入)担任编辑。1977 年底,他凭借在《人民文学》上发表的短篇小说《班主任》一举成名,该作品被认为是"新时期文学"的开端之作。此后他接二连三发表一系列引起强烈反响的小说,成为专业作家。从以上经历中可以看出,直到《班主任》发表后,刘心武才算真正加入作家队伍。笔者以为,这篇作品的重要性不仅仅在于它给刘心武带来了前所未有的声誉,也不仅仅在于这是新时期文学史上的重要作品,更在于这是作家本人创作生涯中一个关键点。可以这么说,《班主任》为刘心武在 90 年代以前的创作奠定了一个整体基调,不管日后他如何调整写作方向,叙事形式和总体框架仍离不开该小说"制定"的种种"规则"。

张老师是《班主任》这部小说中最为重要的角色,整部作品重点讲述了张老师在教学工作中所遇到的困难以及他最终的解决方式。小说反复强调了张老师不同于常人的"英雄"之处,例如在小说开头,张老师和尹老师在面对"小流氓"宋宝琦时,二者的态度截然不同:张老师是"极其严肃地考虑了一分钟左右",便断然同意接受宋宝琦。而尹老师坚决反对这一做法,认为"眼下,全年级面临的形势是要狠抓教学质量",在这时候接受宋宝琦,闹不好还会导致"一粒耗子屎坏掉一锅粥"。如果按当时的标准来看,尹老师的看法才符合时代的主流。这一时期,教育领域正在酝酿一次大调整,与政治色彩强烈,以普及农村基础教育为重点,将劳动实践与课本知识、生产与教育相结合的 70 年代的教育制度相比,这一时期的教育制度更注重提高教育质量,重视人才的培养。在此背景下,张老师却毅然接受了宋宝琦,原因仅仅是"我既然是个班主任老师,那么,他来了,我就开展工作吧……"通过这一对照,表现出张老师的不俗。

为了进一步强调张老师的不凡之处,小说又强调,他是一位有良好文化素养的知识分子,最显著的表现在于他热爱、阅读《唐诗三百首》《牛虻》等中外文学经典,并善用马克思主义等科学方法论来思考问题。与新时期其他小说中的正面主人公不同的是,他身上还存在着某种"十七年"气质。小说中有这么一个情节:学校组织下乡学农活动,一个男生离开时带走了一根麦穗,谢慧敏发现后强烈要求将其送回去。同学们都表示不理解,认为她是小题大做、死心眼,只有张老师同意了送回麦穗的请求,并感慨谢慧敏的"纯洁"和"高尚",认为这是一种"可贵的闪光素质"。"十七年文学"十分强调人的纯洁性,谢慧敏这种"决不能让贫下中农损失一粒麦子"的坚持在当时的文学作品中并不少见,张老师对谢慧敏的赞同,意味着刘心武在一定程度上承续了"十七年"传统,这也是《班主任》这篇作品在当时能受到官方意识形态重视的原因之一。"还麦穗"这一情节反映了刘心武的创作正处于"十七年文学"与"新时期文学"的过渡期,与时代的转型历程相对应。"十年特别时期"结束后的一段时间内,"十七年"所提倡的强调崇高感和意义感的理想主义迅速失效,官方所采取的措施是,重建"十七年"传统,让秩序重新回到"正轨",即返回十年前秩序还未被破坏之时。因此不难理解这篇小说对"十七年"价值观秉持一种肯定态度。其实在刘心武这一阶段发表的小说中,经常能发现"十七年"的踪迹,例如《爱情的位置》肯定了一种"爱情应当建筑在共同的革命志向和旨趣上"的爱情观,《没有讲完的课》更是让主人公义愤填膺呼唤"我们不能接受'同十七年对着干'的口号"。而在进入80年代以后,随着新政策的实施,官方也不再提倡"十七年"传统,相应的,刘心武作品中的"十七年"痕迹也逐渐减少,转而开始追随"现代化"的步伐。"还麦穗"是小说中的一个转折点,在这之后,张老师与谢慧敏之间的合谋关系被打破,师生之间由于意识形态的分歧产生了些许矛盾。例如,在团支部组织生活的活动中,张老师提议谢慧敏将念报纸改为登山,谢慧敏表示不能接受这个做法。又如,热天时张老师建议谢慧敏穿裙子,她却认为这是"沾染了资产阶级作风"。张老师对谢慧敏的看法也因而从欣赏转变成了无奈,认为她被教条主义误导,深受"四人帮"所鼓吹的意识形态荼毒,对她生出一种怜悯的情绪。在"牛虻事件"中,通过对《牛虻》是否为"黄书"的争议,谢慧敏的"好学生"身份被彻底倒置——谢慧敏和宋宝琦这两类性格气质截然不同的学生,竟一致认为《牛虻》是本"黄书"。对此,张老师发出"甚至像谢慧敏这样本质纯正的孩子身上,都有着'四人帮'用残酷的愚民政策所打下的黑色烙印"的感慨,进而引出小说的主题:暴露"四人帮"的黑暗,呼吁更多的"张老师"行动起来,"治疗"深受"四人帮"坑害的谢慧敏与宋宝琦们。小说中张老师正扮演这样一位伟大"拯救者"的角色,在小说的结尾,他决心要好好对谢慧敏进行思想教育,辅导她学习科学文化知识,指导她全面地、辩证地看问题。正如刘心武自述,他是有意将张老师塑造为一名英雄人物,

整篇《班主任》实际上是为了塑造张老师身为"人类灵魂工程师"的崇高形象。但让人诧异的是,《班主任》发表后,受到重点关注的却是谢慧敏这一形象。小说发表后作家收到了大量读者来信,其中有不少人承认自己就是"谢慧敏"或身边人有"谢慧敏"的烙印。此外,当时文艺界对该小说的讨论也大都集中在谢慧敏的形象问题上,认为她"是我们这个时代的作品为源远流长的中国革命文学史提供的一个独特的典型人物"。用现在的标准来看,这一提法显然过于拔高,但也说明了谢慧敏这一人物在当时受到的关注。关注重心从张老师转移到谢慧敏身上,这是《班主任》这部作品与以往社会主义现实主义文学的不同之处,对谢慧敏的批评意味着对前一时期文学的否定(尽管小说在叙事形态上无意间仍套用了阶级斗争文学的形式惯例)。该小说的意义在于,发现了谢慧敏这

个"好学生"身上所存在的问题,这是小说超越刘心武以往作品的独特所在,也是把《班主任》视为刘心武文学创作新起点的原因之一。

总体来说,《班主任》发表之后,社会反响很大,毁誉参半,很多读者表示欢迎,也有不少人指责《班主任》是"暴露文学""批判现实主义"文学,"没有写英雄人物",与"革命现实主义"或"两结合"的创作方法相悖,但无论如何,它拉开了伤痕小说的序幕。

总而言之,《班主任》的创作发表不仅奠定了刘心武在文坛上的地位,还是他创作风格和创作理念初步形成的标志。纵观整个七八十年代,不管刘心武怎样调整写作思路,他的种种构想始终没有脱离《班主任》所奠定的思维框架,其中之一便是对现代化问题的关注。他的绝大部分作品都是在现代化视域下展开的,而他对现代化的种种思考,如对现代知识的追求、对现代时间观的认可等,皆可追溯至《班主任》这部作品,它为研究刘心武作品中的现代化因素提供了重要的参考价值。从这个意义上来说,《班主任》是理解他七八十年代作品的关键。

二、张贤亮的小说创作

张贤亮(1936—2014),出生于南京,祖籍江苏盱眙县。早在 20 世纪 50 年代初读中学时即开始进行文学创作,1955 年从北京移居宁夏,先当农民后任教员。曾任宁夏回族自治区文联副主席、主席,中国作家协会宁夏分会主席等职,并任六届政协全国委员会委员,中国作协主席团委员。2014 年 9 月 27 日因病医治无效去世。

张贤亮自 20 世纪 70 年代复出文坛以来,除了《男人的风格》《龙种》《河的子孙》等作品面向时代,对社会改革进行现在时叙事外,其大部分作品讲述的都是已然过去的苦难生活,如《邢老汉和他的狗的故事》《灵与肉》《土牢情话》《绿化树》《男人的一半是女人》《习惯死亡》《无法苏醒》《我的菩提树》等。

在张贤亮的小说中,存在着充满欲望的爱情愿望和尊重理性的爱情愿望。这两种爱情愿望通常会让人陷入"欲望"与"理性"的情感冲突。现实中平凡平庸的爱情与理想中完美主义的爱情也可能会有差别,造成"现实爱情"与"理想爱情"的差异,让人产生一种烦闷、焦虑,产生想要逃走的"围城"心理。这种"围城"心理是一种在现实与理想不平衡时产生失落、烦闷的心理状态。在张贤亮的小说中,当人充满欲望和尊重理性的爱情愿望形成冲突,当现实与理想的爱情形成差距,这些小说人物常常会陷入"欲望与理性"的情感挣扎,陷入"围城"的精神烦闷之中。这些复杂的情感冲突就展现了张贤亮小说思想的复调性特点。作品《男人的一半是女人》就能集中体现这种具有灵肉挣扎的"欲望"与"理性"的情感冲突,体现人在现实爱情与理想爱情的差距面前所产生的"围城"心态。

首先,在充满欲望或尊重理性爱情愿望的冲突中,小说人物章永璘存在"欲望"与"理性"的灵肉挣扎。在小说中,章永璘与黄香久第一次相遇时,产生了"欲望"与"理性"的情感冲突。章永璘无意中"偷窥"到在芦苇深处洗澡的黄香久。在这次相遇中,两人都流露出对异性肉欲的渴望,黄香久用自己毫无防备的姿势渴望着章永璘,章永璘也渴望着黄香久,"她的饥渴也是我的饥渴;她是我的一面镜子。我心中涌起了一阵温柔的怜悯,想占有她的情欲渗进了企图保护她的男性的激情。"但章永璘却克制住了自己,他用自己精神上的理智压抑住了身体上的欲望。在章永璘自身文明意识的压制下,他阻止了自己"犯罪",跑开了。章永璘内心明白,如果"没有了什么道德的、政治的观念,没有了什么'犯人守则',没有了什么'劳改条例';我也不存在了。"小说中的章永璘拒绝了这充满肉欲、充满激情的情感,他在充满灵肉挣扎的"欲望"和"理性"之间选择了理性,选择了文明和教养。在《习惯死亡》中,也有相似的充满灵肉矛盾的"欲望"与"理性"的冲突,许灵均最开始就沉沦于肉体欲望的满足,过着一种颓丧、无意义的生活。最后,他才回归到理智、平凡的生活。

其次,在面对"现实爱情"和"理想爱情"的差异面前,小说人物章永璘存在失落、烦闷,想要逃避的"围城"心态。小说中,当章永璘与黄香久再次重逢后,章永璘被黄香久性感、美丽的身体所吸引,被黄香久的勤劳、热忱所感动,两人喜结连理。章永璘有一个悲惨的命运,他期待有一个正常、平凡的爱情生活,他希望自己能和黄香久相互扶持,互敬互爱,他期待黄香久能和自己共同分享生活的苦难,共同进步。在章永璘的爱情期待中,他幻想过与黄香久"花前月下""海誓山盟""卿卿我我""含笑不语"等浪漫迷人的爱情场景,这份爱情是充满理性的、诗意的,是美好的。章永璘的爱情诉求里有欲望、有理性,更有理想中的完美主义。但是,当章永璘向黄香久求婚时,黄香久却不能完全理解章永璘的期待,反应过于冷淡,似乎是在"谈买卖""各取所需";当曹书记"诱惑"黄香久时,黄香久也没能控制住自己的欲望,陷入到肉体的享乐之中;当黄香久面对章永璘精神反常时,她也没能真正理解到章永璘内心的"压抑",她甚至有点"怠慢"章永璘,言语之中带有"讥讽",缺少了对章永璘的尊重。所以,即便黄香久是一个真实、可爱的女人,她善良、勤劳,她收拾出来干净、整洁、温馨的家庭,她认真地经营着一个温馨、平凡、稳定的生活。但黄香久不算是一个理性的、完美的妻子。并且,章永璘是一个比较理性的人,他和黄香久之间存在着极大的精神差异。章永璘在"现实爱情"与"理想爱情"的差距面前,产生了烦闷和焦虑的"围城"心态,他感叹到,"女人善于用一针一线把你缝在她身上,或是把她缝在你身上。"

最后,当爱情与个人的社会责任相碰撞时,当个人享乐的"欲望"和社会责任需要的"理性"相冲突时,小说人物章永璘陷入更深一层次的"欲望"与"理性"的灵肉挣扎。章永璘一直拥有自己的理性和理想,他善于读书、思考,有自己的追求。他在日益增长的社会责任感面前,感觉到自己生命的空虚,感到一种新的烦闷,"我经常处在莫名的烦躁、妒嫉和悔恨之中,前面又有一个模糊的希望在引诱我。烦躁、妒嫉和悔恨只有在一次满足之中才能平复。她给了我满足。但满足之后又更加烦躁、妒嫉、悔恨,备受希望的折磨。"这个"模糊的希望"特指当时社会的希望。因为时局发生了变化,要想拯救这个危难的国家,人就需要把握时机,把握希望,承担起自己身上的社会责任。章永璘需要勇敢地站出来,去承担自己身上不可脱卸的社会责任。但另一方面,黄香久也真心、诚意地为章永璘创造了温馨、舒适、安全的家庭,她对章永璘有情有义,陪伴他度过了一段难过的时光。黄香久是一个很好的生活伴侣,两人的生活是安逸的、安全的、舒适的。所以,在平凡生活的安逸与社会责任的沉重面前,在个人的欲望享受和理性面前,章永璘陷入更深一层次的"欲望"与"理性"的灵肉挣扎。最后,在这种复杂的"欲望"与"理性"的灵肉冲突面前,章永璘选择了理性,他带着感恩的心情、忏悔的心意,选择离开了黄香久,去扛起肩上男人应该承担的社会责任。

《男人的一半是女人》中的章永璘算是一个有强烈家国情怀的典型形象。在贫穷的物质、压抑的精神环境中,小说的主人公章永璘成为一个身心不平衡,甚至失去了自己性能力,是一个被"阉割"了的人。但他始终没有放弃自己,没有放弃努力,没有放弃自己的理想。他一直心系"大家",挂念着整个国家民族的命运,没有放弃自己的社会责任。他在艰苦的困境中,依旧坚持读书的习惯。他也一直在寻找自己的人生价值,生存意义,最终在集体的体认中找到了自己的定位和价值。在一次抗洪救险的任务中,他意外地得到了劳动人民的尊重,竟一夜之间恢复了自己身心的健康。他在一种积极奉献的状态中收获了尊严、自信、健康和力量,开始找到了自己人生的意义。也正是因为章永璘有强烈的社会责任感,有"难自弃"的人生理想,他才能"找到自己",完全恢复自己的身心健康。当爱情与个人的社会责任相碰撞时,当个人享乐的"欲望"和社会责任需要的"理性"相冲突时,当积极"入世"与消极享乐的思想相碰撞时,章永璘最后选择了自己的社会责任,选择了理性,选择积极"入世",坚持自己"为民请命"的理想,选择了离开黄香久。"堂吉诃德的背影必须要在历史洪流中,在集体的体认感召中才可以实现最高的价值",人也只能在社会的关系中才能真正地发现自己。章永璘最终去承担了自己身上不可脱卸的社会责任。"男人的一半是女人",因为女性是性感、热情、柔情蜜意的仙子,她们能满足男性对异性的渴望;女性是温柔、无私的圣母,她们能全心全意地照顾男性,满足男性对家庭、对正常生活的渴望;女性是一片圣洁的月光,能给黑暗中的男性一丝光明,满足男性对爱的渴望。对男性来说,没有女人的生命是不完整的,没有女人的生命也将会是残缺的。但是,男人的"另一半"不是女人,而是责任,是不计得失的战斗性精神,是沉重的灵魂。小说中,章永璘沉重的灵魂是他不能推卸的"为民请命"的理想。章永璘的"另一半"是"责任"。"各个人,社会底层的各个小单位,只有在新社会里面才能够自由地发展。"这个责任是一种建设集体的义务,每一个人都需要为建设一个"新社会"而努力。章永璘离开黄香久时说,"我的身边有两个世界","一个是真实的世界,我现在的处境,一个是虚伪的世界,而那个世界却支配着我的生活,决定着我的生与死。我不但要冲出那一个世界,还要冲出这一个世界。"一个是"真实的世界",它指的是以黄香久为中心,暂时安定、和乐、平安的"小家庭"。一个是"虚伪的世界",它是暂时失去真理、失去科学、暂时失序的"大家庭"。章永璘希望冲出这两个世界,说明他既不希望停留在自我的小幸福中,也不希望大家庭永远失衡、无序。章永璘必须要承担起自己的责任,放弃安定的、温馨的"小家",用一种勇敢决绝的战士姿态去改变那个混乱的、黑暗的"大家"。 章永璘的"另一半"是不计得失的战斗性精神。小说中,有这样一段话,"啊!我的旷野,我的硝碱地,我的沙化了的田园,我的广阔的黄土高原,我即将和你告别了! 你也和她一样,曾经被人摧残,被人蹂躏,但又曾经脱得精光,心甘情愿地躺在别人下面;你曾经对我不贞,曾经把我欺骗,把我折磨;你是一片干竭的沼泽,我把多少汗水撒在你上面都留不下痕迹。你是这样丑陋、恶劣,但又美丽得近乎神奇;我诅咒你,但我又爱你,你这魔鬼般的土地和魔鬼般的女人,你吸干了我的汗水,我的泪水,也吸干了我的爱情,从而,你也就化作了我的精灵。自此以后,我将没有一点爱情能够给予别的土地和别的女人。我走着,不觉地掉下了最后的一滴眼泪,浸润进我脚下春天的黄土地。""女人"和"祖国"一样,都可能暂时失去理智,"欺骗"自己,给自己带来灾难。但女人和祖国都如同母亲一样,能养育男人。痛苦也能慢慢转化为人内在的能量,让男人成为一个真正有担当的人。人只有不计较自己的个人得失,勇敢地向前,才能"在硝碱地和旷野的那边"找到真正的"麦田"。章永璘的"另一半"还是他"沉重的灵魂"。

章永璘"沉重的灵魂"是一种积极奉献集体的欲望,一种想要积极"入世"的理想,一种强烈的建设家园的理想。在小说中,章永璘有一个"为民请命"的理想,这个理想带有强烈的社会责任感和使命感,这个理想也是人对自我主体性的追求。男人必须坦然地面对自己的"另一半",面对自己的理想,实现自己的理想。章永璘也只有选择"另一半",他才能让黄香久、马老婆子这样备受冤屈的人早日恢复自己的自由。所以,章永璘将自己与黄香久的爱情转换为一种非儿女私情的"爱情"———一种爱劳动人民的"爱情"。最终,章永璘离开了黄香久。章永璘的离开体现的是他对自我理想的尊重,是他对自我主体性的追求。有学者指出,"这种看似'残酷'的'始乱终弃'模式,主要不是讨论道德问题,而是企图在畸形环境里解剖正常人性。"章永璘选择尊重自己,展现了自我的个性,体现了一个正常的人性。在《男人的一半是女人》中,章永璘坚持着自己"为民请命"的理想,坚持着对自我主体性的追求。这也反映了张贤亮自己的一种家国情怀和理想信念。

但如果从张贤亮整个小说的艺术世界来看,在二十世纪八十年代回到"人"、回到"人性"的呼唤中,张贤亮以自己所经历的苦难生活为素材,以人物心理细节刻画的真实为目标,用多样的艺术构思和艺术形式展现了人丰富的情思,展示了丰富的人心。

首先,从张贤亮整个小说世界来看,他写出了人思想的复杂,写出了人思想的复调性,写出了一个丰富的人心世界。在人生的路途中,无论是谁,每走一段路都会遇见一个分岔的十字路口。在苦难的命运中,无论是谁,每天也都会在不同的境遇中面临一个个罪与善,欲望与理性,甚至生与死的选择。但并不是每一个人都愿意将自己内心最真实的情感,最具体的思想纷争呈现出来。张贤亮能够从自己的情感体验出发,细致地捕捉人纷繁复杂的思绪,能够真实地书写人复调性的思想,书写每一个在情感的十字路口犹豫、徘徊,甚至绝望的人心。从这个角度来说,他真实地写出了一个丰富的人心世界。

其次,在诉说历史性灾难时,张贤亮从个人体验出发,写出了不同身份的个体对待苦难的不同态度,写出了一个丰富的人心世界。有学者指出,"伤痕文学""反思文学"在书写时,在某些作家作品中,小说人物的情绪可能会被一种集体的情感所牵动。他们的"人物依旧是意识形态的载体,结论也依旧是和当时的意识形态是一致的"。不少的作品都在表达一种集体性的怨恨、爱和忏悔。但这种集体性的思想和情绪常常会影响个人自己的情感判断,忽略人真实的思想感受。因为人的千差万别,这个世界才会变得魅力十足,而作家需要关注不同人的特性,从个人出发,写出个人的精神体验。这才是一种更真实的,更关注人心的写作态度。比如《男人的一半是女人》中的章永璘,他应不应该离开黄香久?从集体的情感愿望中,他应该知足感恩,他需要留下。但从个人的角度来说,章永璘这个离去并不完全出于人性的自私,他可以离去。并且,章永璘的个人主义是一种为国为民的饱含集体主义的个人主义,他也尊重了集体的愿望,他应该离去。最终,张贤亮笔下的章永璘做出了自己的选择,他带着自己的理想离开了黄香久。小说需要从个人体验来表达情感,需要从不同的个体来表达对生活的理解。共性中的个性往往会更吸引人,更值得人们的关注。张贤亮写出了不同身份的个体对待苦难的不同态度,如《灵与肉》许灵均忏悔式的人生态度,《河的子孙》魏天贵狡黠聪慧式的人生态度,《习惯死亡》许灵均顽劣戏谑式的人生态度,以及《男人的一半是女人》章永璘理想而浪漫的人生态度,等等。张贤亮写出了对善对爱的感恩、对罪的忏悔,写出了人性的理想与浪漫;也写了人性的罪恶、庸俗与丑陋,写出了人的玩世不恭。从这个角度来说,张贤亮写出了一个丰富的人心世界。

再次,从八十年代中期开始,张贤亮以一种"为人请命"的写作姿态,尊重人的主体性,关注人的生命尊严、社会尊严,尊重人的欲望、人的个性、人的理想,创作出了一群具有自我个性的人物。在《早安!朋友》《男人的一半是女人》《习惯死亡》等作品中,章永璘、黄香久、周瑞成、许灵均等人,他们各自拥有不同的独特个性,摆脱了性格扁平化的缺点。

从整体上来看,张贤亮的小说世界关注了不同人群的生命问题、生存问题,对人的精神进行了关照,写出了一个丰富的人心世界。不过,遗憾的是,张贤亮没能保持对人性的持续关注,以致于他的创作陷入僵局。这也成为他离开文坛最根本的原因。

虽然,在张贤亮的作品中,他写出了三种层次的忏悔意识,写出了人性的丰富。但他小说中的"忏悔"意识在自觉与不自觉之间从"自身"转向"身外",从人的自我觉醒、人性复苏转向寻求外在的社会化意义、宗教性意义,最终停留在"世俗对象的有限点上"。这反映了他自己没能更加主动地走向深层次的自我,解剖"自我性格的地狱",解剖人性;这也反映了他小说叙事的重心从"人物灵魂的深刻"转向了世俗对象上。虽然,在他的作品中,他尊重了人的主体性,写出了人物多元的意识,肯定了人的理想和多样的个性。但他小说中大多数的人物拥有的都是外在化、具体化、宏伟世功性的理想。小说中这些人物的追求最终落在世俗对象的有限点上。这反映了张贤亮的写作重心并不完全是"人物灵魂的深刻",还有生活的真实、历史的必然,他小说的叙事重心会渐渐落在人心以外的对象上。这也反映了张贤亮最终的追求是外在化的、世功性的。到了后期，在一个变化的时代中，张贤亮并不是如意的。虽然，他尊重了自己的实践理念，从"精神的实验"走向写作的实践，从写作的实践转向商业的实践。这个转变实现了他一生的理想，也使他成为一个时代的弄潮儿。但他却离文学越来越远，他最终的精神寄托几乎完全停留在了世俗的对象上。也正是这样，张贤亮的关注点就在自觉与不自觉之间从人性"自身"转向"身外"。他最终没能保持住对"人"、对"人性"的持续关注，以致于自己成为一个一去终"难返"的"历史"文人、风流浪子。

第二节　对人自身反思的描绘：反思小说创作探析

进入 20 世纪 80 年代后，一批作家在写文章时走上用更为深邃、清醒的目光和强烈的理性色彩总结历史经验教训的道路，他们能够深入理性地认识历史，并加大了反思的力度。随着他们主体意识的觉醒，他们的文体意识也开始觉醒。这批作家主要是茹志鹃、王蒙、鲁彦周、张贤亮、张洁、李国文等人。这些作家大多是 20 世纪 50 年代开始走上文坛的，他们有着相似的经历，在"百花齐放，百家争鸣"的文艺方针的鼓舞之下，他们以文坛上的新一代主人的身份和热情，携着他们对现实的积极干预的处女期创作走上了文坛，后遭遇了一些事情，暂时隐匿，到 70 年代末才重返文坛。他们通过艺术概括深刻地揭示一些社会现象，并对人性、人道主义、人的自身价值，还有对女性的具体个体自身存在价值、爱情重新进行了深刻反思。他们使人道主义精神复归，着重表现丰富深厚的主题，在小说结构和表现方法上更是进行变革，加入时序颠倒、时空跳跃、意识流动、蒙太奇等手法。总之，他们表现出了强烈的对现代性的追求。以下就主要对王蒙、古华在这一时期的小说创作进行一定的分析。

一、王蒙的小说创作

在 20 世纪 80 年代前期，整个文学创作处在一个政治中心的时代环境里，作家和政治的关系紧密，处在社会关怀中心的作家，也被要求对时代政治负责任，把政治社会的要求变成作家自觉认同的内容。王蒙虽然对现实本身存有疑虑，但这种质疑深刻而隐晦，而且力图用艺术形式来掩盖他的思想质疑，由此他的小说创作理论的思考同时代许多人的思考一样,是在一个热情地为时代立言的文化空间里展开的。王蒙在理论和创作上都力倡"文学干预生活说"。他认为,文学与革命天生是一致的和不可分割的,文学是革命的脉搏,革命是文学的源泉。他坚定地强调一个作家应该不断地与时代同步前进,才能获得一个较长久、较旺盛、较开阔的艺术生命力。在这一时期,王蒙创作的小说主要有《蝴蝶》《相见时难》《活动变人形》等。

《蝴蝶》通过讲述主人公张思远在革命运动中的经历,揭示了曲折历史与革命干部的荒诞关系。张思远的身份在革命和政治运动中经历了数次变迁,从投身革命的农村少年小石头到解放后的军管会主任、市委书记,再被打成三反分子、黑帮、大叛徒、大特务,后成了山村里的老张头,后来又官复原职直至升任张部长。这一系列身份的变化让张思远产生了一种迷失感,但也促使他寻求真我、反思历史,最后在乡村纯朴的人性、人情中找到了自我,他的人情味和理性精神也逐渐回归,并开始忏悔,真诚地对历史进行了重新认识,同时开始面对现实,看清事实,觉悟到自己异化的原因在于"丢了魂",即没有把人民群众放在心上。小说最后将明天的希望寄托在了"找到了魂"的张部长身上。

总的来说,王蒙这一时期的小说创作淡化了创伤记忆,着重对曲折历史所反映出的深刻哲理和教训进行揭示;没有采取善与恶、是与非、美与丑这种截然二元对立的观念,而是努力对社会历史的丰富性和复杂性进行把握,从而从整体机制上重新认识历史;他也注意在历史变迁中对人物在变动的时代和纷繁的运动中的内心情感波动进行展示,且人物往往是青年时代就投身革命,有着坚定的革命信念和理想激情,后虽经历了迷惘痛苦,但始终葆有革命的信念和对理想的忠诚。

二、古华的小说创作

古华(1942—),原名罗鸿玉,1942年6月20日出生,湖南嘉禾人,电影编剧、作家,原湖南省作协副主席。长篇小说《芙蓉镇》发表后,引起文艺界很大关注,荣获首届茅盾文学奖。作品通过湖南山村普通劳动妇女胡玉音劳动发家,屡遭不幸的生活经历,反映了中国农村社会变革的历史进程。

长篇形式的反思小说大部分在反映现实生活的同时将镜头拉向历史,《芙蓉镇》是古华的代表作,也是新时期文学的重要收获。在《芙蓉镇》中,政治运动对地方的生活方式与生活习惯的改造、压抑、排斥是明显的。小说一开篇就写到了芙蓉镇人四时八节互赠吃食的风俗和赶圩的习惯——严格说来,赶圩和四时八节互赠吃食,只能算是一种准风俗,或者说还算不上是一种特殊的地方风俗。小说写解放初时,芙蓉镇的圩期循旧例,逢三、六、九,一旬三圩,一月九集。而 1958 年的"大跃进",再加上区、县政府的"批判城乡资本主义势力运动",则使得"芙蓉镇由三天一圩变成了星期圩,变成了十天圩,最后变成了半月圩"。直到 1961 年下半年,县政府下公文改半月圩为五天圩,但毕竟是元气大伤,"芙蓉镇再没有恢复成为三省十八县客商云集的万人集市"。这是经济层面的影响。至于社会风气层面,原本人际关系融洽和谐的芙蓉镇人一年四时八节有互赠吃食的习惯,而在"四清"运动结束后,芙蓉镇从一个"资本主义的黑窝子"变成了一座"社会主义的战斗堡垒",人和人的关系政治化,四时八节互赠吃食已不再可能,民风民情为之大变,小说第三章第一节的标题"新风恶俗",显示了政治运动给农村人际关系造成的伤害,用小说的话,原先是"我为人人,人人为我","运动"之后则成了"人人防我,我防人人"——古华自己所说的"寓政治风云于风俗民情图画,借人物命运演乡镇生活变迁"以及绝大多数的研究成果也正是在这一意义上展开的。有着严格目的性指向的政治运动,在实施过程中也会呈现出某种意想不到的悖论:国家努力治理、管理农村社会,力图使之整合、有序并成为现代民族国家的社会基础和组成部分,但这种意识明确的努力却是通过消解乡土社会原有的社会结构与意义系统而推进的,这一过程虽然使国家影响似乎不可思议地进入到农民最日常、最基本的生活世界中,却未能建立起新的、具有整合性的可以替代原有结构和意义的体系,并使社会达到秩序与和谐的预期结果;再者,国家一直在用所谓进步的、文明的、现代的、社会主义乃至更为先进的观念意识占领农村,试图彻底摒弃和代替其传统的、落后的、保守的、封建的农民意识,然而在此过程中,国家自身却常常陷入传统的象征或意义的丛林,即国家亦使用象征的、仪式的内容与形式来试图建构其自身的权力结构与意义系统。有意思的是,在小说中,我们看到,知识分子秦书田对胡玉音原本不切实际的欲望性想象,经过多次"运动"之后,竟成为了现实,并且还孕育了一个全新的生命。

第三节 对文化的根的追寻:寻根小说创作探析

20 世纪 80 年代中期,"寻根文学"占据了整个文坛。从 1984 年 12 月杭州西湖边一所疗养院里的聚会开始,各种关于"寻根"的论文在全国各大报纸接踵而来,如韩少功的《文学的根》、李杭育的《理一理我们的"根"》、阿城的《文化制约着人类》等。这些文章在文坛引起热烈的反响,标志着一种追求文化的根的文学流派形成。韩少功曾经明确地提出要寻找已经迷失的梦文化的源头,他声称:寻根"不是出于一种廉价的恋旧情结和地方观念,不是对歇后语之类的浅薄爱好,而是一种对民族的重新认识,一种审美意识中潜在历史因素的苏醒,一种追求把握人世无限感和永恒感对象化的表现。"于是,这一时期一大批优秀的小说家都在小说中表现出了对文化的根的追求。以下我们主要对韩少功、阿城的小说创作进行一定的阐释。

一、韩少功的小说创作

韩少功(1953—),湖南长沙人,笔名少功、艄公等,曾任第一届、第二届海南省政协常委(兼),第三届海南省人大代表(兼),第三届海南省文联主席、海南省文联作协党组成员、书记。现兼职中国作协主席团委员、全委会委员,海南省文联名誉主席。韩少功于 1974 年开始发表作品。早期代表作品有《月兰》《西望茅草地》等,另与人合作完成传记《任弼时》。20 世纪 80 年代,他以中篇小说《爸爸爸》开"寻根文学"先河。后来又发表了给文坛带来巨大震惊的《归去来》《女女女》等。1996 年,韩少功出版了长篇小说《马桥词典》,小说一出版便引起了各方的争论。进入 21 世纪后,韩少功又发表了长篇小说《暗示》《山南水北》《日夜书》等,都非常引人瞩目。

韩少功的寻根类小说创作注重对时代色彩的淡化和对地域特征的强化,并吸收神话、象征、怪诞、幻觉等手法,对人的生存状态以及民族的命运进行了思考。

《爸爸爸》是寻根类小说的开山之作,它不仅奠定了韩少功在一批"寻根"作家中的地位,还确立了他在整个当代小说创作中的地位。这篇小说通过描写一个原始部落鸡头寨的历史变迁以及寨中人们的生活状态,展示了一种封闭、凝滞、愚昧落后的民族文化形态。鸡头寨是一个充满了蛇虫、瘴疟、屎尿、异味和许许多多稀奇事的村寨。当鸡头寨以外的村子全都进入现代社会时,鸡头寨的居民却在思维方式、生活方式和行为方式上仍停留在遥远的古代社会,守旧、迷信且野蛮。小说就是在这样一个图景中展开的。主人公丙崽是作者着力描写的一个象征意象。丙崽是一个丑陋不堪的"老根",一生下来就是一个傻子式的人,一个永远长不大的穿开裆裤的小老头。他只会说两个词"爸爸爸"或"×妈妈"。他高兴时通常说"爸爸爸",不高兴时就说"×妈妈"。但就是这么个简单的人,却似乎包含着某种神秘的东西。他屡次历经劫难,却又屡次逃脱。而当鸡头寨人要杀丙崽祭谷神时,天却响起炸雷,丙崽躲过一劫。当鸡头寨的人和鸡尾寨的人打仗,失败后要进行民族迁徙时,鸡头寨的老弱病残都服毒自尽了,喝了双倍分量毒药的丙崽却又奇迹般地活了下来:

> 丙崽不知从什么地方冒出来了——他居然没有死,而且头上的脓疮也褪了红,结了壳。他赤条条地坐在一条墙基上,用树枝搅着半个瓦坛子里的水,搅起了一道道旋转的太阳光流。他听着远方的歌,方位不准地拍了一下巴掌,用很轻很轻的声音,咕哝着他从来不知道是什么模样的那个人:"爸爸"。

丙崽的形象显然具有极强的民族象征味道,他一方面表明了民族的愚昧、落后,透着没落陈腐的生存气息,代表着民族的劣根性和这劣根的顽固性,表现了作者的文化批判与启蒙精神;另一方面又体现了一种民族的顽强生命力。作家将其置于愚昧、龌龊的环境中,特意写了丙崽的一些变态行为,以此来批判一些劣根性的东西。

《女女女》是《爸爸爸》的姐妹篇,是韩少功的又一部比较成功的作品。其主要从个体生存的角度讲述了叙述者"我"和幺姑、幺姑的结拜姊妹珍姑以及幺姑的干女儿老黑三个女人之间的关系。幺姑是工厂里的工人,她勤劳克己,但是当听说"我"和"我"的家庭有困难时,便慷慨地帮助"我"和"我"的家庭渡过难关。在最艰难的岁月,她所说出的话也总是饱含着哲理和智慧。珍姑住在农村,当她听说幺姑中风了,并且成为"我"和"我"的家庭的负担时,她主动担起了照顾幺姑的责任。珍姑这一形象充分体现了憨厚、正直、助人等传统的美德。珍姑使得"我"有一种想要偎依到她身边的冲动。幺姑的干女儿老黑是一个西化的年轻女性,过着自我放纵的生活,她的极端个人主义经常使得"我"对自己的价值观和信仰产生了动摇。

在这部小说中,如果说幺姑这个人物是对历史与现实中人性的一种嘲弄,那么,老黑与珍姑的形象便是凝聚了都市与乡村的两界人生。小说中看不出两代人之间的温情,有的只是赤裸裸的冷漠,没有人性,没有人情。这也说明现代文明的颓废命运与对传统的不接受和漠视联系在了一起,而这种对立的差距感也无形地体现出城市与乡村的文化对比。

就创作艺术上来说,这部小说运用了变形、夸张的表现手法,采取了非常心态的写作视角,描写了寓言式的人物形象,并进行了时间动作的循环往复。这些都非常类似于拉美魔幻现实主义的特征。因此,这篇小说也可以看成是中国文坛魔幻现实主义的最初创作实践。

二、阿城的小说创作

阿城(1949—),原名钟阿城,祖籍重庆江津,生于北京。1979年在中国图书进出口公司工作,后来在《世界图书》做编辑工作。阿城的小说作品主要包括三个中篇小说,六个短篇小说,以及以《遍地风流》为题的系列作品。

阿城非常向往和认同传统文化呈现出的文化品格。因此,他在20世纪80年代创作的小说中渗透着极其浓重的道家传统,并将笔触深入了较少受到正统文化影响的边缘地区,在这些传统势力薄弱的地方从传统的道德文化出发,对人的生命文化进行再思考,让民族的过去得以重现。但他所表现的不是特定民族或特定地域的文化,而是整个中国的道家传统文化。

《棋王》《树王》和《孩子王》是阿城最有代表性的作品,它们被称为"三王"。

《棋王》采用的是第一人称叙述方式,主要讲述了一个入世近俗的人生故事。主人公是一个生活在社会底层、一生除了吃就是专注下棋的"棋呆子"王一生。在吃上,他要求并不高,不要求吃好,不要求吃饱,只求"半饥半饱"。小说中多次描写了他的"吃相",特别在火车上吃盒饭时的"恶"相,令人唏嘘不已。

在人们看来,吃属于大俗之事,下棋属于大雅之事,阿城却将这两者矛盾般地集中在王一生身上。可以说,吃是生存的保证,但在王一生那里,更是下棋的基础;吃不上饭,也就无从下棋,但下棋以其自由精神却又超越了吃,消解了吃的"俗"。正是在这吃与下棋中,王一生获得了自己的生存之道,这就是道家之"道"。这其实充分体现了作者淡泊名利、宁静致远、中正平和而又锲而不舍的传统文化精神。

《树王》讲述了一个执着于对大自然的爱,视树木为生命的人的特殊心态和命运。主人公肖疙瘩是个插队的知青,说起话来笨嘴笨舌,但干起活来挺在行,而且不管是什么重活脏活都自顾自地干。当林场所有的劳力都在进行热火朝天的砍山竞赛、大干所谓的垦殖大业时,只有他一个人在默默地种着菜。当知青们在砍一棵大树遇到困难时,他勇敢地走上前去,帮助知青化险为夷。事后他还不顾自己被管制的身份向支书提意见,认为不应该让那些没有经验的知青去砍那些大树。而当要砍倒"树王"

以破除迷信时,肖疙瘩做出了惊人之举,他以性命相搏,以血肉之躯保卫着"树王"。后来迫于支书的威压,他不得不离开"树王",但他并没有回到家中,而是日日夜夜守护在"树王"的旁边。后来,"树王"还是被砍倒时,肖疙瘩长长地叹了一口气,就溘然长逝了。

这部小说反映的是人与自然的关系问题,体现了作家对现代都市文明的排拒和对朴实天然的自然状态的留恋、亲近。肖疙瘩才是真正的"树王",他已达到一种"身与物化"的境界。在肖疙瘩与树王同归于尽的同时,一种"天地与我共生,而万物与我为一""天人合一"的豪迈之情油然而生。作者其实就是想用肖疙瘩的行动、肖疙瘩的生命来证明人应该回归自然。

《孩子王》主要讲述了一个人无动于衷地当上孩子王,最终又无动于衷地卸掉孩子王的故事。这篇小说中的"我"一出场就是一副恬淡超脱的神态,这种"坦然"的心境,不管遇到什么事都能做到"不以物喜,不以己悲"。当他得知自己被安排去教书,而不用再在生产队干活时,他没有高兴地蹦起来。面对别人对他祝贺,他自己却并没有什么感觉,只是想不通为什么要他去教书。到学校报到时看到学生打闹的场面,仿佛忽然回到了学生时代,产生了当孩子王的梦想。最后被学校"开除"时,"我"依然是心如平镜,并说自己马上就走,如此轻松痛快,而且,在路上走着走着,竟"不觉轻松起来"。小说主人公这种恬淡超脱、平淡冲和、旷达淡泊的人格丝毫不亚于《棋王》的王一生。他们都以知足常乐的态度,清静无为的性情,自我排遣外界的纷扰,以保持内心的平衡和自由,不愿"心为刑役",这正是阿城排拒现代都市文明,对朴实天然的自然状态有一种亲近感的表现。

在《孩子王》中,阿城没有过多地将精力放在对生存困境的描写上,而是侧重表现人们的精神状态,描写人们在特定的文化氛围中的民族心理。

第四节 对改革问题的关心:改革小说创作探析

改革开放以后,党内确定了改革开放的政治路线,在全国范围内开始了经济的和政治的改革。顺应历史的发展要求,20 世纪 80 年代的小说界也掀起了"改革小说"的热潮。这种小说就是反映改革开放过程中各个领域的改革进程以及因此而引起的民族心理、人物命运的变化的小说,通常具有一种雄浑奔放的风格和冷峻深沉的反思光芒。

一、蒋子龙的小说创作

蒋子龙（1941—　），河北沧县人，1958 年 8 月参加工作，1972 年 3 月入党，中专学历，之后因文学成就逐步成为中国作家协会原副主席、天津作家协会主席、天津文联副主席。作为著名作家和中国文化的使者，他先后出访过欧美亚等十几个国家。2012 年 8 月 16 日获全美中国作家联谊会颁发的首届东方文豪奖。蒋子龙的小说作品主要有《乔厂长上任记》，但在文坛也产生了很大影响的还有《维持会长》《一个工厂秘书的日记》《开拓者》《赤橙黄绿青蓝紫》《锅碗瓢盆交响曲》《燕赵悲歌》等。以下重点介绍《乔厂长上任记》。

在小说《乔厂长上任记》的开头，面对电机厂完不成国家计划任务的困局，蒋子龙心目中的理想厂长人选——电器公司经理乔光朴接过了这个烫手的山芋。然而，乔光朴一入电机厂就遇到了各种难题。摸底调查中，乔厂长看到一名叫杜兵的青年工人，在机床干活时哼小调，随意磕碰刚生产出来的零件，六年都不给机床保养，乔厂长讥讽他是"鬼怪式操作法"的发明者。在生产中经历丰富的蒋子龙毫不客气地评价："这种人特别多。干活不行，笨得要命，真正的无赖。就是手不行，天生学技术就是'M手'。"杜兵式的工人跟当时的招工制度有很大的关系。招工有两种方式，一种是接班制，父辈到了退休年龄，子女有权顶替父辈的岗位。第二种是社会招工制，因为国企非常吃香，很多人靠托关系才能够招得进来。这两种招工制度造成了一个弊端：工人的劳动技能比较低下。工厂里既有很多像杜兵这样没有真才实干、敷衍了事的工人，也有身为行家里手、却被家庭的困难束缚了手脚的老工人。蒋子龙说："看我过去工厂里，有好多这种老锻工，需要给他一点儿帮助，因为技术又很好，干活又很好。但是呢车间主任又没有权。这是改革当初工厂里的一个最大的弊端。光叫你抓生产，光叫你干活。权力卡得死死的，实际上就是体制的僵化。"在"天重"当车间主任时，蒋子龙也会想办法把一些活钱留下来重新分配，用来奖优罚劣，为活儿干得好的老工人解决实际困难。这在体制僵化的当时是大胆的改革举措。

而在小说里，蒋子龙在主人公乔厂长身上实现了大刀阔斧的改革。乔厂长把全厂 9000 多名职工推上了大考核、大评议的赛场。考核不合格的干部、工人成为编余人员，代替之前搞基建和运输的一千多名长期"临时工"，原本雇用"临时工"的经费因此节省下来，用来奖励职工、扩建职工幼儿园，解决职工的后顾之忧。

　　蒋子龙说:"好的体制、灵活的体制就是奖优罚劣,那个不干活的就不能够跟干活的享受一样的待遇。一定要在这个收入上、待遇上拉开。所以他说厂长没权力,因此乔厂长自己就创造这种机会,我不管你,我不是找你要的钱,我自己弄的钱我就可以。"

　　小说所写振聋发聩,在现实社会中,直到小说发表的七年后,1986 年9 月15 日,"厂长负责制"才由中央文件颁发,推行到全国。小说的结尾,蒋子龙刻画了一个改革者必然遭遇的现实困局。乔厂长被原厂长冀申写告状信中伤。一些曾在考核中不合格的工人也放出风来,要把乔厂长再次打倒。蒋子龙沉沉地说:"就是老乔也困难重重,这是生活。理想是他的精神上有理想主义,但是他生活中到处充满了障碍,充满了陷阱,到底能够维持多久都难说。"只是蒋子龙不曾料到,在现实中,他的小说《乔厂长上任记》中的一个情节给自己招来了无穷的麻烦。

　　在小说里,乔厂长不以亲疏用人,任人唯贤,他重新启用了曾批斗过己的造反派头头、颇有能力的副厂长郗望北。由于亲身经历"揭批查"运动的荒诞,蒋子龙痛感政治对生产和文学的干预。他在小说中借郗望北之口表露了自己的观点。"当然,新干部中有'四人帮'分子,那能占多大比例? 大多数还不是紧跟党的中心工作,运动一来,班组长以上干部都受审批,工厂、车间、班组都搞一朝天子一朝臣,把精力都用在整人上,搞起工作来相互掣肘。长此以往,现代化的口号喊得再响,中央再着急,也是白搭。"(选自蒋子龙的《乔厂长上任记》)没想到,小说中这样的情节和言论被看作是公然对还没有结束的天津"揭批查"运动叫板,引起了天津市委领导的极大反感。随后《天津日报》连续出现了多个版面的批判《乔厂长上任记》的文章。从短篇小说《机电局长的一天》《乔厂长上任记》《一个工厂秘书的日记》,到《燕赵悲歌》《蛇神》,再到长篇小说《农民帝国》,几乎蒋子龙的每篇作品都会引起争论。冰火两重天的评价伴随了他的整个文学生涯。如今已经7 岁高龄的蒋子龙依然保持着创作的状态,采风中的所见所闻仍然激荡着他的内心。他说:"保持真情,保持思想,淬炼语言,使得我直到今天还能写点东西。"的确,正是这份始终对现实的关注与真情,使得他成为改革开放40 年以来最现实揭示中国体制改革深层肌理的作家

　　在蒋小龙的改革小说中,他成功地塑造了一批新人物形象,即"开拓者家族"的出现。近年来,蒋子龙创作中致力最多的、成就最大的、个人特色最显著的就是他对工业领导干部的刻画。

二、谌容的小说创作

谌容(1936—　),原名谌德容,祖籍四川巫山,生于湖北汉口。1954年考入北京俄语学院,毕业后当过俄文翻译、音乐编辑和中学教师。1975年起开始发表作品,先后出版了长篇小说《万年青》《光明与黑暗》(第一部),小说《谌容小说选》《太子村的秘密》和《赞歌》等。其中,《人到中年》《太子村的秘密》分获1977—1980年、1981—1982年全国优秀中篇小说奖;《减去十岁》获1985—1986年全国优秀短篇小说奖。

《人到中年》通过对陆文婷这一具有时代意义的艺术典型的塑造,提出的是中年知识分子的处境、待遇问题,当然,也涉及了女性的生存困惑与矛盾冲突。小说写作背景设置百废待兴之际,生逢其时的知识分子获得了主体意识回归和个人主义价值观念的重构,但在现实中左的思想仍然遗存,加之有政治意识形态和权力的因素牵制,他们又不堪重负,自我个体空间被社会责任与家庭责任填满。谌容善于从容易被忽略的日常生活场景与现象中,发现不容易忽略的问题,进而对社会现象与社会结构,进行深刻的剖析与解读。

谌容通过对陆文婷的塑造,展示了一个特定时期的女性知识分子的人性最隐秘与深层次的精神内涵。陆文婷是一位主治医生,是新中国知识分子女性形象,也是一个浸润着传统女性文化的女性。陆文婷在旧中国度过了自己的童年。她从小就是个孤苦伶仃的女孩子,父亲出走,由早衰的母亲抚养,迎来了全国的解放,也迎来了学业深造的机会。50年代,她进了医学院,经过刻苦攻读,学到了比较扎实的专业知识。"她似乎一个被人遗忘的少女",在医学院时,"她把青春慷慨地奉献给一堂接一堂的课程,一次接一次的考试","爱情似乎与她无缘"。大学毕业,被分配来医院,在眼科专家孙主任的眼里,"她坐在对面的椅子,安静得像一滴水"。她甘心情愿地接受了"修道院"一般的苛刻要求:24小时待在医院,4年之内不结婚。生活是一面平静的湖水,甚至看不到湍流浪花,即使那些"袭来的石子",她也默默地吞下,献出自己的时间和青春。她在刚满24岁的时候,分配在一所著名的大医院工作,并为享有盛名的眼科专家孙逸民所赏识,在已经不算很年轻的28岁,才迎接了迟到的爱情。她走到工作岗位,又被扣上"修正主义苗子""白专道路"一类的政治帽子。接着是4年住院医生的磨炼和提高,接着是和傅家杰的恋爱、结婚、生儿育女。一转眼,到了人生的中年。这就是陆文婷人生轨迹。"眼科大夫的威望全在刀。一把刀能给人以光明,一把刀也能陷人于黑暗。像陆文婷这样的大夫,虽然无职无权,无名无位,然而,她手中救人的刀,就是无声的权威。""她总是用瘦削的双肩,默默地承受着生活中各种突然的袭击和经常的折磨。没有怨言,没有怯弱,也没有气馁。"谌容通过对人物的刻画与细节描写,揭示出蕴藏的生命意义与人性之美。

> 每缝一针,她似乎都把自己浑身的力量凝聚在手指尖,把自己满腔的热血通过那比头发丝儿还细的青线,通过那比绣花针还纤小的缝针,一点一滴注入到病人的眼中。此时,她那一双看来十分平常的眼睛放出了异样的智慧的光芒,显得很美。

在小说中,"马列主义老太太"秦波也是作者塑造得较为成功的一个人物形象。秦波是焦副部长的夫人,在她的身上有着作为高干夫人的强烈优越感。焦副部长因眼疾需要做手术,院长指派了医术高明的陆文婷给焦副部长实施手术。秦波第一次见到陆文婷时,对她能否胜任焦副部长的手术表示了高度的怀疑。在进行手术前,她不仅对陆文婷进行了多次试探,还提出了许多十分无理的要求。甚至在陆文婷刚刚被抢救过来时,她踏进陆文婷的病房也是大声地说话,毫不顾忌别人的感受。从整部小说来看,虽然作者对秦波的描写用墨并不多,但她却神情毕肖地展现在了我们面前。秦波有句口头禅"我的同志哟",满口"对革命负责,对党负责"的高调,但在这些革命辞藻下的却是一个狭隘的、庸俗的利己主义者的发霉的灵魂。她浅薄、自私,满口马列主义,实则满心个人主义。"马列主义老太太"就是眼科主任孙逸民为讽刺她而给她起的外号。在描写秦波这一人物时,作者完全从现实生活出发,没有漫画式的夸张,没有故意的丑化,也没有作者的议论和旁白,而是透过她自己的语言和行动完成了对这一人物的塑造。

从创作艺术上来看,这部小说也有其自身的特色。作品将陆文婷病危时恍惚中的意识活动与抢救陆文婷过程中的现实活动穿插并行,运用时序颠倒、空间跳跃的意识流手法,将传统的情节结构与意识流的心理结构有机统一,既有利于容纳高密度的社会信息,又有利于挖掘人物心灵深处的情愫,从而使小说在谋篇布局上形散神聚。小说中的裴多菲的爱情诗也营造了浓厚的抒情气氛,使全篇犹如东方女性温柔的叹息,显得怨而不怒,哀而不伤。

《减去十岁》相较于谌容《永远是春天》《人到中年》等其他作品的悲哀基调,这篇小说的整体风格是比较轻松的,是谌容所有作品中比较特别的一篇。《减去十岁》采用的就是这种混合型的全聚焦叙述模式,叙述者掌握着全局,对小说中的人与事进行全景式的描写。但最巧妙的是,一旦描写的聚焦镜头对准小说中的某个人物并且这个人物出现内心活动时,叙述者就从读者的视野中不知不觉地消失了。此时,全景的观察角度让位于故事主人公自己的意识活动。例如,49岁的张明明:"自己呢? 当然就当不上局长,还是个工程师,还搞自己的科研项目,还钻在实验室和图书馆里……可是,前天部里刚把自己找去,说是老季过线了,这回要退下来,局里的工作决定让我……这,还算不算数呢?"这一段描写中存在着两种心理透视:张明明自己的心理意识与叙述者对张明明心态的分析。前者包含在后者之中,一旦张明明自己的意识开始出现,叙述者的分析就立即停止并保持沉默。伴随着这种转换的是人称的改变,第三人称的叙述自然而然地让位给第一人称。这种模式的特点是"当叙述者进入人物内心进行叙述时,这是主观的,但它的叙述方式由于是人物心理的自我流动又具有一定的客观性。"张明明代表的是中年知识分子,他复杂的心情通过谌容的这种描写被读者所感知,"是喜? 是忧? 是甜? 是苦? 连他自己也说不清楚。好像什么滋味都有,什么滋味都不是。"他高兴,因为十年的时间对于搞科研的他来说,意味着有了更多的可能性,甚至有一天可以成功达到自己以前渴望到达的科技前沿。但同时也茫然,在之前的一段时间里,他几乎可以没有悬念地成为领导,可现在又因为"减去十岁"而当不成了。"遗憾吗? 有一点,也不全是。"在妻子薛敏如的开解之下,他觉得心里气顺了,但"半夜时他还是醒了,心里仍然有一点遗憾,有一种失落的感觉。"在中年知识分子张明明的内心里,他为自己可以继续搞研究而开心,也仍然受到现实——不能成为领导的影响,这隐隐揭示出十年是否减去给人们带来的茫然。同样,在对郑镇海和月娟夫妇的刻画中,这种模式更加明显:"怎么? 难道我不配穿这个?""衣服穿我自己身上,碍你的事啊? 你死眉瞪眼,我也得买!"

三十九岁的郑镇海在减去十岁后对婚姻的不满爆发出来,认为自己二十九岁,正是最好的谈婚论嫁的年龄,而现在他与月娟之间已经是话不投机了。月娟更加地疯狂,"心花怒放,想入非非",买了一件从前自己绝对不会买的大红连衣裙,两人的矛盾被激发了出来。尽管全聚焦叙述模式有其不足之处,但是在表现一些历史的厚度与现实的广度等十分突出的故事上,明显更加得心应手。《减去十岁》中谌容主要写了四组人物的故事,要想在叙述清楚的同时将自己的总体态度和全方位认识表现在这个特定的时空结构中,全聚焦叙述模式是最佳方案。全知全能使读者与作者达成了默契,塞米利安认为这种模式"能够包容更加广阔的生活领域,较人物角度更能开阔我们的生活视野。如果说它使故事情节显得松散,但与此同时却又赋予作品以变化、多彩的特点。"

所以,谌容选择这种最成熟最普遍的叙述模式,正说明她没有盲目地跟风,而是根据自己的创作意图和客观创作对象的特点做出的选择。谌容早期的《人到中年》《永远是春天》等作品风格较为严肃严格,着重刻画一系列隐忍无私、坚强勇敢的知识分子形象,默默奉献的陆文婷、为人民解决困难的韩腊梅等,而在《减去十岁》中,她的创作慢慢发生了转变,一方面依旧展示生活的实景,一方面却又用淡淡的调侃、反讽、戏谑来刻画一系列的小人物,"反讽并不仅仅限于贬斥、否定的意义,它主要是产生一种'似是而非'或'似非而是'的效果,表面上像是要提高肯定一个对象,其实是让它更显得滑稽、荒诞、可笑,表面上像是要贬抑否定一个对象,其实却使它显得更崇高、感人、悲壮。这是一种风趣的人生叙述方式。"这体现的是谌容对社会深邃的洞察力与自信,人生有各种各样的困惑,烙印着一定历史阶段特殊的文化心理。《减去十岁》通过塑造不同的人物把人们共同的生存要求和心态联系在一起,从最为常见的人生情态中体现出不同的心理性格,由一纸文件而引起的闹剧、狂欢背后是值得人深思的隐痛和困惑。

第五节 对抽象主题的描绘:先锋小说创作探析

20 世纪 80 年代中期,随着改革的不断深化和市场经济建设的步伐加快,中国整个社会经济体制、政治环境、舆论环境都从"单一社会"向"多元社会"过渡,人们的精神生活也趋于复杂和丰富多彩的多元选择。这一时期,人们在文学理解与思维世界中也给具备革新、变化等特征的观念、作品留下更为开阔的空间。这一时期的小说颠覆了中国小说的一系列基本命题和小说本身的定义,也突破了"五四"以来的整个文学传统,剥离了传统对历史真实、人性价值和主体的评判,揭示了很多形而上的主题,包括生命的意识。而这些主题正好和中国社会结构的深刻变革相应和。此外,它注重的真实是叙述真实而不是故事真实、生活真实;叙述内容着意于展示暴力、死亡、性等抽象的主题;淡化人物描写,而重视写作技巧和叙事策略,强调对一切冷漠和默然,用冷漠甚至残忍的语言展现历史的寓言化和人类的末世图。从上述来看,这种小说体现了一批作家对小说的重构。这批作家主要有马原、莫言、余华、格非、洪峰、孙甘露、扎西达娃、叶兆言等。限于篇幅,这里仅对马原、莫言、余华、格非这几位作家在20世纪80年代的小说创作进行一定的分析。

一、马原的小说创作

马原(1953—)，辽宁锦州人。20世纪70年代曾经到农村插队，也当过钳工。改革开放以后，马原考入了辽宁大学中文系，毕业后到西藏担任记者、编辑。1989年被调回辽宁，专心从事文学创作。2000年后，一直在同济大学任中文系教授。其作品主要有《夏娃——可是……可是》《冈底斯的诱惑》《拉萨河女神》《喜马拉雅古歌》《西海的无帆船》《虚构》《大师》等。

马原是叙事革命的代表者，并引领了小说创作的新潮。他第一次使用"元叙事手法"有意混淆现实与虚构的界限，让真实的人、真实的名字出现在作品中，既互相拆解，又互相指涉，增加了作品的"似真似假"的特点。总之，他的小说注重的是叙事因素，而不是情节因素。人们将他的这种创作技巧概括为"叙述圈套"。这种"叙述圈套""以形式为内容"，用叙述人视点的变换达到了虚构与真实的交替转换，由此突出小说的叙述功能。《夏娃——可是……可是》《冈底斯的诱惑》《喜马拉雅古歌》是马原的先锋小说的代表作。

《夏娃——可是……可是》主要讲的是女主人公史小君听男朋友讲述他自己在一次大地震中如何救助了一位美丽姑娘，之后这位姑娘不知为何被打死的故事。在讲述的过程中，男朋友一再对史小君强调说，故事是自己编造的，不要当真。但史小君反而相信是真的，她始终坚信这个故事是真的发生过的。两人因此心生不快。之所以会出现这样不可思议的情形，有两个主要的因素在起作用。

第一，双重叙述结构。作者通过"我"(史小君)来叙述另一个"我"(史小君的男友)所叙述的故事；运用了"元小说"的叙述手法，使叙述文本中出现了"高于"叙述话语的另一套话语，对叙述话语予以评说，而叙述者也因此扮演了多个角色：既是叙述者，又是作品中的人物，还是作品中的故事的作者，三位一体，因此有了一定的自我相关性，也使得所编造的故事就有了部分事实依据，有意无意中在一定程度上增强了故事的可信度。例如，史小君男朋友讲的大地震确实曾经发生过，他也参加过抗震救灾，由此增加了听者(史小君)和读者对他的信任感；史小君男朋友在烈日之下给史小君讲述这个故事，而故事里也有这样的情景；史小君男朋友在讲述过程中反复出现苍蝇，他又多次强调自己不喜欢苍蝇，而在故事里讨厌的苍蝇也多次出现；史小君男朋友讲述自己在故事里救助的是漂亮的姑娘,由于有意用了一些诱惑性的情节,由此激起了女朋友史小君的嫉妒。史小君的嫉妒心理使她更加相信故事是真实的。所有上述因素,都在一定程度上促使史小君认为故事是真实的。

第二,"自反性"叙述。这是说作者对于小说所采用的一系列手法、惯例、程式等成规具有清醒的意识,并且不时告知读者:"我在写""是我写的""我正在叙述",以此说明作品的虚构性,这在一定程度上夸示了作品所描绘的真实与叙述技巧之间的矛盾。

通过这部小说,作者旨在向人们阐明:故事是否真实,关键在于信不信的问题,读者是否愿意相信;而能否让人相信,故事本身的真实性、是否真实发生过不是最重要的,关键在于叙述效果。这样,故事真实性的客观标准就被消解了,不再存在所谓的"客观上"是否真实的问题,取而代之的是主观上是否相信的问题。

《冈底斯的诱惑》主要通过描写一群生活在西藏的汉人的见闻揭示了西藏人生活的奥秘和充满魅力的生存方式和生存氛围。它是《夏娃——可是……可是》的反写,意在通过实验说明人们是如何将真实的事情当作虚假的来看待。小说没有完整的故事情节,只是交错叙述了几个各不相关的故事,即猎人穷布猎熊的故事、顿珠顿月兄弟及尼姆的故事、姚亮和陆高探险的故事。每个故事互相不能证实,又存在疑点,故事甚至没有结果。这样一来,就算讲述者努力说服读者,让其相信故事是真实的,人们仍然不会相信。在叙述方式方面,马原并没有采用传统的线性叙述,而是不断变换叙述视点,交替使用顺叙、插叙,无固定的规则,也没有时间的连续,却最终将不同的故事拉进同一时空同时展开。这样的叙述方式使主题和情节都缺少联系和统一性,因此降低了故事的真实性。然而,正是因为这样的叙述方式,刚好突出了西藏本身所具有的奇幻、神秘色彩,小说也因此获得了一种似是而非的艺术效果。马原也正是通过这样的叙述方法造成了一种陌生化的阅读效果,打破了读者阅读时的惯性与期待,使读者在神秘感和悬念的引导下欲罢不能,从而能够更加投入、更加清醒、更加理性地判断和探索小说本身的意味。

这部小说同样运用了"元叙事"的手法和"自反性"的叙述手法,再次消解了"真实"与"虚构"之间的界限。小说安排了多级叙述者,即组织、叙述全部故事是第一级叙述者,其之下还有两个"二级叙述者":一个是老作家,他先以第一人称讲述自己的一次神秘经历,后又以第二人称"你"讲述猎人穷布打猎时的神秘经验;还有一个是第三人称叙述者,讲述陆高、姚亮等去看"天葬"的故事,并转述了听来的顿珠、顿月的神秘故事。作者对故事中存在的疑点并没有向读者进行解释说明,甚至也没有向读者说明小说第一节中的第一人称叙述者"我"是谁,这个叙述者"我"也没有露过面,所以不可能是故事中的任何人物。所以,整个小说显得模糊、恍惚,造成了一种似是而非的艺术效果。

二、莫言的小说创作

莫言(1955—　),原名管谟业,幼年在家乡小学读书,后辍学劳动多年,1976年加入解放军,1981年开始创作,1986年毕业于解放军艺术院校文学系,同年出版了小说集《透明的红萝卜》,1987年出版了长篇小说《红高粱家族》,1991年毕业于北京师范大学鲁迅文学院创作研究生班,1997年任职于《检察日报》,同年他的小说《丰乳肥臀》获得中国有史以来最高额的"大家文学奖",2001年被聘为山东大学文学与新闻传播学院兼职教授,2003年被聘为汕头大学文学院兼职教授,2006年出版第一部章回小说《生死疲劳》,并获得福冈亚洲文化大奖,2008年这部作品获得首届美国纽曼华语文学奖。2009年出版长篇小说《蛙》,作品于2011年获得第八届茅盾文学奖。2012年,莫言因其"用虚幻现实主义将民间故事、历史和现代融为一体"获得2012年诺贝尔文学奖,成为首位获得该奖的中国籍作家。

莫言是当今中国小说家中最具自我个性、最不受任何成规约束、最天马行空的作家,他的小说创作深受拉美魔幻现实主义的影响,构造了独特的主观感觉世界,以及天马行空般的叙述、陌生化的处理和神秘超验的对象世界。

他擅长把儿童性感觉镶嵌在小说中,尤其在叙述进入惊心动魄的时刻。这使他的小说有着个人化的神话世界与语象世界,以及奇异的感觉。《透明的红萝卜》和《红高粱》是莫言的代表作。

《红高粱》是以一种全新的历史观念和全新的艺术方法来展开故事情节的小说。小说的情节由两条故事线索交织而成:一条是主线,主要写民间武装伏击日本汽车队;另一条是副线,主要讲述"我"爷爷余占鳌和"我"奶奶戴凤莲的爱情故事。在小说中,作者打破了人物形象塑造的二元对立模式,没有给余占鳌、罗汉大爷等这些人物戴上"英雄"的光环,而是让他们停留在真正的农民心态上,写出了他们"最美丽最丑陋,最超脱最世俗,最圣洁最龌龊,最英雄好汉最王八蛋"的复杂本质,呈现出一个未经雕琢定型的民族文化心理的原型。"我"奶奶戴凤莲是一个充满了生命张力的中国妇女形象,她打破了封建礼教的束缚,是一个充满着情欲和野性的女人。她的活法虽然悖逆了传统的道德,但她的生命意识却给人以新的美感。正是这个形象的塑造,使人们看到民族生存意识和生命力的高扬。

《红高粱家族》是对《红高粱》的主题的进一步探化和拓展。莫言在这一系列作品中以他特有的激情、诗意和灵性,以他敏感深厚的乡村生活经验,以及对农业自然的热爱与皈依情怀,构建了一个壮阔而深邃的、激荡着蓬勃昂扬的生命意志的"红高粱大地"。这一系列的小说也开创了中国小说的一种新的叙事模式,以一种全新的现代的叙述方式使人耳目一新。

三、余华的小说创作

余华(1960—),原籍山东高唐,生于浙江杭州,1977 年中学毕业后进入海盐一家镇卫生院做牙医。1983 年开始创作,处女作《星星》发表于《北京文学》1984 年第 1 期。就余华自己来说,他觉得他在 1986 年以前的作品都只是在无数常识之间游荡,直到《十八岁出门远行》和《现实一种》问世,才开始找到一种全新的写作态度,不再受困于常识。他之后的主要作品有中短篇小说《四月三日事件》《一九八六年》《难逃劫数》《世事如烟》《往事与刑罚》《鲜血梅花》《古典爱情》及长篇小说《在细雨中呼喊》《活着》《许三观卖血记》等。这些小说以一种"局外人"的视点,和冷漠、不动声色的叙述态度,构造"背离了现状世界提供给我的秩序和逻辑"的"虚伪的形式"。1994 年,余华出版了《余华作品集》;1998 年获意大利格林扎纳·卡佛文学奖;2005 年获得中华图书特殊贡献奖。

余华在 20 世纪 80 年代创作的小说,其主题都涉及了人性的丑陋阴暗,并主要通过对罪恶、欺诈、暴力、酷刑、死亡等的具体描绘来揭示。余华是希望让人们透过生活的表层看到了一向被隐蔽的世纪末意识与重大的生存危机,从而引发读者对于人性真实、自然存在的更为深刻的思考。下面对余华这一时期的代表作《十八岁出门远行》《现实一种》进行分析。

《十八岁出门远行》是余华的成名作。在这部小说之中,十八岁的"我"走出家门,开始迈向社会,这时候的"我"是那么的新奇,那么的兴高采烈,但是到了天黑的时候,由于自己一个人,感觉到那么孤独。于是,"我"拦截了一辆拉着苹果的车,但是刚走了没多久,车就抛锚了。这时候,司机下去修车,"我"只能在车上等待着他把车修好。但是这时候,让我惊奇的事情是,来了很多人来疯抢苹果。于是"我"感到非常愤怒,与那些抢苹果的人大打出手,但是这时候司机却笑了。最后,苹果被抢光了,连车子上有用的东西也都被抢了，成为一个破车。这时候，"我"终于明白司机与那伙人是一伙的，是串通好了的。虽然"我"感到很愤怒，但是这种事情"我"是无力回天的。最后，"我"的包也被司机抢走了，"我"只能在车头度过出门的第一个夜晚。

这篇小说的故事并不复杂，情节也并不是很曲折，但它反映了一个让人触目惊心的内涵，即世界是阴险的，人心是丑陋的，它在特定的时候会展露出阴暗、残酷的一面，令人防不胜防。小说也充满了作者对社会理性的思考。"我"怀着对成人世界的憧憬与幻想踏上了通向远方的路，欢天喜地地出门远行，但是却痛苦地发现了一个充满荒诞的世界，理性在这个世界已经荡然无存。非理性与荒谬的成人世界共同扼杀了"我"有关社会理性的美好梦想。当然，除了主题意蕴外，这篇作品的另外一个成功之处就展示了浓厚的生活气息和特别符合人物性格与身份的心理与行为描写。例如，"我"总是被山的"高处"所吸引，等爬上去后，看到的却总是令人失望的弧度。然而，另一个高度又会吸引我向着它奔去；"我"作为一个年轻人，浑身充满的热情与冒险精神，怎么跳动都不觉得累；"我"看见有人抢苹果时奋不顾身，上去扑打。这一切都与一个不谙世事、充满活力、富有正义感的十八岁少年的心态、动作十分吻合，是对真实的生活经验的揭示。

《现实一种》发表于1988年，它以诡谲奇异的故事及冷漠客观的叙述揭示了人性的残酷与丑恶。在这篇小说中，山岗的儿子皮皮不经意间杀死了山峰的儿子，山峰知道后杀死了皮皮，而山岗又杀死了山峰，最后，山峰的妻子借助公安机关又杀死了山岗。余华正是用极其怪异的形式描绘了这样一个"连环杀人"的故事。这部小说最成功的地方就是其细节描写。例如，作品这样描绘山峰被杀的场面：

> 在这时候，一种奇妙的感觉涌上心头，从脚底出发，直到上升到自己的胸口。当他想喊叫第三次的时候，还没有出来，脑袋一缩，让自己无端地傻笑起来。他要将自己的腿缩回，但是自己的腿无法弯曲，因此他只能让自己的腿上下进行摆动。身体尽管已经扭动起来，但是其实身体是没有移动的。他的脑袋这时候也是被摇动的眼花缭乱的。山峰的笑声如同两张铝片刮出来一样。山岗这时的神态令人愉快，他对山峰说："你可真高兴啊。"随后他回头对妻子说："高兴得都有点让我妒嫉了。"这么说的时候妻子没有望向他，而是在看着他的小狗，小狗贪婪者舔着山峰的脚底。在山峰眼中，妻子与狗一样，是那么的贪婪。接

着,山峰又看了看弟媳,弟媳这时候坐在地上,被自己的笑声吓傻了。弟媳看着山峰,她因为莫名其妙都有点神智不清了。

很显然,余华正是用一幕幕细节编织了一幅超验状态的人间寓言。读者读完后不仅感到震惊,还感到恐怖。在整个故事中,人的兽性本能与麻木状态暴露无遗。另外,作者对细节描述真实、精致,使读者仿佛身临其境,能明显地感觉到强烈的恐怖气氛。

如果将余华 20 世纪 80 年代的小说特色进行一个总结,那就是丰富的想象力,琐碎细致且怪异奇特的细节描写,以及冷峻、客观的语言。

四、格非的小说创作

格非(1964—),原名刘勇,江苏丹徒县人。1981 年考入华东师范大学中文系,毕业后留校任教。1986 年,格非发表了处女作《追忆乌攸先生》,1987 年又发表了成名作《迷舟》,以"叙述空缺"而闻名。1988 年,发表的中篇小说《褐色鸟群》,玄奥难懂。格非的其他作品还有中短篇小说《大年》《嗯哨》《雨季的感觉》《青黄》等,长篇小说《敌人》《边缘》《欲望的旗帜》《人面桃花》等。

格非的小说充满了奇异的幻想和扑朔迷离的时空描述,能给读者展现一个"纸上的王国"。在这个"纸上的王国"中,格非善于把扑朔迷离的整体和精致清晰的局部结合在一起,并运用幻觉的连环套,营造出诸多似有似无的意象;也善于运用"叙述空缺"手法,即常在故事叙述中留下关键性的"空缺",布下一个巨大的谜,或布下无数个细小的谜,由此引起读者多解的追索与想象。格非小说的故事之间不存在明显的因果关系,很多片断都是在一个层面上展开,其小说人物没有重量感,最终给读者留下的只是模糊的影子。可也正是这种独特感觉,促使读者得以感受作品所呈现的深刻含义。《迷舟》是格非 20 世纪 80 年代小说的代表作,以下就对其进行简要分析。

《迷舟》叙述的是一个姓萧的军人回家探亲七天的经历。这个军人是孙传芳部队 32 旅的一个旅长。小说故事有两条平行的线索:爱情与战争。值得注意的是,小说故事无论从哪个角度看都是不完整的,总会在关键的地方留有空缺,供读者思考,拓展解读思路,从而将故事的时间性和悬念也运用得很充分。

大量的悬念是该小说的一个重要特点。小说一开始在引言中就设置了一个总的悬念:

棋山守军所属32旅旅长萧在一天深夜潜入棋山对岸的村落小河,七天后突然下落不明。萧旅长的失踪使数天后在雨季开始的战役蒙上了一层神秘的阴影。

小说故事接着就以"第一天""第二天"……的方式一层一层解开悬念,既体现了故事时间的条理性,同时又不断设置新的悬念,自始至终留下诸多疑点。这些悬念、疑点通常是关于故事连贯性与完整性的关键所在,进而导致了因果关系的断裂,瓦解了故事。于是,作品成了无底之谜,变得神秘而无从解释。主人公萧回故乡探亲主要是为了给父亲奔丧,可中间出人意料地发生了许多事,一波三折。萧回到家乡,与过去的情人杏不期而遇,两人不禁旧情复燃。不久,两人的事情被杏的丈夫三顺发觉,丈夫一怒之下阉了杏并将其赶回榆关的娘家。接着,萧连夜赶去榆关。实际上,萧一直被忠厚老实、甚至有些木讷的警卫员监视。警卫员得到师长秘密指令,说如果萧去榆关时就打死他。因此,萧去榆关这一行动被警卫员解释为通敌,萧也就因此被打死。按常理来说,萧去榆关过程中所发生的事,不论是在爱情线索上还是在战争线索上都处于"高潮"位置,但在小说里却被省略掉了。当然,正因为如此,读者才有了更广阔的想象天地,也才使两条线索既被错开又被交合。之所以错开是因为对萧去榆关这一行动有不同解读。从三顺的角度来看,萧去榆关肯定是为了探望杏;从警卫员的角度来看,萧去榆关肯定是传递军事方面的情报;从读者的角度来看,两者有其一或者二者兼之,于是又将爱情与战争这两条本来隐含着不可调和的冲突张力线索汇合在了一起。萧很怀旧,当他遇到旧情人时便沉湎于往事的温情中难以自拔,失去了对战争与爱情根本对立的基本判断,当然也就无法看清战争对爱情的影响和干涉。战争造成生活一定的空缺,萧试图用情爱进行填补时,他的生命也走到了尽头。因此,酒醒后的警卫员偏执地认为萧去榆关的目的必然是传递情报,而不顾及其他目的的可能性武断地用6发子弹打死萧,使这个故事变得完整。实际上,这一空缺是永远无法弥合的,"萧去榆关"的目的也就无解了。

小说是讲述了一个完整的故事,但故事并没有按照顺畅的线性结构完成,而是以一种曲折回环的方式展开的,且频频转向,回忆既往,使得故事碎片化。作者这样的安排,似乎暗示了这样一个道理:人的命运固然存在多种可能性,但是冥冥之中的主宰力量始终会起到主要的作用。例如,萧与杏偷情,被杏的丈夫三顺发觉后扬言要杀了萧,可最终三顺放弃了这个想法。逃过了一劫,萧开始认为自己将会平安无事,不料却被警卫员枪杀。可见,萧的死亡是必然的,不管其间会发生多么复杂的故事。为了强调和渲染这种必然性,小说里还一次次地描写了萧的预感,使得整个故事压抑沉重又神秘莫测,从而也就取得了一种独特而惊心动魄的艺术效果。

第六章　20世纪90年代中国小说创作探析

　　20世纪80年代末90年代初,中国社会发生了急遽转型,市场经济也不断渗透到社会的各个领域,并一点一点浸入人们的头脑。思想观念更新和解放后的作家们,对文学功能的认识更加深入、宽泛、准确,认为文学的功能除了宣传、教育外,还应包括娱乐功能、消闲功能、审美功能、交际功能等等。文学观念的多元化的结果肯定是文学创作的多元化。因此,20世纪90年代的小说创作呈现出多姿多彩的局面。

第一节　对现实世界的展现:新写实小说创作探析

　　20世纪80年代中后期,小说创作开始改变一种模式独领风骚的格局,"共同性"逐渐消解。小说家在对原有的现实主义创作和先锋派小说的实验进行反思的过程中,寻找新的发展空间,从而推动了新写实小说的兴起。所谓新写实小说,简单地说,就是不同于历史上已有的现实主义,也不同于现代主义"先锋派"文学,而是近几年小说创作低谷中出现的一种新的文学倾向。这里主要以刘震云、刘恒和方方为代表进行分析。

一、刘震云的小说创作

　　刘震云(1958—),1958年5月生于河南省延津县,著名作家,中国人民大学文学院教授。1978年至1982年就读于北京大学中文系并开始创作。1987年后连续在《人民文学》发表《塔铺》《新兵连》《头人》《单位》《官场》《一地鸡毛》《官人》《温故一九四二》等描写城市社会的"单位系列"和干部生活的"官场系列"作品,引起强烈的反响。在这些作品中,他确立了创作中的平民立场,将目光集中于历史、权力和民生问题,但又不失于简洁、直接的白描手法,因此他被称为"新写实主义"作家。

　　刘震云的创作主要以中篇小说为主,他擅长以朴实的笔墨描写普通人的平常生活,从而透视出时代的深刻变动和人物内心的波澜。他还长于用细节营造与渲染环境,其小说的人物往往被动地依从环境的摆布,着力表现生存环境对人的不可抗拒的挤压力。《一地鸡毛》写于 20 世纪 80 年代中后期以后,当时中国社会处于急剧的转型期,社会的中心由政治转向经济,整个社会的政治、经济、文化以及社会生活诸方面发生了巨大的变化,人们忙于追逐经济利益,忽略了理想。此小说被称为新写实主义的代表作。"新写实主义",其概念在不同学者中一直有争论,有人贬其一无是处,有人赞其深入人心。而无论褒贬,都应该看到的是,它的存在带给了我们多方面的观察与反思。一般观点是,新写实主义小说有三个明显特征:①还原生活本相;②从情感的零度开始创作;③作者和读者共同参与创作。《一地鸡毛》正是这样一部作品,用"生活流"的手法写出了"毛茸茸的原生态",还原了生活的本来面目;没有褒奖,没有贬低,用旁观者的身份冷冷道出事实;读者参与其中,通过生活阅历的逐渐丰富和生活经验的不断积累,对此部作品会越来越感同身受,角色认同感日益强烈。

在刘震云小说中塑造的知识分子形象小林随着时代的变迁发生演变。在社会转型期,知识分子的"世俗化"成为这一时期的无奈选择。小林思想行为的嬗变,是时代变革中人们思想行为转变的缩影,是知识分子精神滑坡、人格退化的典型代表。刘震云集中笔墨将他由一个有理想、有抱负的大学生变为一个庸庸碌碌、无所作为的小市民。这种历史转型期普通知识分子世俗化的进程,也深刻地揭示出导致知识分子世俗化的种种原因。小林正是处于这种尴尬境地而不自知的知识分子。当他清醒地意识到这一点的时候,却又手足无措。于是小林为了生活不得不改变自己的生存姿态,但同时又伴随着灵魂的挣扎和痛苦。

传统知识分子所具有的人文精神与坚守的人生观、价值观、道德观似乎已经不复存在,作者正想要表达知识分子理想的丧失和破灭、灵魂的挣扎与耗损,放弃了对理想的坚守;人格的磨损和耗散、价值的颠覆和虚无,无边的生存网络精神世界彻底滑向庸常。小说告诉世人,生活就是种种无聊小事的任意集合,它以无休无止的纠缠使每个现实中人都挣脱不得,并以巨大的销蚀性磨损掉他们个性中的一切棱角,使他们在昏昏若睡的状态中丧失精神上的自觉。

二、刘恒的小说创作

刘恒(1954—),原名刘冠军,北京人。刘恒 1977 年开始发表作品,著有长篇小说《黑的雪》《逍遥颂》《苍河白日梦》三部;中篇小说《白涡》

《伏羲伏羲》《冬之门》《贫嘴张大民的幸福生活》等十余部；短篇小说《狗日的粮食》《小石磨》《教育诗》等。

　　刘恒的创作是丰富的，他以自己多姿多彩的文本，显示了"新写实小说"的实绩。

　　《狗日的粮食》这篇小说，以"瘿袋女人"为主人公，揭示了在困难时期人们为了生存而极其原始的欲望追求。"瘿袋女人"很有生活能力，她苦吃勤作，为的是保护家人不被饿死。为了自身的生存，她不肯接济他人，为了每天能有点吃的，她不惜偷别人的东西。为了养活她以粮食命名的六个儿女，她把能想的点子都想了，有时甚至到了令人震惊的地步。作品中有这样一段叙写："生红豆那年，队里食堂塌台，地里闹灾，人眼见了树皮都红，一把草也能逗下口水。恰逢一小队演习的兵从梁上走过，瘿袋担着刚出满月的红豆跟了去，从驮山炮的骡子屁股下接回一篮热粪……"为什么要接这又脏又臭的热粪呢？原来骡子粪中有没有消化掉的玉米粒儿，瘿袋将它们洗净淘干，就可以给孩子们煮一锅夹杂着杏叶的玉米饭。在瘿袋的心目中，粮食是最神圣的，有了它，全家人就能不挨饿。但是，无论她怎么苦扒勤作，粮食总也不够吃，饥饿像毒蛇一样随时准备吞噬她们的生命。她们熬了一年又一年，终于吃到了返销粮。就在日子逐渐好转的时候，瘿袋却因丢失了钱和购粮证，急火攻心，服了苦杏仁儿，自杀了。临死时，她拼出全身的气力，骂了一句"狗日的粮食"。瘿袋女人为粮食生，又为粮食死，命运极其悲惨。在这篇小说中，刘恒运用简洁、生动的语言，调侃、无奈的情调，极其深刻地揭示了小人物的苦难生活。

　　其他作品像《教育诗》《本命年》《贫嘴张大民的幸福生活》等也都从不同角度展示了生活在社会底层的小人物的命运。

　　《本命年》中的李慧泉因打架斗殴被劳改了几年，他出来后谨小慎微，打算老老实实做人，但生活中却出现了诸多的不如意，原来那帮"哥们儿"的纠缠、爱上一个女孩儿又不敢表白、街坊邻居的白眼，让他备感压抑。心情终日忧郁苦涩。为了生活，他在街道办的帮助下摆了一个小摊，准备自己养活自己，但是生意却极其清淡。百无聊赖中，李慧泉又开始放纵自己。最后，在一次喝完酒回家的路上，他被两个劫路的少年用刀捅伤，流血过多而死亡。虽然这部小说中多次写到了善良人对李慧泉的帮助，如片警、邻居大妈等，但他还是在一片黑暗中闭上了眼睛，小人物与命运抗争的挣扎与无奈，令人扼腕叹息。在以上作品中，作者所塑造的人物并无什么大的梦想，他们的生活经历与他人也无太大的共性。他们是生存于这个世界上的渺小的个体，无论采用什么方式与命运抗争，最终都只能臣服于生活的重压，直至失去生命。他们是痛苦而忧郁的一群，在世界上凄凉而蹒跚地行走着,读者看不到他们的笑颜,只能看到他们孤独的背影。

《贫嘴张大民的幸福生活》描绘了住在一个小巷内的张大民一家的酸甜苦辣。他们和社会底层的其他人一样,住房拥挤不堪,工资收入极少,还时时面临着下岗的危险。但是,他们努力而勤奋地工作着、生活着、快乐着。家里的每一个成员既有亲情,又有矛盾,都有着改善生存环境的希望,又一起承受着希望落空的打击,这一切,使得生活既丰富多彩,又苦恼辛酸。作品将笔触深入到了市民底层,展示了他们的生存样态。除此之外,刘恒的作品还展示了在生存本能促使之下的一些更加另类的人生,也由这些人物入手,触及了人类生存的一个基本命题——食、色、性。

《伏羲伏羲》通过对杨金山及其妻王菊豆、侄儿杨天青之间发生的令人惊异的故事的叙写,以民间的立场,揭示了发源于本心的爱的欲望、生存的本能及主人公为此所付出的沉重的代价。杨金山男性功能衰竭,却以摧残新婚之妻发泄私愤;杨天青对婶子由同情而生爱心;菊豆因对杨金山的恨而倾慕身强力壮、颇同情她的杨天青。结果,貌似"乱伦"的故事发生了。杨天青不仅与菊豆长久偷情,而且还生出了后来致亲生父亲于死地的儿子杨天白。在他们的爱情生活中,幸福快乐是短暂的,痛苦、压抑和恐慌却是长久的。可以说,这种"乱伦"的爱让俩人付出了巨大的代价。最终,儿子天白对父亲天青恨之入骨,代表传统道德观念的一方——杨金山取得了最终的胜利。他教唆天白用残忍的手段淹死了自己的亲生父亲。作品触及了人性的深处,细腻地描绘出了每个人心灵的挣扎与搏斗。每个人都以独特的方式既报复了别人,也报复了自己。这篇小说,刘恒依旧以自然主义的笔法,展示了特定的地域、特定时空中的特定的生存,留给读者的思考是非常深刻的。

刘恒作为新写实阵营中的一员,遵循的是现实主义的传统。他的作品题材广泛、主题鲜明、人物生动、语言简洁。他的视点是下沉的,他有意躲避和反对崇高,而把艺术视角对准庸常的人生。作品中没有刘震云所写的官场的腐败,也没有池莉小说中的都市传奇人生。大部分作品将眼光瞩目于农民,细致入微地揭示出了他们生存的艰难。可以说,他的观察是敏感深刻的,描绘是生动准确的,笔触是遒劲有力的。这一切显示了一位作家敢于直面人生的勇敢态度,更显示了一位优秀作家强烈的社会责任感。但是,作品中流露的自然主义倾向,那种向环境认同的态度,削弱了作品的批判力量,在一定程度上表现出了许多新写实作家的共同弱点。后期的刘恒在创作方面有了较大的改变。他的颇有影响的《贫嘴张大民的幸福生活》,就展示了许多生活的亮点,虽然主题仍是写生存,主人公仍是小人物,却写出了支撑他们快乐生活的精神力量,使人们在叹息生存不易的同时,感受到了一股向上的品格。

三、方方的小说创作

方方(1955—　　),江西彭泽人,生于南京,1957年迁至武汉。1974年高中毕业,曾做过4年装卸工。1978年考入武汉大学中文系,毕业后到湖北电视台任编辑,1989年调入作协湖北分会从事专业创作,现任湖北省作家协会主席、中国作协全委会委员。

方方最初的小说充满浓郁的理想主义和浪漫主义色彩,自20世纪80年代中期以后,她开始对社会转型期的现实生活做正面书写,解剖市民生存状态与人格形态,揭露底层社会的真相,风格也变得冷峻。

1987年发表的《风景》因真实地再现了城市底层卑微、残酷的生存状况而成为"新写实小说"的代表作。《风景》在对现实生活中人的生存状态的还原上具有一种令人震撼的探索精神。

首先,小说用死者的视角进行叙述,使作品本身的视角无限扩展。小说中的叙事主人公"我",是一个出生16天就夭折的婴儿,而小说所有的故事情节都是通过"我"这个死者的眼光来展开的。作家的这种视角切入,既有别了传统的魔幻小说,完全地脱离"人性"而只赋予一种时空交错的"神秘"力量,也不同于纯意识形态的小说。在小说中,"死者视线"不但是形式上的,更是小说要着力表现的对生存和生命的思索的内在因素。小说也因为这一独特的视角切入,从而造成强烈的陌生化效果。死者的灵魂可以超越时空,自由地腾挪跳跃,衔接过去,推测未来。在叙述中,爷爷的传奇经历似在眼前,而七哥的未来仿若昨天。而这种叙述效果的形成,正是得力于小说所采用的独特的视角切入。

其次,小说对"丑"的本质的极力挖掘,形成了审美上的"丑"学,使"丑"作为一种美学范畴,并在文艺中得到深刻广泛的表现。有评论家赞赏《风景》"写出丑的极致,恶的标本"。在小说中,丑的内涵不再仅仅局限于纯生活和心理感觉的区域,而是被拓展得十分丰富。一系列阴冷、嘈杂、肮脏、变态、畸形、扭曲、孤独的描写统统进入了读者的视野。小说通过叙述主人公七哥,一个曾经狗一样活着的被人称为"脏狗"的人而最终成为一个前途无量的大人物的过程,向我们展示了生动而又丑陋的生活本原。在小说世界中,美丽和善良没有丝毫的地位和价值,平庸者和游戏者却活得有滋有味,改变自身的命运必须不择手段。小说用极为冷静和客观的语调向我们叙述了父子间无休止的争夺,兄弟姐妹间的互相倾轧,为争夺生存的权利和空间的欲望抹杀了人内心脆弱的亲情。全书中活得最为平和的却是又聋又哑的四哥,先天的不足倒成为抵挡现实欲望的最好的武器,而那些看似健康的人为了生存却拼命地踩着别人的肩膀往上爬,这就是作家想要告诉我们的东西。

再次,小说对生与死的执着挖掘,成了一个"恒久"的话题。小说至少传达了十来处死亡的信息,在作家的笔下,"死"变得极其自然和平实,充满了生活的气息,就像吃饭睡觉一样,它的到来是如此的自然和无法抗拒。作家不从理性和哲学的角度加以挖掘和引导,从不会故意拔高死亡的体验,也不会故意夸大人类对死亡的心理感受。作家只想用她的"风景"告诉世人:世事如烟,生命是如此的脆弱,生存布满了危机。再从故事情节的铺陈来看,作家把一个个"死"作为情节的"结",总是在一个故事即将结束而下一个故事就要展开的地方出现,可以说,一部《风景》就是由一个个"死亡故事"连缀而成的。

最后,对市民题材的深入挖掘。城市市民本身有着深厚的内涵,可一直挖掘得不够。"五四"时期的作家以自身的创作观念为基础,根据不同的哲学政治观念去选择市民题材,而后救亡压倒启蒙,在市民题材中革命性、阶级性占据了上风。新中国成立后很长一段时间内,城市被看成是"封资修"的角色,市民是缺席的。方方是较早关注市民题材的作家,通过对市民的生存环境和心理情景的解剖,揭示了人与生存环境的矛盾性和复杂性。她的作品站在知识分子的视角去揭示和审视现代大都市中贫民的生存本相,拉开了与生活的距离,从而产生了一种阅读的张力,使《风景》在对生存状态的还原上更有着一种令人震撼的探索精神。

第二节　对历史的重新思考:新历史小说创作探析

20 世纪 80 年代中期至 90 年代初期,一些作家试图从历史的深处思考中国社会问题。他们采用不同以往的创作手法创作了一批新历史小说。新历史小说与传统历史小说相比,在创作理念、叙事方式、语体特征、审美意趣等方面都呈现出了新的特征。总体上看,新历史小说不以真实历史人物和事件为框架来构筑历史故事,而是把人物活动的时空推到历史形态中,来表达当代人的人生态度与思想情感。在新历史小说的创作中,陈忠实、苏童、莫言所写的小说独具特色。在这里,我们主要通过他们的创作实践来对他们小说的创作主题进行分析。

一、陈忠实的小说创作

陈忠实(1942—2016),1942年6月出生,陕西西安人。中国当代著名作家,中国作家协会副主席。1962年高考失利后做过中小学教师、乡村基层干部。担任乡村基层干部的经历改变了他的乡村文化观念,加深了他对关东地区农村人民的生活方式、心理状态和语言的认识,也为他日后的小说创作积累了丰富的素材。1965年开始发表作品。1979年发表短篇小说《信任》引起文学界的关注。1982年开始从事专业创作,1993年以长篇小说《白鹿原》一举成名。主要创作有中短篇小说集《乡村》《初夏》《四妹子》等,长篇小说《白鹿原》等。

陈忠实的小说注重将历史与现实生活相结合,在整体把握农民精神的基础上,描摹他眼中独特的农村世界和生活画面。同时,他注重对民族文化心理的深刻挖掘,积极探索新时期农民处于社会变革中的心路历程,展示出了中国农民所拥有的传统人格魅力和道德情感。他的长篇小说《白鹿原》便体现出了这种特征。

《白鹿原》以中国关中平原的农村白鹿原为中心,通过对一个家族、两代人从辛亥革命到解放战争三十余年的生存状态的全面而深刻的描绘,涵盖了中国近半个世纪的历史风云和时代画面,写出了白鹿村人在自然和社会事变中的奋斗历程及自然本性,并对社会道德、文化遗传和现实变革之间的交战进行了表现,从而实现了对中华民族的文化与历史命运的重现审视。

小说以主人公白嘉轩的六娶六丧开启了整个故事的序幕。

白嘉轩既是仁义白鹿村的族长,同时也是儒家文化的人格化的代表,他谨记积德积福、耕读传家的古训,总是把腰挺得笔直。在风云激荡的年代,白嘉轩艰难地维护着仁义之风,使白鹿村一次次渡过难关。他是小说中的线索人物。在经历了六娶六丧之后,一些风言风语开始在村中流传,白嘉轩自己也心生疑惑。他想去找个阴阳先生问个究竟。这样便牵出了朱先生这条副线,引出了朱先生的一系列活动。从朱先生的出场再到白嘉轩夺取鹿子霖家风水宝地的谋划,这一情节的转换不仅找到了冷先生,小说中另一个重要人物——鹿子霖也跟着登场了。鹿子霖的活动与白、鹿两家的矛盾、恩怨、纠缠构成了小说的两条情节线,这两条情节线贯穿小说此后的始终,是仅次于主人公白嘉轩活动主线的另外两条副线。白嘉轩始终践行着中国儒家传统文化所提倡的精神。他立乡约、修祠堂、正族风、办学堂、兴仁义。旱年祈雨,为示心诚他甚至可以用钢钎自残;苟政之下,他敢于为民请命,率众抗税。然而作为一个地主和封建宗法制度的卫道者,他的身上又有保守顽固、自私虚伪、专断残酷等负面的品性。他狡诈地换取了鹿家的风水宝地,从而与鹿家结下了仇。为了维护自己的家长威严,他与长子孝文断绝了父子关系,当白孝文向他求救,希望白嘉轩能够给自己一些粮食的时候,他断然拒绝,导致白孝文的媳妇被活活饿死。为了让没有生育能力的三儿子白孝义延续香火,他竟然指使黑娃代其下种。他带头用"刺刷"惩治自己离经叛道的儿子和田小娥;甚至在田小娥死后还要修塔镇邪,要其永世不得翻身。

由此可见,在他的性格中,也存在着冷酷、残忍、虚伪的一面。白嘉轩身上所体现出来的矛盾性和复杂性反映了中华民族传统文化中精髓与糟粕相互混融、相生相克的复杂状态,同时也体现出作家对于传统文化的矛盾心态与忧思。

与白嘉轩相比,鹿子霖的身上所体现出来的自私性要多得多。他精明、胆小、要强,容易得意忘形,他设计陷害了白孝文,田小娥的死、大儿媳发疯或多或少与他存在一定关系。他的两个儿子没有听从他的话,而是接受了新的思想,这让他感到后继无人。

当鹿兆海的媳妇带着她和鹿兆海的儿子来到鹿家的时候,鹿子霖喜极而泣。原本已经不想再争下去的鹿子霖因为孙子的到来而重燃了希望,继续与白家作对。相比之下,鹿子霖始终斗不过白家主要是因为他的自私所造成的。

在这部小说中,白孝文、田小娥和朱先生也都具有典型意义。

白孝文作为白家的长子,一直听从着父亲的教诲。他自幼饱读诗书,本该成为白家的接班人、白氏宗族当之无愧的未来族长。但是由于鹿子霖的设计陷害,他走上了一条自我放逐的道路,与田小娥发生了感情。当白嘉轩得知白孝文和田小娥在一起的时候,他对白孝文进行了惩罚。被惩罚之后的白孝文说"行了",后又自嘲道:"过去要脸就是那个怪样子。而今不要脸了就是这个样子,不要脸了就像男人的样子了!""脸"就是文明规范,当白孝文摒弃了它之后,人的原始欲望不再被压抑而是爆发了出来。

为了生存下去,白孝文走上了仕途,走向了追逐功利的鹿子霖,成了白家的"逆子"。在他已升任营长之后携夫人回乡光宗耀祖的时候,他发出了"活着就有希望"的感慨,这是他性格的真正成熟。白孝文的经历表现出了他性格的双重性:一方面,他变成了一个冷面人,泯灭了那颗曾经痛苦地挣扎过的灵魂;另一方面,他又是一位自觉地站在传统文化对立面的"孤独者"。

　　田小娥在白鹿原上被视为最低贱的女人,她嫁给了年过七十的郭举人做小妾,受到了郭举人老婆的严厉监管,过着委曲求全的卑微生活。后来她和鹿三的儿子、在郭举人家当雇工的黑娃有了爱情关系。她与黑娃之间的爱情,没有功利心存在,但是因为他们的爱情不符合礼法,因此受到了白鹿原人们的唾弃。革命失败后,黑娃逃亡在外,留在村里的田小娥成了一个完全孤苦无靠、生活无着的人。当她遭受了一个女人在旧中国所能遭受的一切痛苦、一切凌辱和损害以后,她被她心爱的男人的父亲鹿三亲手杀死了。临死之前只留下了一句"阿……大呀……"的喊声。

　　田小娥死后还被砖塔镇住,如果说压在小娥身上的是一座有形的砖塔,那么,压在白鹿原其他人身上的则是一座无形的砖塔,这座塔也是以宗法文化垒成的,它比有形的塔更结实,更深入骨髓,更根深蒂固。

　　朱先生是陈忠实笔下理想人格的化身。作为白嘉轩的姐夫,朱先生很受他敬重。在白嘉轩眼里,"敬重姐夫不是把他看作神,也不再看作是一个不咋样的凡夫俗子,而是断定那是一位圣人,而他自己不过是个凡人"。朱先生身处白鹿书院,他的身上集中体现着儒家"修身、齐家、治国、平天下"的人格风范。他毁了罂粟田,掀起了禁毒运动。他在白嘉轩和鹿子霖为了一块土地发生纠纷以至于要对簿公堂的时候,以一首诗化解了这场纠纷,并让白鹿村变成了"仁义白鹿村"。辛亥革命的时候,他置个人安危于不顾,劝退了要扑灭起义民军的清军巡抚的二十万大军。当日本人入侵的时候,他忧国忧民,甚至希望亲上战场杀敌报国。在鹿兆海为国捐躯之后,朱先生亲自上原迎接灵车,因为在他看来,为晚辈鹿兆海守灵一点儿也不丢人,因为"民族英魂是不论辈分的"。可以说,朱先生是白鹿原的精神所在,他象征着中国传统文化的全部优秀品质和人格理想。

　　总之,《白鹿原》描摹出了作为个体的人在特定历史条件下的生命状态,同时,也在客观冷静的描写中探究了人们丰富的人性内涵。需要指出的是,这部小说在现实主义的基础上具有整合象征主义与魔幻现实主义手法的明显意向,例如,"白鹿原"象征着乡土中国;"天狗"象征着拯救者;"白鹿"与"白狼"则分别成为人类中善、美与丑、恶的物化形态等。这类描写,不仅没有改变小说现实主义的基本面貌,反而增强了作品思想情感的张力与弹性。

二、苏童的小说创作

　　苏童(1963—　　),原名童忠贵,生于苏州,青年时就读于北京师范大学中文系,后在《钟山》杂志社任编辑,1991 年成为专业作家,此后,他的作品就源源不断地发表在《上海文学》《北京文学》《解放军文艺》《收获》等引人注目的刊物上,其中中篇小说《妻妾成群》给他带来极高的声誉。小说注重对传统的回归,体现出了个体与历史之间的对应关系。其代表作是《妻妾成群》《我的帝王生涯》和《红粉》。

《妻妾成群》描写的是一个由"一夫多妻制"生成的封建大家庭内部的妻妾之间互相斗争的故事。小说的主人公颂莲是一个接受过新式教育的女性,在父亲去世、家境败落后,她自愿嫁给了有钱人陈佐千做四姨太,从此便介入到"妻妾成群"的人际模式之中。在颂莲之前,还有毓如、卓云、梅珊三位姨太太。进入这个家庭之后,颂莲逐渐意识到,要想在这个家庭中立足,成为一个"人",她就必须要获得陈佐千的宠爱。为此,她只能像别人一样耍手段,弄计谋。小说的情节便围绕着颂莲的个性和欲望与她生存的环境之间的摩擦而展开。通过颂莲的亲身体验以及所见所闻,苏童揭示了大家族内部的钩心斗角和你死我活的斗争,并以非常细腻精微的叙述语言,对颂莲内心的精神世界进行了捕捉,从而透过生存的表象对人性进行了观察,揭示了在充满恐怖和罪恶的环境下人性的乖戾、苍凉和恶毒。

《妻妾成群》表面上是一个很古典的悲剧故事,女大学生颂莲嫁入陈家做了四姨太,慢慢地融入了陈家太太们争风吃醋的争斗中,亲眼看着这些女人一个一个的悲惨下场,最后自己也变成了疯子。

但是跟一般反封建、反传统主题小说不同的是,颂莲跟她同时代的"五四"新青年相反,她几乎是自愿地进入这个旧式大家庭,甘心成为旧式婚姻的牺牲品。她所受的教育和她果断、好强的性格使她深得陈佐千的宠爱,也使她不可避免地加入到女人之间的钩心斗角中。然而,她清纯的学生气质和文化修养却没有帮助她成功地战胜其他太太,而是最终把她拖向了一个无法挽回的悲剧结局。

《我的帝王生涯》虚拟了一个濒临灭亡的燮国以及一位为命运所驱使的燮国末代皇帝端白,并展现了端白在燮国最后的岁月里的心灵历史。端白原本不应该成为皇帝,但是在他的祖母皇甫夫人的暗中操纵下,他取代了兄长端文而成了皇帝。但是,成为皇帝的他并没有实权,只不过是一个傀儡,他自己也不喜欢争名夺利,因此,王位不仅没给他带来多少快乐,反而使他烦恼缠身且时时生活在恐惧和焦虑之中。但端白的命运在一次偶然的微服游玩后改变了,他发现了自己真正的人生追求和价值,那就是成为一个走索王。当他被端文夺去王位贬为庶民的时候,他不仅没有感到悲伤,反而认为自己终于获得了自由。当他在率领戏班子回京城表演时,遭遇战乱,他曾经的帝国和他所有的亲人都死于非命。最后,他拿着一卷走索用的棕绳、一本破烂的《论语》逃到了国外,在其先师僧人空觉开辟的苦竹山的苦竹寺里,过着白天走索、夜晚读书的庶民生活。这部小说通过端白的人生命运起伏,展现了在历史进程中不同人的不同选择。端白虽然生在帝王之家,但是他的理想却并不是成为帝王,而是希望能够拥有自由的生活。小说结尾处,他只带了两样东西——棕绳和《论语》,这两样东西有着各自的象征意义。"棕绳"是作为走索王必不可少的器具,很显然也是获得自由必不可少的要素,从而象征了一种庶民生活。《论语》见证了端白命运的转变历程,象征了一种特殊的生存方式。

《红粉》讲述的是新中国成立后两个妓女小萼和秋仪的故事。新中国成立以后,国家要对妓女进行改造,小萼和秋仪都成了改造的对象。面对改造,小萼和秋仪做出了不同的选择。小萼在劳动营中吃苦耐劳,后来遇到老浦,并与他结了婚。后来,老浦被枪毙,她又改嫁到了外乡。秋仪则逃避改造,她先是逃跑去找老浦,后来去当了尼姑,最后嫁给了驼背冯老五。从表面上看,这是两个妓女对自己人生命运的选择,事实上,她们的选择背后蕴含着她们对生命与生存的认识。小萼是顺应命运安排的人,而秋仪则希望将命运掌握在自己的手中。虽然这部小说反映的是个体的命运,但是将个体的生活事件有意识地嵌入历史的框架,与历史形成了一种对应性的关系,就会让个体充满历史性,历史也会成为个人遭遇的解释性因素。总之,在苏童的小说中,历史的真实让位于情感的真实和人性的真实,并借助历史情境表达自己对生命、对世界的看法。

三、莫言的小说创作

莫言的小说侧重于描写民间的生活,他的小说常带有传奇性,人物的身上往往散发着原始味道,正如2012年诺贝尔颁奖词所说的那样:"他们全都显得生气勃勃,为充分发挥他们的生命力和打破那囚禁他们的命运和政治牢笼,他们的行事甚至采取了非道德的步骤和方式。"《透明的红萝卜》《红高粱》和《檀香刑》充分体现出了这一点。

《透明的红萝卜》通过黑孩的眼睛对当时的世界进行了变形,揭示了生活在其中的人们的困难。黑孩从小没有妈妈,没有感受到过人间的温暖,非人的劳动和苦难的生活让他连正常人的感觉方式和智力状态都失去了。他的身体总是感觉麻木迟钝,他不知道疼,不知道冷,甚至也感觉不到别人对他的关心。当小石匠和小铁匠因为菊子而打架时,作为导火线的他不但不帮小石匠,还导致菊子的眼睛被小铁匠所伤。虽然黑孩对一切事物都存在着麻木感,但是他却听到地里的萝卜缨子生长时发出的声响。他寻找着一种金色透明的红萝卜,但是他一直都没有找到过。黑孩对金色的透明的红萝卜的找寻,象征着背负着来自现实和心灵的双重痛苦和悲哀的人们在黑暗的年代对生活的执着追求和探索。

在小说中,小石匠、小铁匠和菊子也都具有典型意义。小石匠勤劳能干,有手艺,有爱心,得到了菊子的关注。他象征着一种理性。小铁匠强壮,像一般年轻人一样暴躁,当菊子选择了小石匠之后,他一再挑衅小石匠,向其泼脏水,他还弄瞎了菊子的眼睛。当他干不好活儿的时候,他将愤怒发泄到了黑孩身上,将烧红的铁钎丢地上让黑孩去拿。他还让黑孩去偷东西,自己享受。他象征着人的原始性。菊子美丽、善良,她给了黑孩温暖,在她的身上,黑孩得到了母爱,但同时黑孩也对她产生了爱慕之情。她象征着善与美。小说通过黑孩、小石匠、小铁匠和菊子之间的纠葛,对饥饿、情爱、精神等问题进行了深刻的思考。

《红高粱》以虚拟的家族回忆的形式描写了"我爷爷"余占鳌组织的民间武装,以及发生在高密东北乡这个乡野世界中的各种野性故事。小说突破了以往的革命斗争历史小说的一切框框,而以一种全新的历史观念以及全新的艺术方法,对抗日战争时期的我国北方民众的极富民族风情的斗争生活进行了生动的描写和表现,并歌颂了存在于民众身上的原始的生命活力,以及像"红高粱"一样的充满血性、反叛意识的民族精神。在小说中,以"我爷爷"余占鳌和"我奶奶"戴凤莲在抗日战争前的爱情故事作为一条副线通过几个段落串联而成。在"我奶奶"出嫁的时候,"我爷爷"余占鳌是"我奶奶"的轿夫,但他故意不好好抬轿,而是一路上都和"我奶奶"调情,当一个想要劫走花轿的土匪出现后,"我爷爷"杀死了他。在"我奶奶"回门时,"我爷爷"在路边埋伏,将她劫进了高粱地里进行野合,从此以后,他们之间开始了激情迷荡的男欢女爱。不久,"我爷爷"杀死了"我奶奶"患麻风病的丈夫,正式成为了她的情人,也正式做了土匪。小说的主线是民间武装伏击日本汽车队的起因和过程。"我奶奶"家的长工罗汉大爷被日本鬼子抓去做了民夫,但罗汉大爷在半夜杀死了两头大黑骡子并逃跑,可他随即就被日本人抓住了。之后,丧心病狂的日本鬼子强迫杀猪匠活活地把罗汉大爷剥了皮。

日本鬼子的残暴激起了高密东北乡民众的极端仇恨。"我爷爷"拉起一支由村民和土匪组成的队伍,在公路边上对日本的汽车队进行了伏击,从而发动了一场全部由土匪和村民参加的民间战争。在这部小说中,"我爷爷"、罗汉大爷等人虽然有着不同的经历,但是在本质上却是一样的,他们既有着无拘无束的叛逆性格土匪习气,也保留着除暴安良、抗御外侮的坚韧不拔的伟大生命潜能。

《檀香刑》讲述的是发生在山东高密东北乡的一场可歌可泣的运动，同时又在一桩骇人听闻的酷刑展示中演绎了一段惊心动魄的爱情。小说在女主人公眉娘与她的亲爹、干爹、公爹之间的恩怨情仇和生死较量中展开。眉娘的亲爹是猫腔领班、后成抗德义士的孙丙，她的干爹是与她有过肌肤之亲的高密知县钱丁，她的公爹是曾在刑部司执刑的刽子手赵甲。眉娘想尽办法要救孙丙，但最终还是无济于事。最后，孙丙被赵甲施以檀香刑，眉娘的丈夫赵小甲成了帮凶。围绕"施刑"，小说展现了中国王朝政治没落中的诸多惊心动魄的事件，包括戊戌变法、镇压义和团运动、德国人在山东修建铁路等，同时也将封建王权和权力斗争的残酷性和非人道性表现得淋漓尽致，折射出了专制权力赖以存活的黑色土壤和阴暗法则。

总之，莫言的小说构造出了独特的主观世界，他将这个世界与历史背景相联系，展现了不同背景下人们的生存状态，其中始终不变的是人物身上所表现出来的那种原始力量。

第三节 对女性世界的揭示：女性主义小说创作探析

随着中国知识女性的社会地位、福利待遇等得到前所未有的提高，就业机会之类的问题也不断得到解决，更为重要的是女性的话语力量得到了无尽释放，从而让女性可以对女性意识进行进一步的探索。20世纪八九十年代以来中国女性主义小说创作主题体现为一种由外向内再向外的演变轨迹：由80年代初对新中国政治制度遮蔽下女性在社会、家庭生活中不平等现象的反思，向内转为80年代中后期对女性欲望主体性的肯定及女性生命主体意识强弱的反思，深化为90年代对女性性别主体性的展示；到世纪之交再次向外转为对传统历史民族文化结构中的女性意识的展示。这一演变轨迹反映出新时期以来中国女性主义思想在小说创作中的萌发、深化和拓展。20世纪90年代的女性代表作家有王安忆、迟子建、林白等，下面我们将对她们的小说创作进行分析。

一、王安忆的小说创作

王安忆(1954—)，祖籍福建同安，出生于江苏南京，1955年时随母亲茹志鹃移居上海。20 世纪 70 年代末，王安忆开始进行文学创作，并凭借短篇小说《雨，沙沙沙》等系列小说而在文坛崭露头角。此后，她接连发表了多部小说作品，其中《本次列车终点》获 1981 年全国优秀短篇小说奖，《流逝》和《小鲍庄》分获 1981—1982 年、1985—1986 年全国优秀中篇小说奖，《长恨歌》获得了第五届茅盾文学奖。

王安忆在众多女作家中成绩显著，不仅创作数量巨大，而且创作风格多变。总体来说，其创作轨迹比较清晰，可以分为两个时期：一是 1979 年至 1983 年的"雯雯"时期，主要表现个人少女时代的经验和感受；二是 1984 年以后的多元探索时期。

王安忆最初的小说创作是从儿童文学开始的，代表作是发表于 1979 年的短篇小说《谁是未来的中队长》。自 1980 年起，她以自己的知青生活、文工团生活为素材发表了"雯雯系列小说"，其中重要的一部就是《雨，沙沙沙》，这是王安忆一首关于一个女孩子的纯情之歌。小说主要写雯雯从农村回城后，没有像其他一些赶时髦的姑娘那样，打扮得花枝招展。她朴素自爱，喜欢思索，在自己内心的波涛里，追逐着美好的情感。一天深夜，春雨下个不停，雯雯下班后没能赶上末班车，心急如焚。就在这时，一个青年主动让她坐在他自行车的后架上，送她回家。临别时，青年人留下了温存友爱的话语："只要你遇上难处，比如下雨了，没车了，一定会有个人出现在你面前。"这话像沙沙落下的春雨，滋润着雯雯曾经荒芜的心田。后来，她谢绝了车间主任给她介绍的大学生小严，天天用眼睛在阳台下的树影中寻找"他"。作品以抒情的笔调细腻地表现了主人公对理想、对爱情的执着追求。

20 世纪 80 年代以后，王安忆曾陪同母亲去美国旅行了 4 个月，异域文化使她的思想感情、世界观、审美观念等方面经历了较大冲击和变化，回国后，她的创作进入了多元探索的时期。这时她的小说创作特点，我们以《小鲍庄》为例进行说明。《小鲍庄》通过对一个远离政治旋涡的偏僻村庄——小鲍庄，从动乱到新时期农村经济变革开始的这段时间里世态众相的描绘，呈示了平凡而卑微、真实而丰富的人生。小说的主体由文化子和小翠的恋爱、拾来与二婶的结合、鲍秉德的婚姻及捞渣的故事构成，作者以逼真的描绘，展示了代代相传的信仰、习惯、伦理规范、生活和生产方式在这块封闭的土地上演播的人生活剧。作品既有个体命运、心态的刻画，又有群体生态和心理趋向的把握，尤其出色的是对小鲍庄稳定的生活情态背后超稳定性的伦理观念的揭示，显示了深沉厚重的文化底蕴。小说以反讽的手法，深刻地描绘了"仁义"的弥漫与堕落，对民族文化心理的开掘与透视进入哲学层面。小说中的小鲍庄是一个充满仁义之气的村庄,这个仁义之乡的精灵——捞渣,是一个极具艺术魅力的象征。作者正是通过对这个仁义之子的仁义行为的描述,渐次呈现出了我们民族文化心理的风貌。捞渣死后把他偶像化的闹剧,让我们看到了仁义被亵渎的真实历程。小说在叙事体态上做了一些有益的尝试,以结构的方式代替情节的方式,人物和故事构成几个块面共时进行,经纬交织,意向纵横。小说采用客观的叙述语调,标志着创作主体由自我中心向非自我中心转变的完成,但强烈的主观情感和态度,仍在村民生存状态和生活状况的呈现过程中透露出来,作者对笔下的人物怀有复杂的感情。这种块状多元的叙述形态,客观上强化了作品的信息容量和象征蕴涵,提升了作品的审美价值。

20世纪90年代以后,王安忆的写作风格有了很大变化,比如《长恨歌》是王安忆最著名的作品,《叔叔的故事》《乌托邦诗篇》等用现实的材料来虚构故事,再用小说的精神来改造平凡俗常的世界。到了《长恨歌》里,她的语言风格变化更大,由简洁变得绵密繁复,极其细致地写出了上海的城市精神。《长恨歌》讲述了上海女子王琦瑶悲剧的一生,王安忆没有在小说中正面地叙述历史事件的发生,而是把40年的历史变迁切成了一块块的碎片,在王琦瑶的生活中一点一滴地体现出来。城市的命运融化在人物的命运里,人物的命运也就成了城市的命运。人生的苍凉,也透露出历史的苍凉。在《长恨歌》里,王安忆笔下的历史只是时间的代表,她极力描写的是带有不同阶段历史特点的氛围、气息和感觉,是特定阶段人们的生存面貌、精神状态、人生趣味。

《长恨歌》通过描写王琦瑶传奇的一生,刻画了一位生动鲜活的女性形象,显示了上海女性特有的品味和气质,王琦瑶不仅有着独特的个性,还具有上海女性某些群体性的共同特点。她是上海弄堂里走出来的既普通又典型的女孩,既聪明过人、精致美丽,又坚定地面对生活,这些都是上海女人的特点。从拎着荷叶边的花书包的女学生,到"沪上淑媛",再到"上海小姐",王琦瑶凭借的是上海女孩的聪慧与勤奋。李主任死后,王琦瑶不得不一个人跑到外婆家,她虽然没有出路,但顽强地生存了下来。

等她再次回到上海,住进平安里二十九号,并在弄堂口挂起了护士牌子时,已经完全被上海的市井精神浸润,明显成熟了。在与康明逊艰难的爱情中,王琦瑶保持了上海女性的聪颖与精细,面对命运的打击,她再一次以世俗的智慧向俗世挑战,表现出坚定的勇气。而在20世纪80年代上海的舞会中,王琦瑶与摩登青年的忘年恋终于使她的聪慧与忍耐开始坍塌,并由失控带来最终的精神崩溃。王琦瑶的人生意义在于,她与几个男人的情义离合都是她细心经营、精心追求的,而上海的发展变化也在无情地改变着包括王琦瑶在内的每一个人的命运。就像小说里所说的那样："上海弄堂里，每个门洞里，都有王琦瑶在读书，在绣花，在同小的姊妹窃窃私语，在和父母怄气掉泪。上海的弄堂总有着一股小女儿情态，这情态的名字就叫王琦瑶。"王琦瑶与上海这座城市是融为一体的，也正是在对这样的王琦瑶式的女子的刻画中，体现出了作家的深刻。

二、迟子建的小说创作

迟子建，1964 年 2 月 27 日出生于黑龙江省大兴安岭地区漠河市北极村。中国作家协会会员、一级作家，中国作协第六、七届全委会委员，中国作协第九届主席团成员 。1983 年，开始文学创作。1984 年，毕业于大兴安岭师范学校。1987 年，进入北京师范大学与鲁迅文学院联办的研究生班学习。1990 年，加入中国作家协会；同年，毕业后到黑龙江省作家协会工作。 出版长篇小说《茫茫前程》《伪满洲国》《额尔古纳河右岸》《白雪乌鸦》《群山之巅》。 2020 年 1 月 15 日，当选为黑龙江省政协第十二届委员会副主席。

在日常生活中发现"风景"并赋予"风景"以"心灵"的意义，是迟子建小说的个人化方式。她创作至今，普普通通的生活和平凡的人生始终是她书写的主要对象，农夫村民、贩夫走卒和知识分子是她笔下的主角。她将小人物置于社会风俗画的场景之中，在人间烟火中取暖，从平常生活中发现诗意的光芒，这在《清水洗尘》《秧歌》《五丈寺庙会》《树下》《雾月牛栏》《白墙》《逝川》《旧时代的磨房》《一坛猪油》等小说中都有出色的表现。发现美好的愿望，使迟子建的小说弥漫着一种人性的温暖，而在表达温情的同时，迟子建并不忽视生活苍凉的一面，她对温情的渴望，恰恰是因为觉察到人生苍凉的底子，如在其中篇小说《世界上所有的夜晚》中，小说以一位女性知识分子，如何领悟、承受、消融、超越苦难的能力为主题，描写妻子日夜思念因车祸去世的魔术师丈夫，最终在生活的苦难中冲淡了哀伤。丈夫剃须刀里的毛发洒向河流，也最终化为蓝色的蝴蝶。对苦难的超越，让人性在忧伤中散发出温情的色泽。迟子建小说的抒情风格，常常使人想到东北的现代作家萧红。

迟子建小说创作处于一种开放的多元思维的状态。极少对其笔下的人物作非此即彼的评述，而是不动声色纯客观地叙述居多。这使其笔下的人物更贴近生活，贴切自然，绝少那种美丑善恶分明的对比描写，更多的是呈现一种复杂多样的交融状态。例如，中篇小说《岸上的美奴》中的女主人公美奴，作者既描写了她的单纯美丽，她对美好生活的向往，同时又表现了受传统道德观念的束缚过深,使她不堪忍受人们对其母亲与白老师之间交往的种种非议猜测,于是泯灭亲情将母亲推入江中,以求精神上的解脱,但她并未如愿,为此却陷进另一种外力的威胁之中。作者通过这个形象对边地人的封闭落后愚昧揭示得十分深刻。这个艺术形象无疑是作品深刻的思想性的体现,揭示了线性的简单的思想方式对于人们精神的戕害,而这种戕害又由于边地的封闭愚昧显得更加触目惊心。这个形象给予人们的思索是多元的。

三、林白的小说创作

林白(1958—　),原名林白薇,广西北流人。曾插队两年,在此期间做过民办教师。1982年毕业于武汉大学图书馆学系,曾先后在图书馆、电影制片厂、报社等处工作。19岁开始写诗,后从事小说写作。主要作品有中短篇小说集《致命的飞翔》《同心爱者不能分手》《子弹穿过苹果》等,长篇小说《致一九七五》《一个人的战争》《妇女闲聊录》《说吧,房间》《青苔》《万物花开》等。

20世纪90年代,林白的小说表现出强烈的女性意识和个人化气息,通常采用"回忆"的方式进行叙述,尤其擅长讲述绝对自我的故事,描写女性身体欲望与感情憧憬,并善于把握女性复杂微妙的内心世界,浓烈阴郁,充满南国色彩。因此,林白的小说将女性的经验推到了极端,彻底揭示了女性的隐秘世界,具有强烈的个人风格。

《一个人的战争》具有相当的自传色彩,是林白最有影响,也是最受争议的一部长篇小说,同时也是当代中国女性意识的代表作。小说讲述的是女孩多米在对男权阴影的反抗与迷恋中成长的过程。多米自五六岁就开始不断抚摸自己,在蚊帐和镜子中初识自己身体的欲望,于是,她开启了探索自我身体的路程。由于对性的好奇,多米渴望被强奸以获得快感,但在大学及旅途中与陌生男人的交媾,造成了她心理上的失落。然而,多米又担心自己会成为同性恋,并在这种担忧之下接受了一场"傻瓜爱情"。慢慢地,她开始自惭形秽,最终选择了逃离,投入了一个人的战争。正如作家自己所说的"一个人的战争意味着一个巴掌自己拍自己,一面墙自己挡住自己,一朵花自己毁灭自己。一个人的战争意味着一个女人自己嫁给了自己"。

作家在小说叙述中也隐含了女性在现实生活中所遭受的极大伤害,展现了一个女人和男权中心社会的战争,以及一个女人自己和自己的战争,这也正是"一个人的战争"的双重含义。

小说大胆触及性禁区,真实而具体地描述了女性的性意识以及身体欲望的觉醒过程,有很多细节的描写超越了世俗道德的约束,展现了大量有关少女和成年女性的爱欲心理和行为,这正是小说的意义所在。

总之,林白的小说表现出异常强烈的女性化特点,突破了男性的话语禁忌,极端地描述了女性个人体验,探索了女性生命的真相。

第四节 对文化道德的思考:文化道德小说创作探析

20 世纪 90 年代以来的小说创作中,以张承志、张炜、史铁生等为代表的小说家,高举道德理想主义的大旗对文化道德进行了重新思索,从而形成了文化道德小说。这种类型的小说崇尚自然、歌唱理想、颂扬人道,与当时大众化、世俗化的文学潮流形成了对抗。在这里,我们主要通过张承志、张炜、史铁生的创作实践来对他们小说的创作主题进行分析。

一、张承志的小说创作

张承志,回族,1948 年生于北京,1968 年到内蒙古插队,1975 年毕业于北京大学历史系考古专业,1978 年进入中国社会科学院研究生院民族系,1981 年毕业获得历史学硕士学位,精通英语、日语、西班牙语、阿拉伯语,对蒙古语、满语、哈萨克语亦有了解。他 1978 年开始发表作品,早年的作品带有浪漫主义色彩,语言充满诗意,洋溢着青春热情的理想主义气息。后来的作品转向伊斯兰教题材,引起过不少争议。张承志是中国当代最具影响力的作家之一,代表作有《北方的河》《黑骏马》《心灵史》等。已出版各类著作 30 余种。在这里,我们主要对他的《心灵史》进行分析。

《心灵史》是用文学形式写就的一部宗教史,融宗教、历史、文学于一炉。全书共有七个章节,即七门,分别讲述了七代导师(穆尔什德)的故事。在第一门中,作者讲述了哲合忍耶教建教者马明心的故事。马明心是一个孤儿,他 9 岁那年跟着叔父等人去寻找圣地,在这个过程中,他与叔父和其他人失散了。后来,他遇到了一个老人,在老人的指引下去了伊斯兰教苏菲派的传道所,在那里进行学习,之后,他回到了中国,创办了哲合忍耶教。通过哲合忍耶教的创教过程和其他教派之间的纷争,作者对哲合忍耶教的教义进行了充分的展现。第二门讲述的是平凉太爷的故事。为了保证哲合忍耶教能够永远传递下去,他不断地躲藏着追捕。第三门讲述的是马达天的故事。在马达天的努力下,哲合忍耶教形成了两项新的规定,第一是剃须,第二是打梆子。第四门讲述的是马以德的故事。他是马达天的长子,规定了许多哲合忍耶教的细节,他是第一位寿终正寝的导师,"他没有获得殉教者的名义和光荣,而哲合忍耶获得了全面的复兴"。第五门是讲述了马化龙,即十三太爷的故事。在太平天国运动爆发期间,金积堡被围困数年,后来,马化龙自缚走出金积堡东门,请以一家八门三百余口性命,赎金积堡一带回民死罪。他的妻子西府太太没有被处死,而是带着八个箱子离开了那个地方,这八个箱子中有四个是传教的"衣扎孜"衣钵。马化龙则被酷刑折磨了 56 天,后来被凌迟。第六门讲述的是马进城的故事。他是马化龙第四子的儿子。受一位在北京做官的教友的疏通,马进城没有被处死,而是到了汴梁,后来,马进城在死后被追认为教主。第七门讲述的是马元章的故事。他以张家川一隅为根据地秘密展开了复教的行动。整部小说通过哲合忍耶教七代导师(穆尔什德)及其信众凄美悲壮的英雄故事,展现了中国伊斯兰哲合忍耶教派从清代乾隆年间至今的二百多年来创教传教、爱教、护教的一段鲜为人知的痛史。

在这部小说中,张承志对为保卫内心世界而不惜殉命的回族气质表示了崇高的敬意,并说"在此找到了'男子汉的渴望皈依、渴望被征服、渴望巨大的收容的感情',哲合忍耶成了他理想的归宿"中。在他看来,数度濒临绝境的哲合忍耶能以死而复生延绵发展,精神本源上的东西才是其最根本的原因。

《心灵史》在发表后,曾引起了文学界的不同反应。有人认为,它是"真诚地诉说苦难的书";也有人认为,它因"宗教文献的深奥、奇迹描写的神秘、考证、议论,使一般读者不胜重负,特别其中只属于作者个人的神秘激情,世俗之众缺乏能够读解其意义的信仰前提",难以为大众所接受,但是小说中所表现出来的对精神信仰的主流,是值得肯定的。与此同时,这部小说也表现出了张承志对小说创作的另类尝试。

二、张炜的小说创作

张炜(1956—)的小说通过关照乡民生活的文化和哲学,对当下人们的生存状况和文化困境进行了揭示,进而对中国文化的命运和出路问题进行思考。其代表作是《古船》《九月寓言》。

出版于 1986 年的长篇小说《古船》(人民文学出版社出版)是真正奠定张炜在当代文坛地位的代表作。《古船》毫无讳饰地描写了 20 世纪 40 年代到 80 年代中国农民所走过的苦难历程。作品塑造了赵炳、赵多多、隋见素、隋抱朴等一批文学形象,并通过剖析这些典型人物形象而触摸到了中国几千年封建社会传统的宗法势力和农民文化心理。在新中国成立以后的几十年里,洼狸镇的生产手段、生活方式、思维方式、道德观念,没有任何具有历史意义的变化。作品深刻揭示了洼狸镇人对于传统的盲目崇拜,身在现代心在远古的顽固的保守性,深入批判了传统宗法文化的危害和洼狸镇人的愚昧、偏狭和麻木,整个作品弥漫着浓郁的文化批判和社会批判意味。

《古船》是一部采用多时态、开放式结构,反映我国农村变革的具有历史纵深感的作品。整部作品用现实主义笔触写成,又不无象征地表现出魔幻现实主义的神秘色彩。作者十分注重对群体意识的描写,许多地方都从群体的角度去看待人物,感受氛围,并表达群体对事件的评价态度,从而为小说的叙述方式提供了富有独特性的角度。在描写不同历史时期的事件时,作者透着几分含蓄的幽默和调侃,使许多悖谬的事件带有令人发笑的沉重。这一切,使人们从一个个家庭的纷争看到当下的社会变迁与动荡,从此起彼伏的因果报应中,看到那些关于贫富、善恶的永恒命题;从家庭与个人的荣辱兴衰中看到了人性的沉沦和物欲的泛滥。

出版于1993年的长篇小说《九月寓言》被人称为是20世纪中国文学的殿军之作,它所描写的是一组发生在田野里的故事,具有极其浓厚的民间色彩。小说写了一个"小村"的几代村民的劳动、生活和爱情故事,具体由三类故事所组成,即小村现在的故事、小村的历史传说和小村村民的口头创作。小村现在的故事实际上描写的就是现实中的小村,并隐约透露出了20世纪70年代的中国农村信息;小村的历史传说有着一定的传奇性,如描写到的瞎眼女闪婆和流浪汉露筋在野地浪漫野合的故事,以及农民金祥不惜千里迢迢买回鏊子进而使小村的食物方式改变的故事等;小村村民的口头创作也就是通过人物之口所转述出来的历史故事,这些历史故事明显是经过了叙述者的主观夸张和变形,如描写到的独眼义士30年的寻妻传奇等。小说中,最为突出的是那种扑面而来、无所不在的野地精神、野地气息,那是生命之源、力量之源。但是,现实中的城市正以污染的环境、沦落的道德、虚伪的人性构成对野地的侵害。因此,在小说的最后,主人公逃亡、村庄沦陷以及冲天的大火,正是原始生态被现代文明毁灭的巨大寓言。

全书共有七章内容,七个章节共同构成了小村的真实生活场景。每一个章节都依据自身的主题,将相互交错的几个故事联在一起。与此同时,不同的章节之间的人物与故事相互勾连。第一章通过村姑肥夫妇俩的视角,对往事进行了回忆。从第二章开始,作为独立叙事者的作家正式插入故事的场景之中,此时,寓言的虚拟性逐渐取代了由回忆所带来的真实感。

小说中的时间处理是十分独特的,它采用了神话式时间认识,"以绵延不绝、生生不息而又凝滞不动共时永恒的物候时间呈现了小村人的生存状态。这样的时间背景使得小村似乎游离于历史之外,源于历史的意识形态内涵随之隐退,神话寓言的解释系统敞开了写实背后的深层意蕴"中。应该说,这是小说颠覆现代性的起点。对于小村中的人来说,他们的生活内容和方式不管是从旧社会到新社会、从受压迫到解放,还是春去秋来,年复一年,日复一日,都没有什么改变。小说中的"九月"具有象征意义,无限重复的九月将小村世界变成一个永恒的乌托邦。

总之,《九月寓言》通过诗意的叙述方式、抒情的感伤叙述基调以及形而上的哲学化的文本品格,对人的生命活力与激情进行了彰显。

三、史铁生的小说创作

史铁生1951年出生于北京。1967年毕业于清华大学附属中学,1969年去延安一带插队。因双腿瘫痪于1972年回到北京。后历任中国作家协会全国委员会委员、北京作家协会副主席,中国残疾人联合会副主席。2010年12月31日突发脑溢血逝世,享年59岁。史铁生在20世纪90年代的小说具有一定的虚幻化,而且充满了形而上的色彩,呈现出鲜明的基督宗教意识。其代表作是《务虚笔记》。

《务虚笔记》这部小说有着很强的抽象性和玄妙性。小说中塑造了很多的人物,如残疾人C、医生F、诗人L和T、教师O、导演N等。但是,这些人物全都不具有典型性,只是一个个全息性的、平等的、不可孤立的符号代码,从而彻底将人物符号间的差异打破,使所有的人只剩下男人和女人。这体现出鲜明的佛教平等观。小说第一章的第一句为:"在我所余的生命中可能再也碰不见那两个孩子了",将"生命"一词作为全书的一个重要主题。

总的来看,这部小说主要揭示的就是生活的偶然性,如果你打开的不是这扇门,而是另一扇门,你遇到的人或事就会不一样,有些东西在生命中会存在,也会消失。梦想的自由最终要通向务虚的"道体"。

总之,《务虚笔记》将真实与虚幻融为一体,从"真实'中窥见幻梦的真象,在幻想中发现'真实'的奥秘",从而借""真实'的历史事件、个人命运、爱的苦乐等各种遭遇,去寻求虚幻的意义和解脱;借小的事物去领悟宏大的'道体'"。

第五节　对人们心理心态的展现：新生代小说创作探析

20 世纪 90 年代初，文坛上崛起了一个年轻作家群——新生代作家群，他们带有新潮与前卫意义的独立个性的艺术追求和表现风格一直是文坛近三十年来持续关注的热点话题之一。文坛的"新生代"作家们关注 90 年代中国变动的社会现实，关注社会大众真实的生活状态与精神症候，在创作上紧跟时代发展的步伐，以个人化都市生活经验直接书写当下都市男女在情感、婚姻、工作等方面所遇见的困境与焦虑，突显当下消费社会中都市与人之间的复杂关系，寄予作家个人的精神关怀。

一、毕飞宇的小说创作

毕飞宇（1964—　），江苏兴化人，1987 年毕业于扬州师范学院（现扬州大学）中文系，当代作家、南京大学教授、江苏省作家协会副主席。中国作协第九届全委会委员。获文学学士学位，20 世纪 80 年代中期开始小说创作，作品曾被译成多国文字在国外出版。作品有《青衣》《平原》《慌乱的指头》《推拿》《雨天的棉花糖》《枸杞子》《生活边缘》《玉米》等。

毕飞宇早年的乡村生活经历使他对正在逝去的乡村文明和淳朴健康的人性表现出眷念和伤感，社会转型期城乡的巨大差距造成了"乡下人进城"的事实，因此他的都市小说中常常体现了乡（镇）人性状态和都市与乡（镇）价值观念的冲突，以及现代生活方式和价值观念对传统的拒斥。他的小说因此具有一种"古典主义式的感伤气息"。

人的"问题"心理即通常我们所说的人的"病态心理"，或者是人被异化后的心理，在毕飞宇小说中主要指那些正常人的人格在特殊情况下发生心理扭曲或畸变等。这些被扭曲、异化的人，既让自己成了一个精神"不健全"的人，又给别人带去无数的伤害与痛苦。从毕飞宇的小说中总结出，其小说人物的问题心理主要由三个因素造成，即外在世界的权力、金钱诱惑以及个人自身情感的失衡。

权力在毕飞宇的小说文本中是一个重要的创作主题，在他的许多作品中都可以看到权力书写的痕迹。在一次访谈中毕飞宇说到："权力，或者说，极权，一直是我关注的东西。每个作家都有他不愿意放弃的兴奋点，我的兴奋点是在这儿。对我来说，我的理由就是对极权的关注，也可以反过来说,我关注最基本的人的权力。"这是毕飞宇发表的对自己创作中权力主题的看法,可以了解到毕飞宇一直都非常关注权力,尤其是人的权力,权力是他创作的兴奋点。从创作初期到现在,毕飞宇在权力主题的表达上一直有着自己的思考,并且一步步成熟,形成了自己书写权力的特有风格。在小说创作中,毕飞宇不像以往作家那样书写权力机制、权力作用、权力腐化等问题,而是善于通过描写权力影响下不同人物的生活与遭遇,从侧面向我们展示权力对人的伤害、扭曲,甚至是摧毁。毕飞宇笔下的这些人物可能因为权力而互相算计、互相争斗,甚至不惜一切手段迫害对方;可能因为对权力的贪婪与渴望,罔顾伦理道德,放弃自己的人格与尊严;也可能利用手中的权力为所欲为,压迫弱者与无辜者,把他们当做权力的踏板踩在脚下。在权力的光环与诱惑下,这些人物的心理已被极度异化、扭曲。毕飞宇凭借自己细致敏锐的洞察力,对权力视域下不同人物的"问题"心理进行了具体而深入的解剖。

如毕飞宇的代表作《玉米》三部曲。小说书写了权力视域下玉米三姐妹的不同人生经历与遭遇,刻画了她们在权力影响下的问题心理,即对权力都有着强烈的渴望,一直生活在权力的角逐中,权力不仅对她们的生活造成了重大影响,并且一步步扭曲了她们的人性。玉米是家中的老大,强势能干,从小生长在权力的光环下,让她很早就知道权力对自己和家人的重要,尤其后来父亲王连方权力被剥夺以及自己婚恋失败的变故与遭遇,让玉米更加意识到权势对自己生存的重要性。小说中对玉米以婚姻幸福换取权力的描写,深刻地揭示了玉米因权力造成的"问题"心理:"不管什么样的,只有一条,手里要有权。要不然我宁可不嫁!"

> 过日子不能没有权。只要男人有了权,她玉米一家还可以从头再来……

家庭的变故以及失去权力的落差感,让玉米内心对权力产生了更加强烈的渴望,不惜把自己的婚姻当做换取权力的筹码。在权力的追逐过程中,玉米非常果断又不顾一切,不论结婚的对象是谁都无所谓,只要有权,能让她重新获得权力,她就嫁给谁。权力让玉米压抑了个人的正常情感和天性,让她最终毅然选择嫁给了能当他父亲的县革委会主任郭家兴,只因为他手中有权,能满足玉米对权力的渴望。玉米用婚姻向权力妥协的同时,还得在背后默默忍受着不为人知的痛苦。因为为了获取更多的权力,为了巩固手中的权力,玉米不得不多次用身体和性去巴结讨好郭家兴,从而压抑自己身体的正常需求,而权力带给玉米的痛苦,让她对权力更加极力维护,并且不惜伤害他人。尤其体现在玉米毫无人性地压制自己的妹妹,破坏她的幸福,让她屈服在自己的权力之下。此时玉米的心理已经彻底被权力改造、异化,在权力的残害下,失去了自我、失去了人的本性,走向了心理变异的深渊。

相对于玉米,她的妹妹玉秀也是一生都在为自己的权力斗争,谋求自己基本的生存权、恋爱权和生育权。玉秀对待权力始终是一种渴望及攀附的心理状态。在家中时,玉秀在父亲王连方面前讨好卖乖,希望仗着父亲的权力在家中得到重视,并以此与姐姐玉米作对。被村人强暴后的辛酸与无情谩骂更让玉秀意识到权势的重要,于是她又去投靠自己的姐姐玉米,希望攀附姐姐手中的权力,但是投靠玉米后她还不甘心,暗地里想与玉米争夺在郭家的权力地位,但始终被权力紧紧地压制着,以致最终绝望——"彻底地安稳了"。

玉秧是一个纯朴、老实且平庸的人,她只是想要得到别人的尊重,不想别人因身份和性别而看不起她。所以,玉秧心理始终是无意识地、被动地接受"权力"。她是身不由己的,在尝试了被人重视的滋味儿后,爱上了这种"特权享受",以致为证明自己的清白而被自己的老师性侵才"终于放心了"。

与玉米姐妹相比,《平原》中的吴蔓玲,则是被权力桎梏了自己的心理,从而压抑自己最基本的人性,以致走向精神失常的人生悲剧。吴蔓玲有着村支书的身份,所以决定了她手中拥有着权力,这使她在那个时代背景下必定是受人敬仰的。然而却也因这个权力身份压抑了吴蔓玲,让她不得不放弃女性的基本生理和心理需求。吴蔓玲不仅压抑着内心对端方的爱,对自己的好姐妹和三丫非常嫉妒,还经常一个人在冰冷黑暗的夜晚让孤独寂寞啃噬自己的心。为了所谓的权力身份,吴蔓玲还不得不把自己打扮得更像一个男人。"要做男人,不要做女人",吴蔓玲的口号正是权力这只无形之手对心理造成的扼杀,并以强大而幽深的力量腐蚀了她的思想,让她在被权力压抑的路上一直前行,最终失去了个人的自我意识,甚至失去了人的意识,变成了"政治动物",并且最后竟然要靠一条狗来唤醒她心理压抑已久的情感冲动:"端方,我终于逮住你了!"

毕飞宇书写的这些女性们,在权力文化控制的命运面前,她们或是束手无策只能被动地接受,或是主动迎合权力,在权力的追逐中失去自我,走向心理扭曲与异化的深渊,最终难逃悲剧的命运。与这些女性相比,毕飞宇在小说中也刻画了男性在权力视域下的问题心理。男性在社会或家庭中一般处于主导的地位,同时他们对权力极力崇拜,嗜权如命。

对权力的强烈欲望促使他们不断追逐权力,并且肆无忌惮地玩弄权术阴谋去损害他人利益。权力不仅吞噬了他们的灵魂与良知,更让处于他们权威之下的弱者遭受无尽的伤害与痛苦。比如《玉米》三部曲中的王连方、郭家兴、魏向东等男性,毕飞宇通过描写三人仗着手中的权力换取他们对女性的随意占有,深刻地揭示了这些男性因权力造成的"问题"心理。

王连方是王家庄的村支书,这个象征着权力的身份,让王家庄的村民一直对他心存敬畏。这份敬畏王连方自己也非常受用,并且还将其延续扩大,文中写到的他家里的那个"高音喇叭",就是他放大权力的工具,让他将权力威严笼罩在整个王家庄。毕飞宇在小说中通过描写王连方利用手中的权力几乎"睡"遍了村里的女人,刻画了王连方被权力扭曲的"问题"心理。最典型的事件是写到他与有庆家的在偷情的时候,恰好被有庆撞见,王连方却无丝毫羞耻与胆怯,反而对着有庆说:

"有庆哪,你在外头歇会儿,这边快了,就好了。"有庆转身就走了。

这一典型事件的描写深刻地揭示了王连方卑鄙无耻的内心。他利用手中的权力,让村里的女人被其压迫着,沉默着。对于他的不耻行径,村民们也只敢暗地里嘲讽,却不敢有所反抗。权力不但异化了王连方的心理,也压抑着村民的内心,让他们对于这份耻辱一味地忍让,懦弱且愚昧,甚至他们还得迎合王连方,这在一定程度上强化了王连方的权力力量,并让他心理有恃无恐起来。

除了王连方,毕飞宇在《玉米》中还刻画了一个被彻底权力化的"机器"——革委会主任郭家兴。同样地,郭家兴也是利用手中的权力影响着他周围的女性,并且相比于王连方,郭家兴对权力的玩弄进行得更加隐秘而霸道,其卑鄙无耻的心理尤其体现在他不顾医院的"晚期老婆"去与玉米相亲。婚后与玉米的性生活,也彻底暴露了这个权力"伪君子"的龌龊心理,他不断用手中的权力恩惠换取玉米对他的巴结与奉承,让玉米沦为他泄欲的工具,满足他的性需求。他与玉米之间的婚姻就是一场"以权换性"和"以性换权"的交易。毕飞宇对这些事件的描写以及人物形象的塑造,深刻地揭示出这些男性因权力造成的丑陋而又卑鄙的心理。

在毕飞宇笔下,我们看到了作家呈现的多个权力嗜欲者、压抑者、被害者的问题心理。

对权力的嗜欲贪婪让他们不顾一切地疯狂追逐争夺,让他们肆无忌惮地玩弄权术;被权力压抑,让他们在一步步地压制下丧失自我,丧失人性；被权力迫害，让他们终于麻木不再抵抗。毕飞宇用手中犀利的笔嘲讽了那些权力嗜欲者，同时通过刻画他们被权力扭曲、畸变的"问题"心理讽刺批判了那个时代的权力政治，也对那些被权力压抑和迫害的人们表达了个人的无奈与同情。

在商品经济时代，金钱虽不是万能的，但是没有金钱却是万万不能的。20 世纪 90 年代的中国，随着市场经济飞速发展，现代化进程日益加快，人们的生活方式、价值观念、道德伦理等发生了巨大的变化。在这些巨变下，人们的心理暴露出了越来越明显的变化与问题。其中，金钱欲望与身体感官的享受成为人们极力追求的目标，并且在金钱物欲的诱惑与身体爱欲的追求中，人性的美好一面被扭曲、异化。金钱成为了人们对生活的评判尺度与价值准则，为了改变生存现状、获得金钱利益享受，人们可以放弃自我理想与个体原则，屈从于金钱物质的诱惑；为了金钱人们可以出卖自己的灵魂和肉体，可以完全放弃人的道德底线，使所有做人的道德准则都成为了一纸空谈。在小说中，毕飞宇还用他细腻的笔触为我们刻画了金钱欲望下不同人物的"问题"心理，即对金钱的极度渴望与人性迷失。

毕飞宇早期作品《叙事》中的林康，就是一个悲哀又可怕的金钱狂热者。林康总是羡慕别人的生活，与他人相互攀比，一边抱怨自己的丈夫赚不到钱，一边为满足自己的物欲，不惜出卖自己的肉体。随着抱怨越来越多，积怨越来越深，林康内心的物欲更加膨胀，对金钱的渴望心理达到了一种可怕癫狂的地步。毕飞宇在小说中用一段略带幽默的话语形象地刻画了林康被金钱腐蚀的"问题"心理：

> 她们在梦中被钱惊醒，醒来之后就发现货币长了四条腿，在她们的身边疯狂无序地飞窜。她们高叫钱。

林康对金钱的渴望逐渐扭曲了她的人性，让她眼里除了钱别无他物，她与自己的丈夫不断为钱而争吵，甚至逼迫得他不得不离家。为了钱她一边自己下海做生意，一边与自己的老板"打得火热"。昔日单纯天真的林康，早已变成金钱的奴隶，整个人物的思想灵魂、语言行为都被金钱所控制，一切都以金钱为目的，钱成为了她衡量一切的标准。亲情、友情、爱情等，都已被那一张张薄薄的纸片所摧残。

同样地，《家里乱了》中的乐果也是主动迷失在金钱欲望中。乐果想要过更好的生活，对金钱的渴望以及内心的虚荣，让她丢掉幼儿园的教师身份，走进了灯红酒绿的夜总会。

在她用自己身体换来金钱改善了家人的生计后,金钱的满足让她不可抑制地爱上了这样一份工作,甚至为此完全放弃了自己的人格与尊严。毕飞宇在小说中写到乐果第一次肉欲交易后的心理起伏,恰是她被金钱扭曲的真实刻画:

> 初始时杂揉着失落与愤怒的复杂心态在金钱的麻醉下瞬间就转化为"可以承受和应允"的快乐,偶尔偷欢的兴奋立刻就被对风尘身份的认同所代替。

乐果那颗尚存一丝羞耻的心此刻已被金钱完全打败,看到钱时隐隐还有着喜悦与兴奋。从此乐果一发不可收拾,彻底沉沦在金钱的欲望世界里,甚至是婚姻破裂的危机也无法挽救乐果被金钱腐蚀的心理。为了物欲享受而萎靡堕落的乐果让人感到痛惜。

再看《哥俩好》中的两兄弟,两人的人生经历也真切地诠释了金钱物质驱使下的心理蜕变。大哥图南在金钱物质世界中努力奋斗拼搏,但是换来的却是心理的再次困惑与迷茫,并最终造成自己心理分裂。后来他试图从安排弟弟图北的人生中得到心理的安放与救赎,却是将图北带进了金钱物质的污浊世界,让图北的心理对物质欲望更加崇拜,甚至不断追求城市享乐,追逐着灯红酒绿和车水马龙,完全堕入到对物欲的追逐之中。

此外,毕飞宇在小说《相爱的日子》中,刻画了一个衣食无着的大学毕业生"她",本与"他"一起在城市中相依为命,但现实的压力,以及对物质的强烈渴望,让她也走向了物质欲望的深渊,最悲哀的是,在一场彼此的性爱后,让"他"帮忙选择一个大款来托付自己的终身。另外,《因与果在风中》的尼姑静妙在和尚的引诱下还俗,却还抵挡不住货郎身后那真正的俗世生活……

毕飞宇笔下的这些人物,由于难以抗拒更高层次的物质生活,不惜出卖自己的肉体、人格,争先恐后地成为金钱的奴隶。这些金钱驱使下的灵魂,因为拒绝了道德源泉的支持,在金钱至上的社会中,把自己的身体作为改变自身困境的有效途径,做出违反本性、丧失尊严的行为。不可否认,我们人对金钱物质都是有欲望的。当我们对现有的物质生活状况不满时,我们都希望通过自己的努力去改变,去追求更美好的生活。但是我们在欲望释放的过程中,通常控制不住欲望的底线,总是不自觉地流露出自私、阴暗、污浊的心理弱点。被欲望吞噬的灵魂,让我们感受到了人性的脆弱和生命的沉重。

　　随着经济的发展,人们的物质生活水平不断提高,但同时人们的自我约束能力也在减弱,人与人之间的情感交流也越来越少。心灵情感的缺失继而导致了一系列不同问题心理的出现。作家毕飞宇以其锐利的眼光看到了人身上存在的这些问题心理,于是他用手中的笔客观冷静地将其揭示出来,让人们看看那被揭露的血淋淋的事实,看看那些情感失衡下孤独、悲伤的灵魂。在小说中,毕飞宇将之主要表现为儿童孤独无助的心理问题与母爱畸变的心理问题。

　　童年是人一生中最天真单纯的阶段,他们的内心犹如一张白纸。其生活周围的环境与外界的任何信息都可能在这张白纸上留下或深或浅的痕迹。即使偶然的一句话,一个动作也可能对他们造成挥之不去的影响。他们是如此脆弱、敏感,对潜在的威胁与伤害不知该如何面对处理。大人们在忙于争权夺利并自顾不暇之时,并没有过多的精力去管教或疏导他们,他们的忽视更让孩子们感到孤立无援、惶惑不安,以致造成他们的心理失衡。毕飞宇笔下的儿童,无忧无虑、天真烂漫的本性早已不属于他们,烙印在他们身心上的是孤独、冷漠、忧伤、愤恨、恐惧……

　　毕飞宇笔下,通过描写儿童们的日常生活,塑造了大量不同性格、不同遭遇但又鲜活生动的儿童形象。并且通过刻画儿童们的“问题”心理表达他对日益严重的儿童成长问题的忧虑。如毕飞宇的短篇小说《哺乳期的女人》,就刻画了一个留守儿童孤独寂寞而又忧伤的心理。留守儿童旺旺从小没有吃过母乳,并且他的父母长期在外打工,旺旺与他们接触非常少。情感交流的缺乏让旺旺心理始终处于母爱缺失的状态,即使是充足的奶粉与零食也不能满足旺旺心理对母爱的渴求。母爱的缺失使旺旺内心十分孤独寂寞,邻居惠嫂的出现却恰好弥补了旺旺内心情感的空白。而惠嫂喂奶的行为更激发了旺旺因孤独产生的对母爱的强烈渴望,如毕飞宇在文中所述:“惠嫂的毫无遮拦给旺旺带来了企盼与忧伤”;“旺旺闻到了那股奶香,在青石巷十分温暖十分慈祥地四处弥漫。”

　　旺旺对惠嫂奶香的企盼恰是他孤独寂寞心理的表现。在这种情况下旺旺无意识地咬了惠嫂的乳房,其实只是旺旺为满足自身正常的心理所需,只是一个孤独的孩童想尝试母爱的滋味儿,这只是他的无意识行为。但也正是他的无意识行为深刻地反映了一个儿童孤独寂寞的心理。然而村里人的不理解与无情指责给这个小男孩造成了更加严重的心理伤害。

　　再如中篇小说《生活边缘》,毕飞宇以血淋淋的残酷现实让我们目睹了哑女小铃铛的“问题”心理。小铃铛由于不能开口说话,父母出于内疚心理对她过分骄纵宠溺,但随着二胎弟弟的出生,父母对她的爱却骤然转移。面对这个突变,小铃铛心理十分孤独无助,既无法诉说,又担忧父母不再关心疼爱她。渐渐的,小铃铛心理的孤独无助转化为愤怒,最后升级为对自己弟弟的疯狂嫉妒。随着父母对她忽视的加剧,悲剧终于发生:小铃铛用剪刀剪去了弟弟的生殖器官。小铃铛此举就是报复父母对她的忽视,而她的疯狂举动并非是她一个人造成的,更多的是父母非理性的爱,以及对她心理疏导的忽视,让她产生了孤独、恐惧、愤怒、嫉妒等"问题"心理,并最终酿成了这个悲剧。

此外,毕飞宇还刻画了《蛐蛐蛐蛐》中平时被人孤立和欺辱,只能一个人孤独地捉蛐蛐才能获得一点儿心理安慰的二呆;《马家父子》中父母离婚了,又因为代际和文化差异而与父亲出现沟通障碍的孤独的马多;《男人还剩下什么》中因为夫妻不合,妻子灌输"坏"思想而被迫疏离父亲的女儿;等等。这些孩子们都因为日常情感的失衡,因为成长过程中缺乏应有的关爱与呵护,以及父母对孩子的管教和陪伴的减少,致使儿童心理的真正需求得不到回应,从而引发众多的儿童心理问题,导致他们在精神上经受着孤独和无助的心理煎熬。毕飞宇站在儿童们的立场,把儿童们的故事呈现在人们眼前,以求人们对这个严峻的社会现象进行深入思考:为什么在社会稳定、物质生活日益富足的今天,儿童的成长问题却愈发严重了?如何在现代文明背景下,不再让孤独、冷漠与恐惧成为儿童心里的烙印,帮他们找回丢失已久的快乐呢?

母爱是一种崇高的情感,具有强大的生命力和表现力,历来为世人所称颂,在文学作品中也被人们当作反复书写的主题。每位母亲都有自己表达爱的方式。毕飞宇在他的小说为我们塑造了许多的母亲形象,然而大部分都是情感失衡下心理畸变的母亲。毕飞宇刻画了这些母亲们或是因为无处寄托母爱,无法宣泄自己内心的情感,而将情感长久地压抑,导致自己走向精神失常的深渊:或是为大肆释放情感,而将情感紧紧绑锁着,让人透不过气,让自己的孩子逃离。无论是哪种情况,在毕飞宇的小说中都有所体现,他为我们塑造了众多母亲形象,刻画了不同母亲们的"问题"心理。

如长篇小说《那个夏季,那个秋天》里的母亲童惠娴。她是一位很不幸的母亲,这首先源于她一段被迫接纳的婚姻。而婚姻带给童惠娴的不幸与痛苦,让她把对儿子的爱当作情感的唯一归宿,并逐渐将内心的这份母爱无限放大,让自己心理走向一种极端。她用爱紧紧捆绑着自己的儿子,将爱变为对孩子自由的禁锢,用爱控制着孩子。这一切只不过是她非常担心失去自己的儿子。但也正是这份担忧让她的心理越来越恐惧、焦虑,让她不得不时时看住并控制孩子。小说中借助两处细节描写强化了她恐惧与焦虑的心理表现:给孩子喂奶,让孩子吃鸡蛋。在现实生活中这原本是两件极其平常普通的事,童惠娴却把它们当作神圣一般的仪式去强迫自己的儿子,企图以控制儿子的行为来表达她的爱。却不知这种强迫式的爱背离了她的初衷,不仅成为了压迫儿子的心理重担,最终导致儿子的逃离,并且也使她自己走向了心理崩溃的深渊。

与之相比,《婶娘的弥留之际》中的婶娘却是因母爱无处落实而压抑心理情感,最终使自己疯掉了。婶娘一生没有子嗣,但这并不妨碍婶娘内心对做母亲的渴望,并且因为从来没有尝试过做母亲的滋味儿,让婶娘的满腔母爱更加浓烈。随着丈夫的过世,以及教师工作的退休,婶娘更加没有了倾诉的对象,没有了情感宣泄的渠道。婶娘选择了压抑内心的母爱,而满腔的母爱无处寄托、无处安放,让她心理愈加孤独、寂寞。这种母爱无处寄托的孤独寂寞心理在婶娘疯掉后的行为中表现得更加明显。小说中有多处细节描写强化了婶娘对做母亲的心理表现,比如婶娘逼着要给别人洗手剪指甲,整天一个人自言自语问答关于孩子的问题,幻想出自己的孩子在睡觉不让别人大声说话,尤其是婶娘无端地固执地要"我"喝她的奶……这些都是婶娘疯了后无意识地将自己的母爱往别人那里寄托的行为,却将一位母亲因爱无处落实而压抑情感的畸变心理刻画得更加深刻。

除此之外,毕飞宇还刻画了《生活在天上》中因与儿子产生隔阂,又不适应城里生活,而将养蚕作为心理寄托的蚕婆婆,《平原》中为保护女儿不受伤害而扼杀其情感,并因女儿之死遭受巨大精神打击的孔素……概而观之,这些母亲正是由于满怀着对儿女的爱却不能释放,或是将满腔的爱紧紧捆绑,通过非常态的行为模式勃发出来,激化了她们心理的病态。而这些母亲们的心理都因爱而畸变,除了她们自身的性格与人生经历的原因外,现代社会的情感疏离,文化观念的陋习等都是造成这些母亲人生悲剧、心理被扼杀的重要原因。

总之,毕飞宇在小说中塑造了许多不同的人物形象,并且通过潜入人物的心理世界,将人们内在的、潜意识的"问题"心理用他犀利的笔呈现出来:或是被权力吞噬的嗜欲之心,或是被权力桎梏的心理压抑,或是金钱欲望世界中心理的迷茫、堕落,亦或是儿童孤独无助的内心,母亲的心理情感畸变等。通过打开一个个人物的心理之窗,我们看到了那些被扭曲、摧毁的灵魂在四处飘荡,他们找不到归宿去安放。但是毕飞宇却仍希望这些漂浮不定的灵魂能够安定下来,并且找到一条心理救赎的道路。

二、朱文的小说创作

朱文（1967—　），生于福建泉州，1989年毕业于东南大学动力系，1994年辞去公职，现为自由作家，在从事小说写作前写诗，有小说集《我爱美元》《因为孤独》《弟弟的演奏》，长篇小说《什么是垃圾，什么是爱》等作品。

在新生代小说家中，朱文有着举足轻重的地位。朱文的个性是鲜明的，陈晓明曾这样评价朱文：他自信、偏激，有着巨大的勇气和执着的理想，"没有人像他这样对一种歪歪扭扭的生活充满了热情，充满了不懈的观察力。这就是朱文。"朱文之所以对歪歪扭扭的生活充满热情和不懈的观察力是因为他有着对"本质性"写作的强烈追求。朱文的作品旨在对世界、生活体验认识的基础上还原、勘探人的真实存在状态、精神面貌、深层心理等方面。他的作品深入到了人的深层心理，通过开凿人们的幽暗意识来达到揭示真实人性的目的。朱文的写作是朱文从自身感受出发所从事的揭露真实和可能性存在的个人化写作，这种写作在一定程度上革新了作家的创作意识和文学观念，同时在人物形象塑造、人性深层挖掘等方面也有更进一步的丰富与深入，它为当代文学的发展尤其是90年代文学的发展增添了新的生机与活力。

朱文的小说中没有"伤痕""反思"文学中的重大政治事件和广阔时代背景，没有"寻根"文学中的悠久历史探寻和深刻文化反思，也没有先锋小说中的对传统小说形式的破旧立新，更没有官场、商场、情场小说中的典型人物形象和扣人心弦的故事情节。在他的小说里，有的只是当今生活的现场、普通平庸的芸芸众生、庸常琐碎的生活细节和无聊乏味的生活味道。可以说，朱文已经将一切外在和形式的东西削减到了最为简单的地步，他把关注的视角由外转向了内，注重对于人物内心的考察和深挖。

对于人物内心世界的探寻，朱文也不像以往作家那样致力于人物复杂心理活动的铺陈或激烈思想斗争的描写，而是专注于表现人们异乎寻常甚至令人大为诧异的举动，以此来挖掘隐藏在人们内心深处的心灵暗角、探索人们在日常状态下内心那种意识不到、讲不清楚的朦胧状态等。

朱文观察人物言行、洞察深层心理的眼光是犀利、敏锐的，他总能在人们正常的生活举动中发现特例，以此为切入点进而来深究引发人们做出这些异常举动背后的深层意识。这主要体现在了《我负责调查的另一桩案件》中,这篇小说中最令人难以置信的就是凶手的杀人动机。在面对警察的质问时,他这样说:"杀人不一定需要为什么。我看到了她,忽然有了一个念头,我想杀了她。然后我就走过去,用双手把她掐死了。"细想一下凶手的陈述,的确令人深思。按照凶手的交代,他杀人没有明确的动因,只是一霎那间一个想杀人的下意识突然冒出头来占据了他的意识,从而让他做出了这种令人意想不到的举动。也许这完全是由非理性而导致的,但是深究起来,可能原因不止这一个,为什么他在突然间会想杀人,在结尾处"我"做了思考,也许是出于一个"我"无法忍受的被女人轻视的眼神,出于一个农民后代的傲慢而杀了她。

朱文对于深层意识的揭露还体现在对于父辈们所压抑的性欲问题的探讨上。在分析朱文关于性欲描写的诸多论文中,大多数论者都是从颠覆父亲形象、解构父权文化的角度对其进行剖析,将性作为了朱文最好的战斗武器,以此来反叛我们现行的文化秩序和伦理道德,而笔者认为这只是分析朱文作品的一个切入点,并不全面。在《我爱美元》等小说中,"性"并不是单纯的"弑父""审父"工具,"我"口口声声地爱父亲也并不是虚情假意地反讽和嘲弄,"我"认为,正是因为"我"对父亲的真爱才使得"我"真正关心父亲作为一个正常男人的性欲问题,这篇小说不是如某些评论家所讲的"满是流氓腔的下流、无耻的文字"",朱文的主题是相当严肃的,他通过讲述这个故事实则是要揭露被传统文化和伦理道德所遮蔽的潜藏在父辈们人性深处的性欲问题,它不因父辈的身份而消失,更不因父辈的社会地位而否认它的存在。另外,朱文对于性欲的描写,也并不仅仅是出于商业目的,迎合大众口味而进行的欲望白描,父亲形象的塑造也不仅仅是为了达到颠覆父亲形象的目的。笔者认为这其中还隐含了某种寓言的味道,它不单是性的问题,还包含了如何面对真实人性的问题。朱文认为,在面对性的问题上,父辈们是不诚实的,他们是人,他们理应也有着世俗的人性问题,然而他们的刻意掩藏、故意回避和通过跑步等形式来转化欲望等做法,不但没有证明性欲的不存在反而表明了他们的不真实态度。

在《我爱美元》中,父亲的性欲最后被"我"一点点唤醒了,它的释放引发了我们的思考,而他在另一篇小说中,则对这个主题有进一步的探讨与延伸,朱文通过讲述胡老师强奸孙女的乱伦事件挖掘他心底埋藏多年但自己一直都没有意识到的深层欲望,以此来揭露压抑欲望的危害。在《胡老师,今天下午去打篮球吗?》的末尾,作者这样描述,在"我"犯下了不可饶恕之罪后,突然记起了范红看"我"的最后一眼,就是这最后一眼"我"才懂得"我"的命运早已被洞穿。这个悲剧足以警醒人们。父辈们的性欲问题是存在的,它不因回避而殆尽,不因压抑而消失,朱文所做的正是在摒弃一切枷锁和束缚的基础上,以直面问题的方式赤裸裸地直捣人们内心深处的深层意识,挖掘、正视它们的存在。

另外,朱文还关注人们深层心理中带有禁忌、尴尬的方面,通过偷情等话题来揭露人们内心刻意回避的肮脏、无耻和难堪,这种内心龌龊并不是从我们传统法律、文化上所说的罪恶、无耻等,而是从健全、健康人性的角度来剖析真实的深层人性。在《五毛钱的旅程》中,小丁因为乘车被多收了五毛钱而向妻子抱怨,他不厌其烦地讲述着车上乘客的反映以及车上发生的一切琐事,而正在他陈述着这一切的时候,妻子与另外男人的偷情过程也正在悄然进行。对于妻子的背叛,小丁不可能没有丝毫的察觉,而他冗长的讲电话过程表明了他对此事一再逃避的态度。这样的男人是猥琐卑贱的,他不是感觉不到他的耻辱,他是在故意摆脱耻辱,而正是因为这样的态度,朱文才以直接讽刺的手法将其撕破,给他以难堪,将他千方百计加以掩饰的内心龌龊公之于众。同样,在《吃了一个苍蝇》中,处处作为陪衬品存在的“我”却和样样比“我”优秀的李自老婆偷情,而李自则和《五毛钱的旅程》中小丁的做法一样,不是不知道,而是装作不知道地一再躲避,然而越是李自内心积虑想要逃避的难堪,朱文越是要以他亲自撞见我们一同走出房间这样无可狡辩的事实、这样明白无误的方式证明给李自看。此刻,李自在学习、工作、婚姻上的成功以及他所看重的功名利禄在顷刻间被击得粉碎。而他后来心平气和地安慰“我”情绪的举动则极具讽刺性效果,将这种男人的恶心嘴脸刻画得入木三分。在此,朱文解构了社会的成功标准而直击男人内心的隐秘肮脏,以卑贱的五毛钱意象象征卑贱的男人心理,以吃了一个苍蝇的感受描述对这种男人的评价。

对于人物心理的勘探,每个作家都会有自己不同的观察视角和表现方式。同样,朱文对于人物深层心理的透视也有着自己独特的勘探手段,正是这些丰富手段的巧妙运用,使得朱文在挖掘人物深层心理上取得了不错的效果。

在朱文的小说中,这些名字是十分常见的,如小丁、陈青、王晴等,可以说,他们在朱文的大多数小说中都扮演了男女主人公的角色,而朱文将这些人物进行模糊化处理是为了达到直逼人物深层心理的目的。葛红兵认为朱文这样做是为了达到将人本身符号化、将人的名字符号化的目的,他们不是具体的某个人,而只是一个性爱的交换者而已。他们不仅仅是性爱交换者的代表,还是某一类身份的代表,如《五毛钱的旅程》《吃了一个苍蝇》中的陈青、王晴等,这些名字所代表的人物形象并不鲜明,她们除了只是妻子、情妇、性爱交换者的代码外别无用处,而朱文对这些人物形象的模糊化和身份的类型化的处理是为了达到彻底消解爱情,剥离多余斑斓,简化一切外部形式从而更好地挖掘人物(特别是男人)深层心理的用意。这种男人的深层心理就是男人内心刻意回避与隐瞒的尴尬、无耻、肮脏等,对于它的表现朱文没有采取直接披露的方式,而是在小说结构上进行了巧妙布局,以相互对照的方式层层推进,直至最后撕破那张掩藏男人内心隐秘的遮羞布,让他们的难堪暴露在光天化日之下。张钧在访谈朱文时曾这样评价《五毛钱的旅程》,他认为这是一篇结构非常巧妙的小说,朱文对这篇小说的技术处理是比较到位的,比如:五毛钱的旅行是多重的旅行,它包括小丁乘车上班的旅行、小丁在电话里向妻子讲述的旅行、妻子偷情的旅行。第一种旅行导致了第二种旅行,而第二种旅行又抑制了第三种旅行,它们环环相扣。对于第一、二种旅行作者是不厌其烦地将车上的事情事无巨细地给予了一一陈述,它是琐碎、繁杂、冗长的,与第三种旅行一笔带过的干净利落形成了鲜明的对比,这种阅读的顺畅感在第三种旅程中被突然逆转,有一种出其不意的反讽效果。同时,他认为,第二种旅行与第三种旅行是在同一时间的不同空间里进行的,两种旅行的对接方式也很奇特:一是通过电话线连接,二是在第二种旅行结束的地方将第三种旅行的现实场景给接上去。

空间上强烈的对照感以及出人意料结尾的震惊感令小说有一种张力之美,这种张力之美不仅以空间上的对照加以表现,还通过表里较量的形式展现了出来。例如:在《吃了一个苍蝇》中,李自是"我"的班长、上级,无论在工作还是生活中,他都比"我"优秀、成功,所以,他在日常细节中处处照顾着"我"甚至还为"我"写征婚启事等。对于他的关心"我"本应充满感激,然而事实上"我"却没有这么想。从现实层面、从表面上看,李自是真真正正地关心"我"、照顾"我",而"我"也以友好的态度回报着他,但是,在"我"和李自的内心深处,却存在着潜在的交锋。事实上,李自这样做并不是从关心、照顾"我"的角度出发的,他之所以这样做是为了证明他的成功,以此来掩盖、回避他内心深处的难堪与尴尬,而"我"虽然表面上对他十分友好,但是这种友好不是发自内心的真真切切的对朋友的爱,仅仅是为了维护两人的面子而采取的一种策略而已。表面上,李自处处比"我"成功,他也尽一切办法证明着他的成功,但是在内心深处,他早已知道自己作为男人的失败,他不愿面对这种失败,只是一味地逃脱、回避,实际上,在内心深处的交锋中,他是一个彻底的失败者。而"我"表面上什么都不如李自,但是仅凭"我"与李自老婆偷情这一件事就将李自表面上的成功击得粉碎,事实上,"我"才是这场较量中真正的获胜者。

朱文通过表与里的对照、通过现实层面与内心深处的交锋、通过真实与虚假的对比，使小说充满了一种张力之美，将人物的深层心理刻画得深刻而到位。

参考文献

[1] 阿英. 晚清小说史 [M]. 北京：人民文学出版社, 1980.

[2] 艾春明. 毕飞宇小说创作研究 [M]. 北京：中央编译出版社, 2016.

[3] 白春香. 赵树理小说叙事研究 [M]. 北京：中国社会科学出版社, 2008.

[4] 毕飞宇, 张莉. 小说生活 [M]. 北京：人民文学出版社, 2018.

[5] 宾恩海. 中国现代文学流派概论 [M]. 合肥：安徽大学出版社, 2007.

[6] 曹万生. 中国现当代文学史 1898—2015[M]. 北京：中国人民大学出版社, 2016.

[7] 陈国恩. 中国现代文学 [M]. 北京：北京大学出版社, 2010.

[8] 陈思和. 中国当代文学史教程(第二版)[M]. 上海：复旦大学出版社, 2011.

[9] 陈晓明. 中国当代文学的探索道路 [N]. 文艺报, 2019-09-27.

[10] 陈英群. 阎连科小说创作论 [M]. 郑州：郑州大学出版社, 2010.

[11] 陈泽顺. 路遥小说名作选 [M]. 北京：华夏出版社, 1999.

[12] 程光炜, 刘勇, 吴晓东等. 中国现代文学史(第三版)[M]. 北京：北京大学出版社, 2011.

[13] 崔志远等. 中国当代小说流变史 [M]. 北京：中国社会科学出版社, 2009.

[14] 丁帆. 中国乡土小说史 [M]. 北京：北京大学出版社, 2007.

[15] 董之林. 热风时节：当代中国"十七年"小说史论（1949—1966）[M]. 上海：上海书店出版社, 2008.

[16] 杜春海. 中国现当代文学 [M]. 成都：西南交通大学出版社, 2016.

[17] 樊星. 中国现当代文学史(下册)[M]. 武汉：武汉大学出版社, 2012.

[18] 范伯群, 汤哲声, 孔庆东. 20 世纪中国通俗文学史 [M]. 北京：高等教育出版社, 2010.

[19] 房向东. 太阳下的鲁迅鲁迅与左翼文人 [M]. 上海：上海交通大学出版社, 2016.

[20] 高玉. 中国现当代文学史（第二版）[M]. 杭州：浙江大学出版社, 2017.

[21] 郭亚明. 新时期小说的文学建构与嬗变 [M]. 北京：中国社会科学出版社, 2012.

[22] 洪子诚. 中国当代文学史 [M]. 北京：北京大学出版社, 2010.

[23] 黄书泉. 重构百年经典——20世纪中国长篇小说阐释 [M]. 合肥：安徽大学出版社, 2010.

[24] 黄修己. 中国现代文学发展史 [M]. 3版. 北京：中国青年出版社, 2008.

[25] 蒋淑娴, 殷鉴. 中国现代文学史 [M]. 北京：科学出版社, 2002.

[26] 金汉. 中国当代小说史 [M]. 杭州：杭州大学出版社, 1990.

[27] 雷达, 赵学勇, 程金城. 中国现当代文学通史（下）[M]. 兰州：甘肃人民出版社, 2006.

[28] 李明军, 姑丽娜尔·吾甫力. 中国现当代文学 [M]. 西安：陕西师范大学出版社, 2010.

[29] 李平. 中国现代文学 [M]. 北京：中央广播电视大学出版社, 2006.

[30] 李彦萍. 中国现当代女作家研究 [M]. 北京：中国文联出版社, 2007.

[31] 李怡, 于天全. 中国现当代文学 [M]. 重庆：重庆大学出版社, 2010.

[32] 林朝霞. 现代性与中国启蒙主义文学思潮 [M]. 厦门：厦门大学出版社, 2015.

[33] 林建法. 阎连科文学研究 [M]. 昆明：云南人民出版社, 2013.

[34] 林伟民. 中国左翼文学思潮 [M]. 上海：华东师范大学出版社, 2005.

[35] 刘树元. 小说的审美本质与历史重构新时期以来小说的整体主义观照 [M]. 杭州：浙江大学出版社, 2014.

[36] 刘卫东. 被"家"叙述的"国"——20世纪中国家族小说研究 [M]. 北京：中国社会科学出版社, 2010.

[37] 刘永东. 颓废的家族——家族小说的文化与叙事研究 [M]. 上海：上海三联书店, 2011.

[38] 刘勇. 中国现当代文学 [M]. 北京：中国人民大学出版社, 2015.

[39] 刘中树,许祖华.中国现代文学思潮史 [M].武汉:华中师范大学出版社,2009.

[40] 刘忠.20 世纪中国文学主题研究 [M].北京:社会科学文献出版社,2006.

[41] 鲁迅.中国小说史略 [M].北京:中华书局,2010.

[42] 马积高,黄钧.中国古代文学史(下)[M].北京:人民文学出版社,2009.

[43] 马振宏.新中国 70 年优秀文学作品文库中国当代重要小说分年评介 [M].北京:中国言实出版社,2019.

[44] 裴和作.中国现当代文学 [M].长春:吉林大学出版社,2009.

[45] 钱理群,温儒敏,吴福辉.中国现代文学三十年 [M].北京:北京大学出版社,2010.

[46] 乔以钢.多彩的旋律:中国女性文学主题研究 [M].天津:南开大学出版社,2003.

[47] 石兴泽,隋清娥.中国现代文学 [M].北京:中国社会科学出版社,2012.

[48] 唐弢.中国现代文学史简编 [M].北京:人民文学出版社,2001.

[49] 陶东风,和磊.中国新时期文学 30 年 [M].北京:中国社会科学出版社,2008.

[50] 王琼,汤驿.中国现当代文学作品赏析 [M].上海:同济大学出版社,2019.

[51] 王铁仙.中国现代文学精神 [M].北京:人民出版社,2008.

[52] 王万森.新时期文学 [M].北京:高等教育出版社,2006.

[53] 王伟光.中国新时期文学 30 年 [M].北京:中国社会科学出版社,2008.

[54] 王小曼.中国现当代文学 [M].北京:北京大学出版社,2015.

[55] 王秀琳.中国现当代经典文学作品解读 [M].太原:山西教育出版社,2019.

[56] 王又平.转型中的文化迷思和文学书写——20 世纪末小说创作潮流 [M].武汉:华中师范大学出版社,2011.

[57] 吴秀亮.中国现当代小说雅俗新论 [M].北京:人民出版社,2010.

[58] 熊修雨.从"寻根"到"先锋"中国当代文学观察 [M].北京:中国戏剧出版社,2016.

[59] 徐昊.20世纪末中国小说创作理论和创作实践关系研究[M].北京：中国社会科学出版社,2008.

[60] 杨彬.新时期小说发展论[M].北京：人民出版社,2011.

[61] 杨联芬.中国现代小说导论[M].成都：四川大学出版社,2004.

[62] 姚玳玫.中国现代小说细读[M].广州：广东高等教育出版社,2016.

[63] 姚晓雷.乡土与声音——"民间"审视下的新时期以来河南乡土类型小说[M].济南：山东教育出版社,2010.

[64] 於可训.中国当代文学概论[M].武汉：武汉大学出版社,2016.

[65] 袁行霈.中国文学史(第4卷)[M].北京：高等教育出版社,2005.

[66] 战荷丹.论毕飞宇小说的社会反思性[D].大连：辽宁师范大学,2018.

[67] 张钟,佘树林,洪子诚等.中国当代文学概观[M].北京：北京大学出版社,2002.

[68] 赵玲丽.中国现当代小说的创作主题研究[M].北京：中国书籍出版社,2016.

[69] 钟敬文,启功.二十世纪全球文学经典珍藏[M].北京：北京师范大学出版社,2004.

[70] 周国耀,甘佩钦,陈彦文.20世纪中国文学主题演变研究[M].长春：吉林大学出版社,2011.

[71] 朱栋霖,朱晓进,龙泉明.中国现代文学史[M].北京：北京大学出版社,2007.

[72] 朱慰琳.中国当代文学[M].重庆：重庆大学出版社,2014.

[73] 陈劲松.阎连科小说创作与中国当代文学主潮[J].世界文学评论(高教版),2019,（1）.

[74] 陈思广,廖海杰.十七年工业题材小说"成就不高"评价问题与反思[J].新疆大学学报(哲学·人文社会科学版),2017,（6）.

[75] 黄平."大时代"与"小时代"——韩寒、郭敬明与"80后"写作[J].南方文坛,2011,（3）.

[76] 刘雪萍.城乡流动视野中的乡土小说——以当代文学中的乡土小说创作为例[J].上海文化,2017,（10）.

[77] 倪万军.十七年时期农村题材小说得失之辩：以《创业史》为例[J].中国文艺评论,2018,（6）.

[78] 王瑞俊.中国现当代文学作品中的民俗文化体现研究[J].武汉冶金管理干部学院学报,2019,（3）.

[79] 魏天无,魏天真.当代文学观念的流变及其反思——以方方的小说创作为例 [J].江汉论坛,2010,(9).

[80] 尤冬克.解放区土改叙事中的"土"与"改"——以丁玲、赵树理小说为例 [J].哈尔滨师范大学社会科学学报,2014,(3).

[81] 张彩霞.从池莉的小说创作看中国当代文学的世俗化倾向 [J].青岛远洋船员学院学报,2005,(1).

[82] 周新民.中国当代小说理论的多维社会功利性价值 [J].武汉理工大学学报(社会科学版),2019,(4).